Diogenes Taschenbuch 22605

Shirley Jackson

# *Spuk in Hill House*

Roman
Aus dem
Amerikanischen von
Wolfgang Krege

Diogenes

Titel der 1959 bei The Viking Press, New York,
erschienenen Originalausgabe:
›The Haunting of Hill House‹
Copyright © 1959 by Shirley Jackson
Umschlagillustration:
James Wyeth, ›The Red House‹,
1972 (Ausschnitt)

*Für Leonard Brown*

*Deutsche Erstausgabe*

Alle deutschen Rechte vorbehalten
Copyright © 1993
Diogenes Verlag AG Zürich
20/99/8/2
ISBN 3 257 22605 5

*Erstes Kapitel*

I

Kein lebender Organismus bleibt lange normal, wenn er sich immer nur im Wirklichen aufhält; sogar Lerchen und Grashüpfer, vermuten manche, haben Träume. Hill House, nicht normal, stand für sich allein in den Hügeln, nach denen es seinen Namen hatte, und in ihm steckte etwas Dunkles. Das Haus stand schon seit achtzig Jahren und konnte gut noch einmal achtzig Jahre so stehen. Drinnen hielten die Wände sich aufrecht, die Backsteine waren sauber verfugt, die Fußböden solide und die Türen ordentlich verschlossen; beharrliche Stille lagerte um die Holz- und Steinmauern, und was dort auch umgehen mochte, ging allein um.

Dr. John Montague, Doktor der Philosophie, hatte seinen Grad in Anthropologie erworben, dem Fach, von dem ein undeutliches Gefühl ihm sagte, daß es seiner wahren Berufung, der Analyse übernatürlicher Erscheinungen, am nächsten käme. Mit seinem Titel nahm er es sehr genau, denn bei der wissenschaftlichen Exzentrizität seiner Forschungen kam ihm ein gewisser, von seinem Studiengang abgeleiteter Nimbus der Seriosität oder gar des Koryphäentums nicht ungelegen. Hill House für drei Monate zu mieten hatte ihn einiges an Geld und Überwindung gekostet, denn er war kein Bettler und verstand sich nicht aufs Betteln, aber für diesen Aufwand erhoffte er reiche Entschädigung durch die Sensation, die das Erscheinen seines maßgeblichen Werkes über Ursachen und Folgen psychischer Turbulenzen in einem Haus, das im populären Verständnis als ein ›Spukhaus‹ galt, hervorrufen würde. Sein Leben lang hatte er nach einem echten Spukhaus gesucht. Als er von Hill House hörte, war er zuerst skeptisch gewesen, dann erwartungsvoll und dann unbeirrbar. Er war nicht der Mann, der sich ein Haus wie dieses, wenn er es einmal gefunden hatte, wieder entgehen ließ.

Die Methode, nach der er vorzugehen gedachte, leitete sich von den Methoden der unerschrockenen Geisterjäger des neunzehnten Jahrhunderts her; er wollte eine Zeitlang dort wohnen und sehen, was passierte. Zuerst hatte er vorgehabt, dem Beispiel der anonymen Dame zu folgen, die einst ins Ballechin House gezogen war und dort einen ganzen Sommer lang ein Fest gegeben hatte, zu dem Skeptiker wie Gläubige eingeladen waren, mit Krocket und Gespensterbeobachtung als den Hauptattraktionen; aber weil Skeptiker und Gläubige heutzutage ebenso schwer zu finden sind wie gute Krocketspieler, war Dr. Montague gezwungen, Assistenten anzustellen. Vielleicht kamen die gemächlicheren Lebensformen der viktorianischen Zeit den Methoden spiritueller Forschung bereitwilliger entgegen, oder vielleicht ist auch die skrupulöse Dokumentation einer Erscheinung als Beweis ihres wirklichen Auftretens allzu ungebräuchlich geworden; jedenfalls mußte Dr. Montague nicht nur Assistenten anstellen, sondern hatte auch einige Mühe, welche zu finden.

Weil er ein penibler und gewissenhafter Forscher sein wollte, kostete ihn die Suche nach Assistenten erheblich viel Zeit. Er kämmte die Berichte der spiritistischen Vereinigungen durch, zurückliegende Jahrgänge der sensationsträchtigen Zeitungen und die Protokolle parapsychologischer Tagungen, und daraus stellte er eine Liste der Namen von Personen zusammen, die auf irgendeine Weise oder zu irgendeiner Zeit, egal wie kurz und wie ungewiß, an anomalen Geschehnissen beteiligt gewesen waren. Aus dieser Liste strich er zuerst die inzwischen Verstorbenen, dann diejenigen, die ihm als Publizitätshascher, als Personen von subnormaler Intelligenz oder wegen eines Hangs zu persönlicher Wichtigtuerei ungeeignet erschienen, und schließlich blieb ihm noch etwa ein Dutzend Namen. Jede dieser Personen erhielt nun von Dr. Montague einen Brief mit der Einladung, den Sommer ganz oder teilweise in einem behaglichen, zwar alten, doch mit fließend Wasser, Strom, Zentralheizung und sauberen Matratzen wohlausgestatteten Landhaus zu verbringen. Der Zweck des Aufenthalts wurde in den Briefen deutlich bezeichnet: Nachforschungen und Erkundungen zu den mancherlei nicht geheuren Geschichten, die über dieses Haus während seines achtzigjährigen Bestehens verbreitet worden waren. Daß Hill House ein Spukhaus sei, wurde nicht offen ausgesprochen, denn Dr. Montague war ein Mann der Wissenschaft, und bevor er dort nicht wirklich eine psychische Erscheinung erlebt hatte, wollte er sich nicht zu weit vorwagen. Folglich gab er den Einladungsbriefen eine gewisse vornehme Mehrdeutigkeit, die darauf berechnet war, die Phantasie einer ganz bestimmten Art von Empfängern anzusprechen. Auf sein Dutzend Briefe erhielt Dr. Montague nur vier Antworten. Vermutlich waren die anderen Kandidaten entweder unbekannt verzogen, hatten das Interesse an supranormalen Erscheinungen verloren oder hatten womöglich gar niemals existiert. An die vier, die geantwortet hatten, schrieb Dr. Montague ein zweites Mal, mit genauer Angabe des Datums, von dem an das Haus offiziell für sie bereitstünde, und einer detaillierten Wegbeschreibung, denn, wie er sich gezwungen sah zu erklären, Auskünfte über die Lage des Hauses seien überaus schwer zu erlangen, insbesondere von der Landbevölkerung in der Umgebung. Am Tag bevor er selbst nach Hill House abreisen wollte, wurde Dr. Montague noch bewogen, in den kleinen, auserlesenen Kreis seiner Gäste auch einen Vertreter der Familie aufzunehmen, der das Haus gehörte, und von einem seiner Kandidaten kam ein Telegramm mit einer offensichtlich fadenscheinigen Entschuldigung. Ein anderer blieb aus, obwohl er nicht abgesagt hatte; vielleicht waren ihm wichtige persönliche Angelegenheiten dazwischengekommen. Die beiden anderen kamen.

2

Eleanor Vance war zweiunddreißig, als sie Hill House besuchte. Seit dem Tod ihrer Mutter war ihre Schwester der einzige Mensch auf der Welt, den sie aufrichtig haßte. Sie verabscheute auch ihren Schwager und ihre fünfjährige Nichte; Freunde hatte sie keine. Das kam hauptsächlich daher, daß sie elf Jahre lang ihre gebrechliche Mutter gepflegt hatte, wovon sie eine gewisse Fertigkeit in der Krankenpflege und eine Überempfindlichkeit gegen starkes Sonnenlicht zurückbehalten hatte. Soweit sie sich erinnern konnte, war sie, seit sie erwachsen war, niemals glücklich gewesen; die Jahre mit ihrer Mutter hatten in einem entsagungsvollen Nacheinander kleiner Verfehlungen und kleinlicher Vorwürfe, ständigen Überdrusses und nicht enden wollender Verzweiflung bestanden. Obwohl sie gern anders als schüchtern und zurückhaltend geworden wäre, war sie doch so lange allein gewesen, ohne jemanden, den sie lieben konnte, daß es ihr nun schwerfiel, unbefangen und ohne verlegenes Suchen nach Worten mit anderen zu reden, auch wenn es nur um Belangloses ging. Auf Dr. Montagues Liste war ihr Name gekommen, weil eines Tages, knapp einen Monat nach dem Tod ihres Vaters, als sie zwölf gewesen war und ihre Schwester achtzehn, ein Hagel von Steinen auf ihr Haus niedergegangen war: ganz unversehens und ohne jedes Anzeichen eines Zweckes oder Grundes waren Steine von der Decke gefallen, an den Mauern herabgepoltert und aufs Dach geprasselt, daß es zum Verrücktwerden war, und hatten ein paar Fensterscheiben zerschlagen. Drei Tage lang hatten sich die Steinhagel in gewissen Abständen wiederholt, und während dieser Zeit waren Eleanor und ihrer Schwester die Steine weniger auf die Nerven gegangen als die Nachbarn und die Neugierigen, die sich jeden Tag draußen vor der Haustür versammelten, und die blindwütigen, hysterischen Klagen ihrer Mutter, die darauf beharrte, daß an alledem boshafte, übelwollende Leute aus dem Wohnblock schuld seien, die es schon immer, seit sie hierhergezogen war, auf sie abgesehen hätten. Nach drei Tagen wurden Eleanor und ihre Schwester ins Haus einer Freundin ausquartiert, und die Steinhagel hörten auf. Sie kamen auch nicht wieder, nachdem Eleanor mit ihrer Schwester und ihrer Mutter in das Haus zurückgekehrt war; doch der Zank mit der ganzen Nachbarschaft nahm kein Ende. Alle Leute außer denen, die Dr. Montague konsultierte, hatten die Geschichte inzwischen vergessen; jedenfalls hatten Eleanor und ihre Schwester sie vergessen, die sich damals gegenseitig im Verdacht gehabt hatten, dahinterzustecken.

Ihr Leben lang, soweit sie zurückdenken konnte, hatte Eleanor immer auf so etwas wie Hill House gewartet. Während sie ihre Mutter pflegte, die launische alte Dame vom Sessel ins Bett hob, eine endlose Reihe von Suppen- und Haferbreischälchen vor ihr aufbaute und ihren Ekel vor der verschmutzten Wäsche überwand, hatte Eleanor immer an dem Glauben festgehalten, daß eines Tages einmal etwas geschehen würde. Die Einladung nach Hill House hatte sie postwendend angenommen, obwohl ihr Schwager darauf bestanden hatte, erst einmal ein paar Leute anzurufen, um sich zu vergewissern, daß dieser Doktor Sowieso nicht darauf ausginge, Eleanor in irgendwelche Stammesriten einzuweihen, die womöglich mit Dingen zu tun hätten, über die Bescheid zu wissen sich nach Ansicht von Eleanors Schwester für eine unverheiratete junge Frau nicht gehörte. Dieser Dr. Montague, flüsterte Eleanors Schwester in der Stille des ehelichen Schlafzimmers – *wenn* der überhaupt wirklich so hieß –, vielleicht *benutzte* dieser Dr. Montague die Frauen für irgendwelche – na ja,

*Experimente*. Du weißt schon – so *Experimente*, wie die sie machen. Eleanors Schwester gab ausführlich zum besten, was sie von den Experimenten solcher Doktoren alles gehört hatte. Eleanor dachte an nichts dergleichen oder machte sich, sofern sie davon gehört hatte, keine Sorgen. Kurz, Eleanor wäre überallhin gefahren.

Theodora – das war der einzige Name, den sie in Gebrauch hatte; ihre Skizzen waren sogar nur mit »Theo« signiert, und an ihrer Wohnungstür, im Schaufenster ihres Ladens, ihrem Eintrag ins Telefonbuch, auf ihrem matt gedruckten Briefkopf und unter dem hübschen Foto von ihr, das auf dem Sims stand, lautete der Name immer nur Theodora – Theodora war ganz anders als Eleanor. Pflichtgefühl und Gewissenhaftigkeit waren in Theodoras Augen Dinge, die nur für Pfadfindermädchen gut waren. Theodora lebte in einer Welt voll Heiterkeit und zarter Farben; auf Dr. Montagues Liste war sie gekommen, weil sie lachend und einen Schwall von Blumendüften um sich verbreitend ein Labor betreten und es dort, in amüsiertem Staunen über die eigene unglaubliche Fähigkeit, irgendwie fertiggebracht hatte, achtzehn von zwanzig Karten, fünfzehn von zwanzig und neunzehn von zwanzig Karten richtig anzugeben, die ein Assistent außer Sicht- und Hörweite hochhielt. In den Untersuchungsberichten des Labors gewann Theodoras Name eine solche Strahlkraft, daß er unvermeidlich auch Dr. Montague bekannt wurde. Theodora hatte Dr. Montagues ersten Brief interessant gefunden und ihn aus Neugier beantwortet (vielleicht drängte ihr nunmehr erwecktes Bewußtsein, das ihr die Namen der Symbole auf außer Sicht befindlichen Karten verriet, sie auch auf die Bahn, die nach Hill House hinführte), aber in der klaren Absicht, die Einladung abzulehnen. Und doch – vielleicht wiederum unter dem Einfluß einer drängenden, anstachelnden Eingebung – hatte sie, als Dr. Montagues zweiter, bestätigender Brief ankam, der Versuchung nachgegeben und irgendwie blindlings und mutwillig einen heftigen Streit mit dem Freund vom Zaun gebrochen, mit dem sie die Wohnung teilte. Beiderseits wurden Dinge gesagt, die nur die Zeit wiedergutmachen konnte. Theodora hatte absichtlich und herzlos das hübsche Figürchen zerschlagen, das ihr Freund von ihr angefertigt hatte, und ihr Freund war so gemein gewesen, den Band Alfred de Musset in Fetzen zu reißen, den ihm Theodora zum Geburtstag geschenkt hatte, wobei er es mit der Seite, auf der Theodoras liebevoll-neckische Widmung stand, besonders genau nahm. Natürlich waren diese Dinge unvergeßlich, und bis sie gemeinsam darüber lachen könnten, würde einige Zeit vergehen müssen. Theodora hatte am gleichen Abend noch Dr. Montague geschrieben, daß sie die Einladung annahm, und war in kaltem Schweigen am nächsten Tag abgereist.

Luke Sanderson war ein Lügner, und ein Dieb war er auch. Seine Tante, der Hill House gehörte, erklärte mit Vorliebe, von allen jungen Männern, die sie kenne, habe er die beste Erziehung, die beste Kleidung, den besten Geschmack und den schlechtesten Umgang; jede Gelegenheit, ihn für ein paar Wochen mit unschädlichen Dingen zu beschäftigen, hätte sie beim Schopf ergriffen. Der Familienanwalt wurde bewogen, Dr. Montague klarzumachen, daß er das Haus für seine Zwecke unter keinen Umständen ohne die einschränkende Bedingung mieten könne, daß ein Mitglied der Familie während seines Aufenthalts dort anwesend sein müsse; und der Doktor, vielleicht weil er in Luke schon bei ihrer ersten Begegnung eine Art Kraft oder einen katzenhaften Selbsterhaltungsinstinkt erkannte, war fast ebenso wie Mrs. Sanderson darauf bedacht, daß er mit zugegen wäre. Jedenfalls, Luke war amüsiert, seine Tante dankbar und Dr. Montague mehr als zufrieden. Dem Familienanwalt erzählte Mrs. Sanderson, im Haus befinde sich ohnehin nichts, was Luke stehlen könnte. Das alte Tafelsilber dort, sagte sie, habe zwar einigen Wert, aber es würde Luke vor ein fast unüberwindliches Problem stellen: es zu stehlen und zu Geld zu machen, erforderte etwas Energie. Mrs. Sanderson tat Luke unrecht. Daß er das Familiensilber, Dr. Montagues goldene Uhr oder Theodoras Armband verschwinden ließe, war ihm keinesfalls zuzutrauen; seine Unehrlichkeit beschränkte sich zumeist auf die Entnahme kleiner Geldbeträge aus der Handtasche seiner Tante und auf Mogeln beim Kartenspiel. Außerdem schreckte er nicht davor zurück, Uhren und Zigarettenetuis zu versetzen, die ihm die Freundinnen seiner Tante in herzlicher Zuneigung und mit lieblichem Erröten geschenkt hatten. Irgendwann würde Luke Hill House erben, aber er hatte noch nie daran gedacht, einmal darin zu wohnen.

3

»Ich meine einfach, sie sollte den Wagen nicht nehmen, weiter nichts«, sagte Eleanors Schwager hartnäckig.

»Er gehört zur Hälfte mir«, sagte Eleanor. »Ich habe mit für ihn bezahlt.«

»Ich meine einfach, sie sollte ihn nicht nehmen, weiter nichts«, sagte ihr Schwager. Er appellierte an seine Frau. »Es ist doch nicht fair, wenn sie ihn den ganzen Sommer über hat, und wir müssen ohne ihn auskommen.«

»Carrie fährt damit immerzu«, sagte Eleanor, »und ich darf ihn nicht mal aus der Garage holen. Außerdem seid ihr den ganzen Sommer über im Gebirge, und *da* könnt ihr ihn gar nicht gebrauchen. Du weißt doch, Carrie, daß du den Wagen im Gebirge gar nicht brauchst.«

»Aber stell dir nur mal vor, unser armes Linnilein wird krank, oder irgendwas? Und wir brauchen einen Wagen, um sie zum Arzt zu bringen?«

»Der Wagen gehört zur Hälfte mir«, sagte Eleanor. »Ich brauche ihn und werde ihn nehmen.«

»Ich glaube nicht.« Carrie sprach langsam und überlegt. »Wir wissen nicht mal, wo du hinfährst, nicht? Du hast es nicht für nötig gehalten, uns sehr viel über die ganze Sache zu sagen, nicht? Ich glaube nicht, daß ich einsehen kann, warum ich dir meinen Wagen leihen soll.«

»Er gehört zur Hälfte mir.«

»Nein«, sagte Carrie, »ich leih ihn dir nicht.«

»Klar.« Eleanors Schwager nickte. »Wir brauchen ihn selbst, wie Carrie gesagt hat.«

Carrie lächelte dünn. »Ich würde mir das nie verzeihen,

Eleanor, wenn ich dir den Wagen leihen würde und es passierte etwas. Wie sollen wir wissen, ob diesem Doktor Sowieso zu trauen ist? Du bist schließlich noch eine junge Frau, und der Wagen ist ein schönes Stück Geld wert.«

»Na ja, Carrie, ich hab zwar Homer beim Kreditbüro angerufen, und er hat gesagt, der Bursche ist unbescholten und gehört zu irgend so einem College –«

Immer noch lächelnd sagte Carrie: »Natürlich, wir haben *allen* Grund anzunehmen, daß er ein Ehrenmann ist. Aber Eleanor geruht nicht zu sagen, wo sie hinfährt oder wie wir sie erreichen können, wenn wir den Wagen zurückhaben wollen; es könnte etwas passieren, und wir erfahren überhaupt nichts davon. Selbst wenn Eleanor«, fuhr sie behutsam fort, wie zu ihrer Teetasse sprechend, »selbst wenn *Eleanor* bereit ist, auf Einladung des erstbesten Mannes bis ans Ende der Welt zu fahren, ist das *immer noch* kein Grund, warum ich ihr erlauben sollte, meinen Wagen mitzunehmen.«

»Er gehört zur Hälfte mir.«

»Stell dir mal vor, unser Linnilein wird krank, da oben im Gebirge, und kein Mensch in der Nähe? Kein Arzt!«

»Auf jeden Fall bin ich mir sicher, Eleanor, daß Mutter auch gutheißen würde, was ich tue. Mutter hatte Vertrauen zu mir und fände es sicher nicht richtig, wenn ich dich in meinem Wagen herumabenteuern und Gott weiß wohin fahren ließe.«

»Oder stell dir vor, ich könnte ja auch krank werden da oben in –«

»Ich bin sicher, Mutter würde mir recht geben, Eleanor.«

»Und außerdem«, sagte Eleanors Schwager, dem plötzlich eine furchtbare Möglichkeit einfiel, »wie sollen wir wissen, ob sie ihn heil wieder zurückbringt?«

Alles macht man irgendwann zum ersten Mal, sagte sich Eleanor. Es war noch sehr früh am Morgen, und sie stieg aus dem Taxi, zitternd, denn inzwischen regte sich bei ihrer Schwester und ihrem Schwager vielleicht schon ein erster Verdacht. Schnell nahm sie ihren Koffer aus dem Wagen, während der Fahrer den Karton aufhob, der auf dem Vordersitz gestanden hatte. Eleanor gab ihm zu viel Trinkgeld und dachte daran, daß Schwester und Schwager jetzt vielleicht schon hinter ihr her waren, daß sie womöglich eben um die Ecke bogen und sich zuriefen, »da ist sie, genau, wie wir's uns gedacht haben, die Diebin, da ist sie«. Eilig wendete sie sich zu der großen Stadtgarage hin, wo der Wagen stand, und blickte nervös nach beiden Seiten die Straße hinunter. Sie prallte mit einer sehr kleinen alten Dame zusammen; Tüten und Päckchen flogen durcheinander. Mit Entsetzen sah Eleanor, wie eine Tüte auf dem Pflaster zerplatzte, ein zerbrochenes Stück Käsekuchen, Tomatenscheiben und eine Hartwurst preisgebend. »Verdammt sollen Sie sein!« schrie die kleine alte Dame und reckte das Gesicht bis dicht vor Eleanors Gesicht hoch. »Ich wollte es nach Hause mitnehmen, verdammt sollen Sie sein!«

»Tut mir so leid!« sagte Eleanor; sie bückte sich, aber es schien unmöglich, die Tomaten- und Käsekuchenstückchen zusammenzuscharren und wieder in die aufgerissene Tüte zu stopfen. Die alte Dame blickte finster darauf hinab und riß die anderen Päckchen wieder an sich, bevor Eleanor sie fassen konnte. Schließlich richtete Eleanor sich auf, mit einem krampfigen, entschuldigungsheischenden Lächeln. »Es tut mir wirklich sehr leid«, sagte sie.

»Verdammt sollen Sie sein!« sagte die kleine alte Dame, nun aber schon ruhiger. »Ich wollte es nach Hause mitnehmen, für mein kleines Mittagessen. Und nun, Ihretwegen –«

»Vielleicht könnte ich's Ihnen bezahlen?« Eleanor griff in ihre Handtasche, und die kleine alte Dame stand ganz still da und überlegte.

»Ich kann doch nicht einfach Geld dafür nehmen«, sagte sie schließlich. »Ich hab die Sachen nicht gekauft, wissen Sie, die sind übrig geblieben.« Sie schnalzte ärgerlich mit den Lippen. »Sie hätten mal sehn sollen, was es da für einen Schinken gab. Aber den bekam jemand anders. Und den Schokoladenkuchen! Den Kartoffelsalat! Und die Pralinen in den kleinen Papiertellerchen! Und bei *allem* kam ich zu spät. Und jetzt...« Beide schauten sie hinab auf den Schlamassel auf dem Trottoir, und die alte Dame sagte, »also, da kann ich doch kein Geld nehmen, nicht einfach so aus der Hand, nicht für Sachen, die übriggeblieben sind.«

»Könnte ich Ihnen denn nicht etwas kaufen, als Ersatz? Ich hab es schrecklich eilig, aber wenn wir einen Laden finden, der schon geöffnet hat...«

Die kleine alte Dame lächelte spitzbübisch. »Ich hab ja immer noch das hier«, sagte sie und drückte eines von ihren Päckchen ganz fest an sich. »Sie könnten mir die Taxifahrt nach Hause bezahlen«, sagte sie. »Dann kann ich einigermaßen sicher sein, daß mich nicht *noch* jemand umrennt.«

»Aber gern«, sagte Eleanor und wandte sich zu dem Taxifahrer hin, der interessiert gewartet hatte. »Könnten Sie die Dame heimbringen?« fragte sie.

»Zwei Dollar werden reichen«, sagte die alte Dame, »abgesehen vom Trinkgeld für diesen Herrn natürlich. So klein, wie ich bin«, sagte sie schelmisch, »ist das immer ein Risiko, und was für eines, daß einen Leute umrennen. Trotzdem, es ist eine echte Freude, mal jemanden zu treffen wie Sie, der auch bereit ist, es wiedergutzumachen. Manchmal drehn sich die Leute nicht mal um.« Mit Eleanors Hilfe stieg sie mit ihren Päckchen in das Taxi, und Eleanor nahm zwei Dollar und ein Fünfzigcentstück aus ihrem Portemonnaie und gab sie der alten Dame, die sie fest mit ihrer kleinen Hand umschloß.

»Na schön, Herzchen«, sagte der Taxifahrer, »wo soll's hingehn?«

Die alte Dame schmunzelte. »Ich sag's Ihnen, wenn wir losgefahren sind«, sagte sie. Dann sagte sie zu Eleanor, »Viel Glück, Mädchen! Passen Sie von nun an auf, wo Sie hingehn, damit Sie keine Leute umrennen.«

»Ade«, sagte Eleanor, »und es tut mir wirklich sehr leid.«

»Schon gut«, sagte die alte Dame und winkte ihr, als das Taxi anfuhr. »Ich werde für Sie beten, Mädchen.«

Na, dachte Eleanor, als sie dem Taxi nachblickte, immerhin eine, die für mich betet. Immerhin eine!

# 4

Es war der erste wirklich schöne Tag im Sommer, einer Jahreszeit, die in Eleanor immer schmerzliche Erinnerungen an ihre frühe Jugend weckte, als es anscheinend immerzu Sommer gewesen war. Sie konnte sich an keinen Winter vor dem Tod ihres Vaters an einem kalten Regentag erinnern. In letzter Zeit, während dieser schnell hingezählten Jahre, hatte sie sich gewundert, womit sie nur all diese Sommertage vergeudet hatte; wie hatte sie nur so leichtfertig damit umgehen können? Ich bin doch dumm, sagte sie sich zu Beginn jedes Sommers, ich bin sehr dumm; ich bin doch nun erwachsen und weiß, was die Dinge wert sind. Nichts ist jemals wirklich vergeudet, redete sie sich gut zu, nicht mal die Kindheit, und dann kam jedes Jahr an einem Sommermorgen der warme Wind die Straße entlang, durch die sie ging, und der kleine kalte Gedanke streifte sie: Du hast schon wieder mehr Zeit vergehen lassen. Aber an diesem Morgen, in dem kleinen Wagen, der ihr und ihrer Schwester gemeinsam gehörte, als sie noch immer Bedenken hatte, ob sie nicht merken würden, daß sie ihn nun doch einfach weggenommen hatte, als sie brav die Straße entlangfuhr, die Verkehrsregeln befolgte, anhielt, wo sie halten mußte, und abbog, wo sie abbiegen durfte, da lächelte sie ins schräge Sonnenlicht hinaus und dachte, ich fahre weg, ich fahre weg, ich habe endlich doch etwas unternommen.

Bei den früheren Gelegenheiten, wenn ihre Schwester ihr erlaubt hatte, den kleinen Wagen zu nehmen, war sie immer vorsichtig, mit größter Behutsamkeit gefahren, damit der Wagen auch nicht die kleinsten Kratzer oder Dellen abbekam, die ihre Schwester erzürnen könnten, aber heute, mit dem Karton auf dem Rücksitz und dem Koffer auf dem Boden, Handschuhen, Handtasche und Sommermantel neben sich auf dem Beifahrersitz, gehörte der Wagen ganz und gar ihr, ihre eigene kleine selbstgenügsame Welt. Ich fahre wirklich weg, dachte sie.

An der letzten Ampel in der Stadt, bevor sie zur großen Fernstraße hin abbog, hielt sie an, wartete und zog Dr. Montagues Brief aus der Handtasche. Ich brauche gar keine Karte, dachte sie; er muß ein sehr gewissenhafter Mann sein. »...Route 39 nach Ashton«, hieß es in dem Brief, »dann links abbiegen auf die Route 5 nach Westen. Auf dieser Straße kommen Sie nach knapp 30 Meilen in das kleine Dorf Hillsdale. Durchfahren Sie Hillsdale bis zu einer Kreuzung, an der links eine Tankstelle und rechts eine Kirche ist, und biegen Sie dort links ab in einen schmalen landwirtschaftlichen Fahrweg; er führt hinauf in die Hügel, und die Fahrbahn ist sehr schlecht. Nach etwa sechs Meilen auf diesem Weg kommen Sie an die Pforte zum Hill House. Ich beschreibe den Weg so detailliert, weil es nicht ratsam ist, in Hillsdale zu halten und nach dem Weg zu fragen. Die Leute dort sind sehr unhöflich gegen Fremde und zeigen offene Ablehnung, wenn man sich nach Hill House erkundigt. – Ich bin sehr froh, daß Sie mit uns in Hill House sein werden, und erwarte mit großem Vergnügen, am Donnerstag, dem 21. Juni, Ihre Bekanntschaft zu machen...«

Die Ampel wurde grün; Eleanor bog in die Fernstraße ein und war heraus aus der Stadt. Niemand, dachte sie, kann mich mehr einfangen; sie wissen ja nicht mal, wohin ich fahre.

Allein war sie noch nie sehr weit gefahren. Der Gedanke, die schöne Reise nach Meilen und Stunden einzuteilen, war töricht; während sie den Wagen genau in der Mitte zwischen der weißen Linie auf der Straße und der Reihe der Bäume am Straßenrand hielt, verstand sie alles als eine Folge vorübereilender Momente, ein jeder war neu, die sie mit sich nahmen auf einem Weg von unglaublicher Neuheit zu einem ganz neuen Ort. Die Reise selbst war ihre befreiende Tat, das Ziel unklar; sie hatte keine Vorstellung davon, vielleicht existierte es gar nicht. Jede Kurve ihrer Fahrt gedachte sie auszukosten, sie liebte die Bäume, die Häuser, die kleinen, häßlichen Ortschaften, sie spielte mit dem Gedanken, einfach irgendwo anzuhalten und nie mehr weiterzufahren. Sie könnte am Straßenrand anhalten – obwohl das nicht erlaubt war, sagte sie sich; sie würde bestraft werden, wenn sie das wirklich täte –, den Wagen dort stehen lassen und davongehen, durch die Baumreihen in das milde, freundliche Land dahinter. Sie könnte herumwandern bis zur Erschöpfung, Schmetterlinge fangen, dem Lauf eines Baches folgen und dann bei Anbruch der Nacht zur Hütte eines armen Holzfällers gelangen, der sie beherbergen würde; sie könnte für immer in East Barrington oder Desmond heimisch werden oder in der Landgemeinde Berk; sie könnte auch für immer auf der Straße bleiben und einfach weiter und weiter fahren, bis die Reifen verschlissen wären und sie ans Ende der Welt käme.

Und, dachte sie, ich könnte auch weiterfahren bis nach

Hill House, wo man mich erwartet und mir Kost und Logis gibt und ein kleines, symbolisches Honorar als Entgelt für die Unterbrechung anderer Tätigkeiten und Verpflichtungen in der Stadt und dafür, daß ich nicht fortlaufe, um etwas von der Welt zu sehen. Ich bin gespannt auf diesen Dr. Montague. Ich bin gespannt auf Hill House. Ich bin gespannt, wer noch dabeisein wird.

Sie war nun schon ein gutes Stück außerhalb der Stadt und hielt Ausschau nach der Abzweigung zur Route 39, nach dem Zauberfaden, den Dr. Montague für sie ausgelegt hatte, der Straße, die er aus allen der Welt ausgewählt hatte und die sie sicher nach Hill House führen würde; keine andere Straße konnte sie von da, wo sie war, dorthin, wo sie sein wollte, bringen. Dr. Montague wurde bestätigt, er schien unfehlbar zu sein; unter dem Schild, das auf die Abzweigung zur Route 39 hinwies, war noch ein Schild, auf dem stand: ASHTON, 121 MEILEN.

Die Straße, inzwischen eine gute Freundin, bog und neigte sich, beschrieb Kurven, hinter denen Überraschungen warteten – einmal eine Kuh, die sie über einen Zaun anblickte, einmal ein uninteressierter Hund –, führte in Talmulden hinab, in denen kleine Orte lagen, an Feldern und Obstgärten vorüber. An der Hauptstraße eines Dorfes sah sie ein geräumiges Haus, mit Säulen verziert und mit Mauern umfriedet, mit geschlossenen Fensterläden und zwei steinernen Löwen, die zu beiden Seiten der Treppe wachten, und sie dachte, daß sie vielleicht hier wohnen könnte, jeden Morgen die Löwen abstauben und ihnen abends einen Gutenachtklaps auf den Kopf geben würde. Die Zeit beginnt an diesem Junimorgen, redete sie sich zu, aber es ist eine Zeit, die seltsam neu und für sich ist; in diesen paar Sekunden habe ich ein ganzes Leben in einem Haus verbracht, vor dem zwei Löwen stehen. Jeden Morgen habe ich die Veranda gekehrt und die Löwen abgestaubt, und jeden Abend kriegten sie ihren Gutenachtklaps; einmal die Woche habe ich ihnen Gesicht, Mähne und Pranken mit warmem Sodawasser gewaschen und die Fugen zwischen ihren Zähnen mit einer Bürste geputzt. Drinnen im Haus waren die Räume hoch und hell, mit blitzenden Fußböden und blanken Fenstern. Eine zierliche alte Dame servierte mit abgezirkelten Bewegungen Tee auf einem silbernen Tablett und brachte mir jeden Abend ein Glas Holunderwein, meiner Gesundheit zuliebe. Zu Abend aß ich allein in dem langen, stillen Eßzimmer an dem weiß gedeckten Tisch, und zwischen den hohen Fenstern glänzte die weiße Täfelung der Wände im Kerzenschein; es gab Geflügel, Radieschen aus dem Garten und hausgemachtes Pflaumenkompott. Ich schlief unter einem Baldachin von weißem Organdy, und von der Diele schien ein Nachtlämpchen herein. Auf den Straßen machten die Leute tiefe Verbeugungen vor mir, weil sie alle stolz waren auf meine Löwen. Als ich starb –

Inzwischen hatte sie die Stadt weit hinter sich gelassen und fuhr an schmutzigen, geschlossenen Imbißbuden und zerrissenen Plakaten vorüber. Irgendwo hier in der Nähe war vor langer Zeit mal ein Jahrmarkt gewesen, mit Motorradrennen; Wortfetzen auf den Plakaten wiesen immer noch darauf hin. TEUFEL hieß es an einer Stelle und ERL an einer anderen, und sie lachte über sich selbst, weil sie merkte, wie sie aus allem eine Vorbedeutung herauszulesen versuchte; TEUFELSKERL heißt das Wort, Eleanor, die Teufelskerle auf der Piste. Sie verlangsamte das Tempo, denn sie fuhr zu schnell und würde womöglich Hill House zu früh erreichen.

An einer Stelle hielt sie tatsächlich am Straßenrand, um zu bestaunen, was sie da sah. Etwa eine Viertelmeile weit hatte die Straße an einer Reihe wunderschöner beschnittener Oleanderbäume entlanggeführt, die in gleichmäßigen Abständen rosa und weiß in Blüte standen. Nun war sie an die Toreinfahrt gekommen, die die Bäumchen umgaben, und hinter der Einfahrt setzte sich die Baumreihe fort. Die Einfahrt bestand nur aus zwei verfallenen steinernen Säulen, zwischen denen eine Straße in die leeren Felder hinaus führte. Sie konnte sehen, daß die Oleanderbäume in einiger Entfernung von der Straße wegführten und daß die Reihen ein großes Quadrat bildeten; auf der gegenüberliegenden Seite des Vierecks schienen die Bäume den Lauf eines kleinen Flusses zu begleiten. Im Innern des Oleander-Vierecks war nichts, kein Haus oder sonst ein Gebäude, nur die Straße, die geradewegs hindurchführte und am Fluß endete. Was ist bloß hier gewesen, fragte sie sich, was ist einmal hier gewesen und ist nun nicht mehr hier? Oder was sollte hierherkommen und ist nicht hergekommen? Ein Haus, ein Park, ein Obstgarten? Waren die Leute für immer vertrieben, oder würden sie wiederkommen? Oleander ist giftig, fiel ihr ein; konnte es sein, daß die Bäume hier etwas abschirmten? Werde ich, dachte sie, werde ich aus dem Wagen steigen, durch das verfallene Tor gehen und dann, sobald ich in dem magischen Oleander-Viereck bin, bemerken, daß ich in ein Märchenland geraten bin, das sich durch ein Gift vor den Blicken der Vorüberkommenden schützt? Werde ich, sobald ich zwischen die magischen Säulen getreten bin, die schützende Schranke überschreiten können, wird der Zauber dann gebrochen sein? Ich werde einen lieblichen Garten betreten, mit Brunnen und niedrigen Bänken, Heckenrosen über Lauben, und den einzigen Pfad finden – vielleicht mit Edelsteinen bestreut, mit Juwelen und Smaragden, und doch weich genug, daß eine Königstochter mit ihren Sandalenfüßchen darauf gehen kann –, und er führt mich geradewegs zu dem Palast, der unter einem Zauber liegt. Ich werde die niedrigen steinernen Stufen hinaufgehen, an den steinernen Löwen vorüber, die sie bewachen, in einen Hof, wo ein Springbrunnen plätschert und wo die Königin sitzt, weinend und wartend, daß die Prinzessin heimkehrt. Sie wird ihre Stickerei fallen lassen, wenn sie mich sieht, und den Dienern, die nun endlich aus ihrem langen Schlaf erwachen, den Befehl zurufen, ein großes Festmahl zu bereiten, weil der Zauber vorüber und der Palast wieder wie früher ist. Und wenn wir nicht gestorben sind, dann leben wir noch heute.

Aber nein, natürlich, dachte sie, als sie den Motor wieder anließ, sobald der Palast sichtbar wird und der Zauber gebrochen ist, wird der *ganze* Zauber brechen und die Gegend auch außerhalb der Oleanderreihen wird ihre wahre Gestalt wieder annehmen, die Dörfer, die Plakate und die Kühe werden verschwinden und sich auflösen in ein sanftes, grünes Bild aus einem Märchenbuch. Und von den Hügeln herab wird ein Prinz geritten kommen, in hellem Grün und Silber, mit hundert Bogenschützen im

Gefolge, mit flatternden Wimpeln, sich bäumenden Rossen und funkelnden Edelsteinen...

Sie lachte und warf den magischen Oleanderbäumen ein Abschiedslächeln zu. Eines Tages, sagte sie zu ihnen, eines Tages komm ich wieder und breche euren Zauber.

Als sie hundertundeine Meile weit gefahren war, hielt sie zum Mittagessen an einem ländlichen Gasthaus, das sich als alte Mühle bezeichnete. Unglaublich, nun saß sie auf einem Balkon über einem Sturzbach, blickte hinab auf nasse Steine und das berauschende Geglitzer schnellfließenden Wassers und hatte eine Kristallschale mit Quark vor sich auf dem Tisch, daneben Maisbrotstangen in einer Serviette. Weil dies eine Zeit war und ein Land, wo der Zauber schnell verhängt und schnell wieder gebrochen war, wollte sie bei ihrer Mahlzeit ein bißchen trödeln, denn sie wußte ja, Hill House würde am Ende des Tages immer noch auf sie warten. Die einzigen Gäste außer ihr waren eine Familie: Mutter, Vater, ein kleiner Junge und ein kleines Mädchen; sie redeten leise und bedächtig miteinander, und einmal schaute das kleine Mädchen zu Eleanor herüber und betrachtete sie mit unverhohlener Neugier. Nach einem Weilchen lächelte es. Die Lichtfunken, die vom Bach heraufblitzten, streiften die Decke und die blanken Tischplatten und fuhren dem kleinen Mädchen in die Locken, und die Mutter des kleinen Mädchens sagte, »sie will die Sterntasse«.

Eleanor schaute auf. Das kleine Mädchen rutschte auf seinem Stuhl vom Tisch weg und wollte die Milch nicht trinken. Der Vater sah es finster an, der Bruder kicherte und die Mutter sagte ruhig, »sie will die Sterntasse«.

Na ja doch, dachte Eleanor, ja doch, ich auch; die Sterntasse, was sonst?

»Ihre kleine Tasse«, erklärte die Mutter und lächelte entschuldigend zu der Kellnerin hin, die ganz niedergeschmettert war von dem Gedanken, daß die gute, reine Kuhmilch der Mühle dem kleinen Mädchen womöglich nicht schmeckte, »aus der sie zu Hause immer ihre Milch trinkt, hat Sterne auf dem Grund. Darum heißt sie die Sterntasse, weil sie die Sterne darin sehen kann, wenn sie ihre Milch trinkt.« Die Kellnerin nickte, ohne zu begreifen, und die Mutter sagte zu dem kleinen Mädchen, »heute abend, wenn wir heimkommen, kriegst du deine Milch wieder aus deiner Sterntasse. Aber grad jetzt, könntest du da nicht mal ein ganz liebes kleines Mädchen sein und ein bißchen Milch aus diesem Glas trinken?«

Tu's nicht! sagte Eleanor dem kleinen Mädchen, bleib dabei, daß du deine Sterntasse willst; wenn sie dich erst so weit haben, daß du bist wie alle andern, siehst du deine Sterntasse nie wieder; tu's nicht!, und das kleine Mädchen blickte zu ihr herüber und lächelte fein und verschmitzt und in vollkommenem Einverständnis, dann schüttelte sie beharrlich den Kopf und rührte das Glas nicht an. Du tapferes Mädchen, dachte Eleanor, du kluges, tapferes Mädchen!

»Du verziehst sie«, sagte der Vater. »Diese Launen darf man ihr nicht durchgehen lassen.«

»Nur dies eine Mal«, sagte die Mutter. Sie stellte das Glas Milch weg und berührte das kleine Mädchen sacht bei der Hand. »Iß dein Eis«, sagte sie.

Als die Familie aufbrach, winkte das kleine Mädchen

Eleanor zum Abschied, und Eleanor winkte zurück. Sie blieb noch sitzen und genoß das Alleinsein, während sie ihren Kaffee austrank und der Bach unter ihr strudelte und plätscherte. Ich hab es nicht mehr weit, dachte Eleanor; mehr als den halben Weg hab ich hinter mir. Ende der Reise, dachte sie, und im Hintergrund ihrer Gedanken, glitzernd wie der kleine Bach, tänzelte ihr ein Zipfel von einer Melodie durch den Kopf, die von ganz fern auch ein paar Worte mitführte: »Aufenthalt bringt keinen Segen«, dachte sie, »Aufenthalt bringt keinen Segen.«

Beinah wäre sie für immer an einer Stelle kurz vor Ashton geblieben, wo sie ein winziges Häuschen sah, das tief versunken in einem Garten stand. Darin könnte ich ganz allein wohnen, dachte sie und bremste den Wagen, um Zeit für einen Blick auf die kleine blaue Haustür am Ende des sich schlängelnden Gartenwegs zu gewinnen, und wie das Pünktchen auf dem i saß eine weiße Katze auf der Schwelle. Auch hier würde mich niemand finden, hinter all den Rosen, und um ganz sicherzugehn, würde ich zur Straße hin noch Oleanderbäume pflanzen. An kühlen Abenden mach ich Feuer und brate mir Äpfel am eigenen Herd. Ich ziehe weiße Katzen groß, nähe weiße Gardinen, und nur manchmal gehe ich aus dem Haus, um im Laden Zimt, Garn und Tee zu kaufen. Die Leute kommen zu mir, um sich die Zukunft weissagen zu lassen, und ich braue Liebestränke für bekümmerte Jungfrauen; ich habe ein zahmes Rotkehlchen... Aber das Häuschen lag nun schon weit hinter ihr, und es wurde Zeit, nach der neuen Straße Ausschau zu halten, die Dr. Montague so genau bezeichnet hatte.

»Links abbiegen auf die Route 5 nach Westen«, stand in seinem Brief, und prompt geschah es, als ob er von irgendwoher ihren Wagen fernsteuerte; sie war auf der Route 5 nach Westen und beinah schon am Ende ihrer Reise. Trotz allem, was er geschrieben hat, dachte sie, werde ich aber doch in Hillsdale einen Moment haltmachen, bloß auf einen Kaffee, denn ich kann es nicht haben, daß diese lange Fahrt so schnell vorüber sein soll. Jedenfalls ist es nichts Unerlaubtes, denn in dem Brief heißt es ja nur, es ist nicht ratsam, in Hillsdale nach dem Weg zu fragen, und nicht, es ist verboten, dort Kaffee zu trinken, und wenn ich Hill House gar nicht erwähne, werde ich schon nichts falsch machen. Jedenfalls, dachte sie, ohne recht zu wissen, warum, es ist meine letzte Chance.

Hillsdale war da, ehe sie es wußte, ein wirrer Haufen schmuddeliger Häuser und krummer Straßen. Es war ein kleines Dorf; sobald sie auf der Hauptstraße war, konnte sie die Tankstelle und die Kirche am andern Ende sehen. Es schien nur ein Lokal zu geben, wo man eine Kaffeepause einlegen konnte, und das war eine wenig einladende Imbißstube, aber Eleanor wollte nun mal in Hillsdale haltmachen, und darum brachte sie den Wagen an dem zerbrochenen Bordstein vor der Imbißstube zum Stehen und stieg aus. Nach kurzem Nachdenken und einem stummen Nicken zur Begrüßung des Ortes schloß sie den Wagen ab, im Gedanken an den Koffer auf dem Boden und den Karton auf dem Beifahrersitz. In Hillsdale bleib ich nicht lange, dachte sie und blickte in beide Richtungen die Straße entlang, die sogar im Sonnenschein finster und abstoßend aussah. Ein Hund schlief unruhig im Schatten einer Mauer, eine Frau stand auf der andern Straßenseite in einer Toreinfahrt und schaute zu Eleanor herüber, zwei Jungen lehnten an einem Zaun, betont schweigend. Eleanor hatte vor fremden Hunden und keifenden Weibern ebenso Angst wie vor jungen Rabauken, darum ging sie schnell in die Imbißstube, Handtasche und Wagenschlüssel fest umklammernd. Drinnen stand eine müde junge Frau ohne Kinn hinter der Theke, und am einen Ende saß ein Mann und aß. Eleanor fragte sich kurz, wie hungrig er wohl sein mußte, daß er bereit war, hier etwas zu essen, als sie die graue Theke und den Teller mit Pfannkuchen unter einer verschmierten Glasglocke sah. »Kaffee«, sagte Eleanor, und die junge Frau drehte sich verdrossen um und riß eine Tasse von den Stapeln auf den Regalen herunter. Diesen Kaffee wirst du nun auch trinken müssen, weil du einmal gesagt hast, du willst einen, befahl Eleanor sich streng, aber nächstes Mal hörst du auf Dr. Montague.

Der Mann, der beim Essen saß, und die junge Frau hinter der Theke hatten irgendeinen für Eleanor undurchsichtigen Spaß miteinander. Als sie Eleanor den Kaffee hinstellte, schaute sie mit einem halben Lächeln zu ihm hinüber, er zuckte die Achseln, und dann lachte sie. Eleanor blickte auf, aber die junge Frau betrachtete ihre Fingernägel, und der Mann wischte seinen Teller mit Brot aus. Vielleicht war Eleanors Kaffee vergiftet; so sah er jedenfalls aus. Entschlossen, das Dorf Hillsdale bis in seine tiefsten Niederungen auszuloten, sagte Eleanor zu der jungen Frau, »geben Sie mir bitte auch einen von diesen Pfannkuchen«, und die junge Frau warf dem Mann wieder einen Seitenblick zu, tat einen Pfannkuchen auf einen

Teller, stellte ihn vor Eleanor hin und lachte, als sie einen Blick von dem Mann auffing.

»Dies ist ein hübscher kleiner Ort«, sagte Eleanor zu der jungen Frau. »Wie heißt er?«

Die junge Frau machte große Augen; vielleicht hatte noch niemand die Verwegenheit besessen, Hillsdale als einen hübschen kleinen Ort zu bezeichnen. Einen Moment später schaute sie wieder zu dem Mann hin, als ob sie von ihm eine Bestätigung erwartete, und sagte, »Hillsdale«.

»Wohnen Sie schon lange hier?« fragte Eleanor. Hill House werde ich nicht erwähnen, beruhigte sie den fernen Dr. Montague, ich will nur noch ein bißchen Zeit vertrödeln.

»Ja«, sagte die junge Frau.

»Es muß nett sein, in so einem kleinen Ort wie diesem zu leben. Ich komme aus der Stadt.«

»Ja?«

»Gefällt es Ihnen hier?«

»Es geht«, sagte die junge Frau. Sie schaute wieder zu dem Mann hin, der genau zuhörte. »Gibt nicht viel zu tun.«

»Wie groß ist der Ort?«

»Ziemlich klein. Noch Kaffee?« Die Frage richtete sich an den Mann, der mit der Tasse gegen die Untertasse geklappert hatte. Eleanor trank mit Schaudern einen ersten Schluck aus der eigenen Tasse und wunderte sich, wie jemand davon noch mehr wollen könnte.

»Kommen viele Leute zu Besuch hier in die Gegend?« fragte sie, als die junge Frau die Kaffeetasse nachgefüllt hatte und zurückgekommen war, um sich wieder gegen die Regale zu lehnen. »Ich meine, Touristen?«

»Wozu?« Die junge Frau blitzte sie einen Moment lang an, aus einer Leere heraus, die vielleicht größer war als jede, die Eleanor je gekannt hatte. »Warum sollte irgendwer *hierher* kommen?« Sie schaute mürrisch zu dem Mann hin und fügte hinzu: »Hier gibt es noch nicht mal ein Kino.«

»Aber die Hügel sind doch so hübsch. Meistens trifft man in kleinen abgelegenen Orten wie diesem hier doch Leute aus der Stadt, die sich in den Hügeln irgendwo ein Haus gebaut haben. Weil man da so abgeschieden ist.«

Die junge Frau lachte kurz auf. »*Hier* nicht.«

»Oder man renoviert die alten Häuser –«

»Abgeschieden!« sagte die junge Frau und lachte noch einmal.«

»Es ist aber doch erstaunlich«, sagte Eleanor, mit dem Gefühl, daß der Mann sie ansah.

»Ja«, sagte die junge Frau. »Wenn's ein Kino gäbe, wenigstens!«

»Ich dachte sogar«, sagte Eleanor vorsichtig, »ich könnte mich mal umschauen. Alte Häuser sind meistens billig, nicht?, und es macht Freude, sie neu herzurichten.«

»Nicht hier in der Gegend«, sagte die junge Frau.

»Dann gibt es hier wohl keine alten Häuser?« sagte Eleanor. »Weiter oben in den Hügeln?«

»Nix.«

Der Mann stand auf, zog Kleingeld aus der Tasche und ergriff zum ersten Mal das Wort. »Die Leute gehen von hier *fort*«, sagte er. »Niemand zieht hierher.«

Als die Tür hinter ihm zuging, richtete die junge Frau wieder ihren stumpfen Blick auf Eleanor, fast ärgerlich, als ob Eleanor mit ihrem Geschwätz ihr einen Kunden vertrieben hätte. »Er hat recht«, sagte sie schließlich. »Man zieht hier weg, wenn man Glück hat.«

»Warum ziehen *Sie* dann nicht weg?« fragte Eleanor, und die junge Frau zuckte die Achseln.

»Was hätte ich davon?« fragte sie. Ohne Interesse nahm sie Eleanors Geldschein und gab den Rest heraus. Dann, wieder mit einem kurzen Aufblitzen der Augen, sah sie zu den leeren Tellern am Ende der Theke hin und hätte beinah gelächelt. »Der kommt jeden Tag«, sagte sie. Als Eleanor ihrerseits lächelte und etwas sagen wollte, drehte die junge Frau ihr den Rücken zu und machte sich an den Tassen auf den Regalen zu schaffen. Eleanor fühlte sich verabschiedet, stand auf, dankbar, daß sie ihren Kaffee nicht austrinken mußte, nahm Autoschlüssel und Handtasche. »Ade«, sagte Eleanor, und die junge Frau, immer noch mit dem Rücken zu ihr, antwortete, »viel Glück! Hoffentlich finden Sie Ihr Haus.«

5

Der Fahrweg, der an der Tankstelle und der Kirche von der Straße abzweigte, war tatsächlich sehr schlecht, tief ausgefurcht und steinig. Eleanors kleiner Wagen hüpfte und holperte, als ob er sich sträubte, noch weiter in dieses abweisende Hügelland einzudringen, wo der Tag unter den dichten, bedrückenden Baumdächern zu beiden Seiten sehr schnell zur Neige zu gehen schien. Mit der Verkehrsdichte haben sie hier keine Probleme, dachte Eleanor grimmig und riß das Lenkrad herum, um einem besonders bösartigen Felsbrocken auszuweichen; sechs Meilen auf dieser Piste werden dem Wagen gar nicht guttun; und zum ersten Mal seit Stunden dachte sie wieder an ihre Schwester und mußte lachen. Inzwischen hatten sie sicherlich gemerkt, daß Eleanor mit dem Wagen weggefahren war, wußten aber nicht, wohin; fassungslos würden sie sich sagen, daß sie so etwas von Eleanor nie gedacht hätten. Ich hätte es von mir selbst auch nie gedacht, sagte sie sich, immer noch lachend; alles ist so ganz anders, ich bin ein neuer Mensch, weit weg von zu Hause. »Aufenthalt bringt keinen Segen; ... Lachen läßt sich nicht vertagen ...« Sie hielt die Luft an, als der Wagen gegen einen Stein krachte und quer über die Straße zurückrollte, mit einem kratzenden Geräusch von unten, das nichts Gutes zu verheißen schien, aber dann nahm er sich zusammen und kletterte tapfer weiter bergauf. Zweige streiften über die Windschutzscheibe, und es wurde immer dunkler; Hill House hat Sinn für einen effektvollen Auftritt, dachte sie; wer weiß, ob hier jemals die Sonne hereinscheint. Schließlich, mit einer letzten Anstrengung, brach der Wagen durch einen Haufen trockenen Laubs und kleiner Zweige, der auf dem Weg lag, und kam auf eine Lichtung vor dem Tor von Hill House.

Warum bin ich hier? fragte sie sich sofort ganz hilflos, was will ich hier? Das Tor war hoch, schwer und abweisend, fest eingelassen in eine steinerne Mauer, die sich zwischen den Bäumen hinzog. Schon vom Wagen aus konnte sie das Vorhängeschloß sehen, das um die Gitterstäbe und zwischen ihnen hindurch geschlungen war. Hinter dem Tor konnte sie nur sehen, daß der Fahrweg sich ein Stück weit fortsetzte und dann eine Biegung machte, zu beiden Seiten von stillen, dunklen Bäumen beschattet.

Weil das Tor so eindeutig verschlossen war – mehrfach verschlossen, verkettet und verriegelt; wer will denn schon unbedingt hier hinein, den man fernhalten müßte, fragte sie sich –, machte sie keinen Versuch auszusteigen, sondern drückte auf die Hupe, und das Tor und die Bäume erschauerten und wichen ein wenig zurück vor dem Geräusch. Nach einer Minute hupte sie noch einmal, und nun sah sie einen Mann aus dem Innern des Grundstücks zum Tor kommen. Er war so finster und abweisend wie das Vorhängeschloß, und bevor er ans Tor trat, schaute er sie durch das Gitter mißmutig an.

»Was wollen Sie?« Seine Stimme klang scharf und giftig.

»Ich möchte hinein, bitte! Bitte schließen Sie das Tor auf.«

»Wer sagt das?«

»Na –«, sie wurde unsicher. »Ich soll doch hier reinkommen«, sagte sie schließlich.

»Wozu?«

»Ich werde erwartet.« Oder stimmt das vielleicht gar nicht, fragte sie sich plötzlich; soll ich vielleicht nur bis hierher kommen?

»Von wem?«

Sie wußte natürlich, daß der Mann seine Befugnisse genüßlich überschritt, als ob er die kleine zeitweilige

Überlegenheit noch nicht einbüßen wollte, die er zu besitzen glaubte, solange er das Tor noch nicht aufgeschlossen hatte – und worin wäre *ich* ihm denn auch überlegen, fragte sie sich; schließlich bin ich ja noch *draußen*. Sie konnte schon sehen, daß er, wenn sie jetzt wütend wurde – was sie sich selten getraute, weil sie befürchtete, nichts damit zu erreichen –, sich nur abwenden würde und sie draußen stehenließe, wo sie dann vergeblich schimpfen und toben könnte. Sie konnte sogar schon voraussehen, welche Unschuldsmiene er aufsetzen würde, wenn man ihm später wegen dieser Unverschämtheit Vorhaltungen machte – das tückisch nichtssagende Grinsen, die großen, leeren Augen, die klagende Stimme, mit der er versichern würde, natürlich *würde* er sie eingelassen haben, er habe *vorgehabt*, sie einzulassen, aber wie hätte er denn wissen sollen, ob? Er hatte schließlich seine Anordnungen, nicht? Und er mußte schließlich tun, was man ihm gesagt hatte, nicht? *Er* würde doch den Ärger kriegen, nicht?, wenn er jemanden einließ, der nicht eingelassen werden sollte? Sie konnte voraussehen, wie er die Achseln zucken würde, und bei dieser Vorstellung mußte sie lachen – wohl das Schlimmste, was sie hätte tun können.

Den Blick auf sie gerichtet, trat er vom Tor zurück. »Kommen Sie lieber später wieder«, sagte er und kehrte ihr mit einer Miene tugendsamen Stolzes den Rücken zu.

»Hören Sie!« rief sie ihm nach und wollte immer noch, daß es sich nicht so anhören sollte, als ob sie wütend wäre, »ich gehöre zu Dr. Montagues Gästen, er wird mich im Haus erwarten – nun *hören* Sie mir doch bitte zu!«

Er drehte sich wieder um und grinste sie an. »Die können Sie doch gar nicht erwarten«, sagte er, »weil Sie nämlich als *einzige* gekommen sind, bisher.«

»Wollen Sie sagen, daß niemand im Haus ist?«

»Niemand, von dem ich wüßte. Vielleicht meine Frau, die es herrichtet. Also können die eigentlich nicht dasein und Sie *erwarten*, oder wie *sollten* sie das?«

Sie lehnte sich auf dem Fahrersitz zurück und machte die Augen zu. Hill House, dachte sie, hier kommt man so schwer rein wie in den Himmel!

»Ich denke, Sie wissen, worauf Sie sich einlassen, wenn Sie hierher kommen? Ich denke, das wird man Ihnen gesagt haben, in der Stadt? Haben Sie schon mal was von diesem Haus gehört?«

»Ich habe gehört, daß ich als Gast von Dr. Montague hier eingeladen bin. Wenn Sie das Tor aufgemacht haben, möchte ich reinfahren.«

»Ich mach es ja auf, ich mach es gleich auf. Ich möchte nur sicher sein, daß Sie auch wissen, was Sie da drin erwartet. Schon mal hier gewesen? Vielleicht eine aus der Familie?« Er musterte sie nun durch das Gitter; sein hämisches Gesicht war eine Sperre mehr, nach dem Vorhängeschloß und der Kette. »Ich kann Sie doch nicht reinlassen, wenn ich nicht *sicher* bin, nicht? Was sagten Sie, wie Sie heißen?«

Sie seufzte. »Eleanor Vance.«

»Dann sind Sie wohl nicht von der Familie, denk ich. Schon jemals was von diesem Haus gehört?«

Ich glaube, das ist meine Chance, dachte sie; ich bekomme eine letzte Chance. Hier vor diesem Tor könnte ich jetzt wenden und wegfahren, niemand könnte mir einen Vorwurf machen. Jeder hat ein Recht auszureißen. Sie steckte den Kopf aus dem Fenster des Wagens und sagte mit zornbebender Stimme: »Ich heiße Eleanor Vance. Ich werde in Hill House erwartet. Machen Sie sofort dieses Tor auf!«

»Schon gut, schon *gut*!« Umständlich, als wollte er vorführen, wie man einen Schlüssel ins Schloß steckt und ihn umdreht, schloß er auf, löste die Kette und öffnete die beiden Flügel des Tores gerade weit genug, um den Wagen durchzulassen. Eleanor fuhr langsam, aber die Eile, mit der der Mann beiseite sprang, ließ sie für einen Augenblick glauben, er könne die Regung, die ihr flüchtig durch den Kopf ging, erraten haben; sie lachte, dann hielt sie an, weil er auf sie zukam – jetzt aus einer sicheren Position von der Seite.

»Es wird Ihnen nicht gefallen«, sagte er. »Es wird Ihnen noch leid tun, daß ich Ihnen je das Tor aufgemacht habe.«

»Aus dem Weg, bitte!« sagte sie. »Sie haben mich lange genug aufgehalten.«

»Denken Sie, die finden jemand anders, der Ihnen das Tor aufmacht? Denken Sie, jemand anders außer mir und meiner Frau würde so lange hierbleiben? Denken Sie, wir können nicht ein paar Dinge nach unseren Wünschen richten, solange wir hierbleiben und das Haus in Ordnung halten und euch Stadtleuten, die glauben, sie wüßten über alles Bescheid, das Tor aufschließen?«

»Bitte gehn Sie weg von meinem Wagen!« Sie mochte sich nicht eingestehen, daß er ihr angst machte, aus Besorgnis, daß er es dann bemerken könnte; seine Nähe, wie er sich seitlich gegen den Wagen lehnte, war abscheulich, und seine Erbitterung ließ sie ratlos; nun hatte sie ihn zwar dazu gebracht, ihr das Tor zu öffnen, aber hielt er denn das Haus und die Gärten für seinen Privatbesitz? Ein Name, der in Dr. Montagues Brief gestanden hatte, fiel ihr ein, und sie fragte neugierig: »Sind Sie Dudley, der Hausmeister?«

»Ja, ich bin Dudley, der Hausmeister«, äffte er sie nach. »Wen sonst dachten Sie denn hier zu treffen?«

Das ehrliche alte Faktotum, dachte sie, stolz, treu und von Grund auf unfreundlich. »Sie und Ihre Frau halten das Haus ganz allein in Ordnung?«

»Wer sonst?« Dies war sein Wahlspruch, sein Fluch, sein Refrain.

Sie rückte unruhig auf ihrem Sitz hin und her, denn sie wollte nicht zu offensichtlich vor ihm zurückweichen, hoffte aber, ihn mit kleinen Bewegungen, als würde sie den Wagen gleich starten, zum Beiseitetreten zu veranlassen. »Ich bin sicher, Sie und Ihre Frau werden alles für unsere Bequemlichkeit tun«, sagte sie in einem Ton, der andeutete, daß sie das Gespräch als beendet ansehen wollte. »Aber nun möchte ich erst mal so schnell wie möglich ins Haus.«

Er kicherte schadenfroh. »*Ich*, ich hänge hier draußen nicht mehr rum, wenn's dunkel ist.«

Selbstzufrieden grinsend trat er vom Wagen weg, und Eleanor war ihm dankbar, obwohl es sie nervös machte, den Wagen unter seinen Augen starten zu müssen; vielleicht wird er mich den ganzen Weg über immer wieder hämisch anfauchen, mir immer wieder zurufen, wie froh ich sein kann, überhaupt jemanden zu haben, der bereit ist, hier draußen rumzuhängen, bis es dunkel wird, jedenfalls. Um zu zeigen, daß ihr die Vorstellung keinen Eindruck machte, das Gesicht des Hausmeisters Dudley könnte zwischen den Bäumen hervorlugen, begann sie vor sich hin zu pfeifen und ärgerte sich ein wenig, als sie merkte, daß ihr noch immer dieselbe Melodie im Kopf herumging. »Lachen läßt sich nicht vertagen...« Barsch befahl sie sich, daß sie nun wirklich versuchen müßte, an etwas anderes zu denken; der restliche Text mußte höchst unpassend sein, wenn er ihr so beharrlich nicht einfallen wollte; wahrscheinlich auch äußerst peinlich, wenn man sie bei der Ankunft in Hill House mit dieser Melodie auf den Lippen ertappte.

Über den Bäumen, zwischen ihren Kronen und den Hügeln, sah sie hier und da etwas, das wohl die Dächer von Hill House sein mußten, vielleicht auch ein Turm. Damals machte man auf altertümlich, als Hill House gebaut wurde, dachte sie; man setzte Türme, Zinnen, Brustwehren und Holzbalustraden auf die Häuser, manchmal sogar gotische Kirchtürme mit Wasserspeiern; nichts blieb ohne Verzierungen. Vielleicht hat Hill House einen Turm, ein geheimes Verlies oder sogar einen unterirdischen Ausgang in den Hügeln, der von den Schmugglern benutzt wurde – aber was hätte man in diesen einsamen Hügeln schon schmuggeln sollen? Vielleicht triffst du einen verteufelt gutaussehenden Schmuggler und...

Sie bog mit dem Wagen in das letzte gerade Wegstück ein, das sie vor die Front des Hauses führte, trat gedankenlos auf die Bremse, bis der Wagen stand, dann blieb sie sitzen und sah dem Haus ins Gesicht.

Es war abscheulich. Sie zitterte und dachte, in Worten, die ihr von selbst in den Sinn kamen, Hill House ist abscheulich, es ist krank; mach, daß du hier fortkommst, aber gleich!

## Zweites Kapitel

I

Kein menschliches Auge kann die Besonderheiten des Ortes und der Linienführung auseinanderhalten, deren unglückliches Zusammentreffen in der Frontansicht eines Hauses den Eindruck hervorruft, daß es ein böses Haus ist; aber irgendwie, durch ein verrücktes Nebeneinander von Unvereinbarem, einen unmöglichen Winkel, in dem Dach und Himmel sich zufällig begegneten, wurde Hill House zu einem Haus der Hoffnungslosigkeit, um so entsetzlicher, weil es von vorn so etwas wie ein wachsames Gesicht zu haben schien, mit einem beobachtenden Blick, der von den leeren Fenstern ausging, und einem Anflug von Hohn in der Augenbraue einer Kehlung. Fast jedes Haus kann den Blick des Betrachters, wenn er es überraschend oder aus einem ungewöhnlichen Blickwinkel ansieht, mit einem gewissen Humor erwidern; schon ein schelmischer kleiner Schornstein oder ein Dachkammerfenster, das wie ein Augenzwinkern aussieht, kann im Betrachter ein Gefühl des Einverständnisses wecken; doch ein arrogantes, gehässiges Haus, das nach allen Seiten auf der Hut ist, kann nur böse sein. Dieses Haus, das sich selbst hier hingestellt zu haben, dessen Konstruktion unter den Händen der Erbauer eigenmächtig zusammengeschossen zu sein schien, mit Linien und Winkeln nach seinem eigenen Willen, reckte sein breites Haupt ohne Rücksicht auf alles Menschliche gen Himmel auf. Es war ein Haus ohne Freundlichkeit, nicht für Bewohner gedacht, kein Ort für Menschen, die liebten und hofften. Keine Austreibung böser Geister kann den Charakter eines Hauses ändern. So wie Hill House war, würde es bleiben, bis man es zerstörte.

Ich hätte am Tor kehrtmachen sollen, dachte Eleanor. Das Haus war ihr atavistisch auf den Magen geschlagen, und im vergeblichen Bemühen, den Sitz des Bösen auszumachen, was immer es sein mochte, blickte sie die Linien der Dächer entlang; sie bekam kalte Hände vor Nervosität, die Finger zitterten ihr beim Versuch, eine Zigarette hervorzuholen; vor allem aber hatte sie Angst und hörte eine innere Stimme, die ihr entsetzt zuflüsterte, *mach, daß du von hier fortkommst, verschwinde!*

Aber das ist es doch nun mal, weswegen ich von so weit hergekommen bin, sagte sie sich; ich kann jetzt nicht mehr zurück. Außerdem, was würde der Mann lachen, wenn ich wieder zum Tor hinaus wollte!

Sie versuchte das Haus nicht mehr anzusehen – nicht einmal die Farbe, den Baustil oder die Größe hätte sie angeben können, nur daß es riesig und düster war und auf sie herabblickte –, startete den Wagen wieder und fuhr über das letzte Stück der Auffahrt bis direkt vor die Stufen, die gradlinig und keinen Ausweg mehr offenlassend über eine Veranda auf die Haustür zuführten. Die Auffahrt bog nach beiden Seiten ab, offenbar um das Haus herum, und wahrscheinlich konnte sie später dort irgendein Gebäude finden, in dem sich der Wagen abstellen ließe; einstweilen aber hatte sie das unbehagliche Gefühl, daß sie das Mittel zur Abreise lieber in Reichweite behalten sollte. Sie wendete den Wagen eben so weit, daß sie zur einen Seite hin wegfahren und den später Ankommenden Platz machen konnte – es wäre doch schade, dachte sie boshaft, wenn jemand beim ersten Blick auf dieses Haus etwas so beruhigend Menschliches davor sehen sollte wie ein geparktes Automobil. Dann nahm sie Koffer und Mantel und stieg aus. So, dachte sie hilflos, da wäre ich.

Es erforderte eine gewisse moralische Stärke, den Fuß zu heben und ihn auf die unterste Treppenstufe zu setzen, und sie dachte, daß ihr heftiges Widerstreben bei dieser ersten Berührung mit Hill House unmittelbar von dem lebhaften Gefühl herrührte, daß das Haus sie erwartete, böse, aber geduldig. Reisen enden stets in Paaren, dachte sie – endlich war er ihr eingefallen, der Text des Liedes. Sie lachte, betrat die Treppe zum Hill House, Reisen enden stets in Paaren, die Füße fest aufsetzend, und stieg zur Veranda und zur Tür hinauf. Hill House war um sie, mit einem Mal, sie tauchte in Schatten ein, und ihre Schritte auf der hölzernen Veranda klangen wie eine frevelhafte Mißachtung der tiefen Stille, als ob es schon sehr lange her war, daß zum letzten Mal Füße über diese Bretter gegangen waren. Sie hob die Hand nach dem schweren eisernen Klopfer, der ein Kindergesicht darstellte, und war entschlossen, einen tüchtigen, anhaltenden Lärm zu machen, damit Hill House auch merkte, daß sie da war; aber dann ging die Tür unversehens von selbst auf, und sie stand einer Frau gegenüber, die so aussah, als ob sie nichts

Besseres verdient hätte, als die Frau des Mannes vom Gartentor zu sein.

»Mrs. Dudley?« sagte Eleanor mit angehaltenem Atem. »Ich bin Eleanor Vance. Ich werde erwartet.«

Die Frau trat stumm beiseite. Ihre Schürze war sauber, das Haar ordentlich, und doch erweckte sie einen undefinierbaren Eindruck von Schmuddeligkeit, ganz ähnlich wie ihr Mann, und auch die Gesichter, mit der argwöhnischen Verdrossenheit in ihrem und der stichelnden Häme in seinem, paßten zusammen. Nicht doch, sagte sich Eleanor, das kommt teilweise nur daher, weil alles ringsum hier so dunkel ist, teilweise auch daher, daß ich schon erwartet hatte, die Frau dieses Mannes müßte häßlich sein. Wäre ich auch so unfair gegen diese Leute, wenn ich das Haus nie gesehen hätte? Schließlich halten sie doch nur das Haus in Ordnung.

Die Diele, in der sie standen, war überladen mit dunkler Holztäfelung und schwerem Schnitzwerk, alles noch mehr verdunkelt von der wuchtigen Treppe, die auf der andern Seite herabkam. Im Obergeschoß schien eine zweite Diele zu sein, die sich über die ganze Breite des Hauses erstreckte; sie konnte einen Treppenabsatz sehen und dahinter, soweit der Treppenschacht den Blick freigab, geschlossene Türen längs der oberen Diele. Unten sah sie nun zu beiden Seiten große Doppeltüren, mit Schnitzereien von Früchten, Ähren und allerlei Getier. Alle Türen, die sie sehen konnte, waren geschlossen.

Als sie etwas sagen wollte, war ihr, als würde ihr die trübe Stille die Sprache abwürgen; sie mußte ein zweites Mal ansetzen, um einen Laut hervorzubringen. »Könnten

Sie mich zu meinem Zimmer führen?« fragte sie endlich, deutete auf ihren Koffer, der am Boden stand, und beobachtete die flimmernden Reflexe auf ihrer Hand, als sie in die tiefen Schatten über dem blanken Fußboden hinabtauchte. »Ich glaube, ich bin die erste. Sie – Sie *sagten* doch, Sie sind Mrs. Dudley?« Ich glaube, ich muß gleich heulen, dachte sie, wie ein Kind, das flennt und quengelt, *ich mag nicht hierbleiben...*

Mrs. Dudley drehte sich um und begann die Treppe hinaufzusteigen, und Eleanor nahm ihren Koffer und folgte ihr, hastig, weil sonst ja kein anderes Lebewesen in diesem Haus zu sein schien. Nein, dachte sie, ich mag nicht hierbleiben. Mrs. Dudley war auf dem oberen Treppenabsatz und wendete sich nach rechts, und nun sah Eleanor, daß die Erbauer des Hauses mit einer ungewöhnlichen Klarsicht hier jedes weitere Bemühen um einen Stil aufgegeben – vermutlich nachdem sie einmal erkannt hatten, was dies, ob sie wollten oder nicht, für ein Haus werden würde – und aus dieser zweiten Diele einfach einen langen, geraden Gang gemacht hatten, an dem sich die Türen zu den Schlafzimmern unterbringen ließen; sie hatte den Eindruck, daß die Baumeister den zweiten und dritten Stock mit einer Art unanständiger Hast erledigt hatten, mit der einfachstmöglichen Anordnung der Räume, ohne jeden Versuch einer Verschönerung, als ob sie schleunigst fertig werden und dann von hier verschwinden wollten. Am linken Ende der Diele war eine zweite Treppe, über die wahrscheinlich die Dienstboten von ihren Zimmern im dritten Stock zu den Arbeitsräumen im Untergeschoß gelangten. Das rechte Ende der Diele mündete in einen Raum, der wohl, weil er ganz auf der einen Seite lag, dafür vorgesehen war, möglichst viel Sonne und Licht einzulassen. Abgesehen von der sich fortsetzenden dunklen Holztäfelung und einer Reihe anscheinend schlecht ausgeführter Stiche, die sich in liebloser Geradlinigkeit nach beiden Seiten entlangzog, wurde die Kahlheit der Diele nur von der Reihe der sämtlich geschlossenen Türen durchbrochen.

Mrs. Dudley überquerte die Diele und machte eine Tür auf, offenbar die erstbeste. »Dies ist das blaue Zimmer«, sagte sie.

Aus der Biegung der Treppe schloß Eleanor, daß das Zimmer an der Vorderseite des Hauses liegen müßte; Schwester Anne, Schwester Anne, dachte sie und ging dankbar auf das Licht zu, das aus dem Zimmer fiel. »Wie hübsch!« sagte sie, als sie in der Tür stand, aber nur, weil sie meinte, irgend etwas sagen zu müssen; es war keineswegs hübsch, sondern knapp erträglich, es schloß dieselbe krasse Disharmonie in sich, von der Hill House durch und durch gekennzeichnet schien.

Mrs. Dudley trat beiseite, um Eleanor einzulassen, und sagte, als ob sie zur Wand spräche: »Punkt sechs stelle ich das Abendessen auf die Anrichte im Speisezimmer. Sie können sich selbst bedienen. Morgens räume ich auf. Um neun stelle ich das Frühstück für Sie bereit. So ist es mit mir vereinbart. Ich kann die Zimmer nicht nach Ihren Wünschen herrichten, aber Sie bekommen auch niemand anders, der mir helfen könnte. Die Bedienung der Gäste ist nicht meine Sache. Was mit mir vereinbart ist, bedeutet nicht, daß ich die Gäste bediene.«

Eleanor nickte und blieb unsicher in der Tür stehen.

»Ich bleibe nicht im Haus, wenn ich das Abendessen angerichtet habe«, fuhr Mrs. Dudley fort. »Nicht nach Einbruch der Dunkelheit. Ich verlasse das Haus, bevor es dunkel wird.«

»Ich weiß«, sagte Eleanor.

»Wir wohnen drüben im Ort, sechs Meilen von hier.«

»Ja«, sagte Eleanor und dachte an Hillsdale.

»Es wird also niemand da sein, wenn Sie Hilfe brauchen.«

»Ich verstehe.«

»Wir könnten Sie nicht mal hören, bei Nacht.«

»Ich denke nicht, daß –«

»Niemand könnte Sie hören. Bis zum Ort wohnt hier niemand in der näheren Umgebung. Niemand kommt näher als bis dahin.«

»Ich weiß«, sagte Eleanor müde.

»In der Nacht«, sagte Mrs. Dudley und lächelte nun ungeniert. »In der Dunkelheit«, sagte sie und machte die Tür hinter sich zu.

Eleanor hätte fast kichern müssen bei dem Gedanken, wie sie vielleicht Mrs. Dudley zu Hilfe rufen würde: »Oh, Mrs. Dudley, ich brauche Ihre Hilfe in der Dunkelheit«, und dann schauderte es sie.

## 2

Sie stand allein neben ihrem Koffer, den Mantel immer noch überm Arm, fühlte sich ganz elend; Reisen enden stets in Paaren, sagte sie sich hilflos und wünschte, sie könnte heimfahren. Hinter ihr lagen die dunkle Treppe und die blanke Diele, die große Haustür und Mrs. Dudley, das verriegelte Gartentor und Dudley, der sie ausgelacht hatte, Hillsdale, das Häuschen hinter den Blumenhecken, die Familie in dem Gasthaus, der Oleandergarten, das Haus mit den steinernen Löwen davor, und sie alle hatten sie unter Dr. Montagues unfehlbarer Aufsicht bis in das blaue Zimmer in Hill House geleitet. Es ist furchtbar, dachte sie und sträubte sich gegen jede Bewegung, denn eine Bewegung konnte Einverständnis bekunden, die Bereitschaft, sich hier niederzulassen, es ist furchtbar, und ich will hier nicht bleiben; aber wohin sonst hätte sie fahren können; Dr. Montagues Brief hatte sie bis hierher geleitet, und weiter konnte er ihr nicht helfen. Nach einem Weilchen seufzte sie, schüttelte den Kopf und ging zum Bett, um ihren Koffer daraufzustellen.

Da bin ich nun wirklich im blauen Zimmer von Hill House, sagte sie sich fast laut, und es war ja auch wirklich genug, ohne jeden Zweifel, ein blaues Zimmer. Blaue Barchentgardinen hingen vor den beiden Fenstern, von denen man über das Dach der Veranda auf den Rasen hinaussah, ein blauer, gemusterter Teppich lag auf dem Boden, das Bett war blau bezogen, am Fußende eine blaue Steppdecke. Die Wände, bis in Schulterhöhe mit dunklem Holz getäfelt, hatten darüber blaue Tapeten, mit einem zarten

Muster aus Kränzen und Sträußen von kleinen blauen Blumen. Vielleicht hatte einmal jemand gehofft, die Atmosphäre des blauen Zimmers mit einer hübschen Tapete lichten zu können, ohne zu sehen, wie eine solche Hoffnung in Hill House zerrinnen mußte und nur die leiseste Andeutung, daß sie einmal bestanden hatte, hinterließ, wie das fast unhörbare Echo eines Schluchzens in weiter Ferne... Eleanor schüttelte sich aus ihren Gedanken und drehte sich im Kreis, um das Zimmer vollständig in Augenschein zu nehmen. Es hatte etwas unglaublich Mißratenes, etwas erkältend Verkehrtes in allen seinen Proportionen, so daß die Wände in der einen Richtung immer einen Bruchteil länger zu sein schienen, als das Auge ertragen konnte, und in der anderen Richtung eine Idee kürzer als das kürzesterträgliche Maß; und da soll ich *schlafen*, dachte Eleanor fassungslos; was da wohl für Alpträume lauern, im Schatten dieser hohen Zimmerecken, welcher Anhauch einer besinnungslosen Angst da durch meinen Mund wehen wird... und sie schüttelte sich von neuem. Nicht doch, sagte sie sich, nicht doch, Eleanor!

Auf dem hochbeinigen Bett machte sie ihren Koffer auf, streifte mit dankbarer Erleichterung die steifen Straßenschuhe ab und begann auszupacken, mit der durchaus weiblichen Überzeugung im Hinterkopf, daß man eine innere Unruhe am besten dadurch lindert, daß man erst mal bequeme Schuhe anzieht. Gestern, in der Stadt, als sie den Koffer packte, hatte sie Kleider ausgesucht, von denen sie annahm, daß sie für den Aufenthalt in einem entlegenen Landhaus zweckmäßig wären; sie war in letzter Minute sogar losgerannt und hatte sich, staunend über den eigenen

Wagemut, zwei Hosen gekauft – soweit sie zurückdenken konnte, hatte sie noch niemals Hosen getragen. Mutter wäre *wütend*, hatte sie gedacht, als sie die Hosen zuunterst in den Koffer legte, um sie nicht herausnehmen zu müssen, denn es brauchte ja niemand zu sehen, daß sie überhaupt Hosen besaß, falls ihr Mut sie verlassen sollte. In Hill House nun kamen sie ihr gar nicht mehr so neu vor. Achtlos packte sie sie aus, hängte die Kleider schief auf die Bügel, schob die Hosen in die unterste Schublade der hohen, marmorgedeckten Kommode und schmiß die Straßenschuhe in eine Ecke des großen Kleiderschrankes. Die Bücher, die sie mitgebracht hatte, langweilten sie schon im voraus; ich werde ja wohl sowieso nicht bleiben, dachte sie, machte den leeren Koffer wieder zu und stellte ihn hinten in den Kleiderschrank; in fünf Minuten habe ich alles wieder eingepackt. Sie merkte, daß sie versucht hatte, beim Abstellen des Koffers kein Geräusch zu machen, dann wurde ihr klar, daß sie beim Auspacken auf Strümpfen herumgelaufen war, so leise wie irgend möglich, als ob Stille in Hill House das Wichtigste wäre; auch Mrs. Dudley, fiel ihr ein, hatte beim Gehen kein Geräusch gemacht. Als sie in der Mitte des Zimmers stehenblieb, kam die drückende Stille des Hauses rings umher wieder auf. Ich bin wie ein kleines Tier, das von einem Ungeheuer lebendig verschluckt worden ist, dachte sie, und das Ungeheuer spürt meine kleinen Krabbelbewegungen in seinem Bauch. »Nein«, sagte sie laut, und das eine Wort hallte wieder. Rasch ging sie durchs Zimmer und schob die blauen Barchentgardinen beiseite, aber das Sonnenlicht schimmerte nur blaß durch das dicke Glas der Fenster, und sie konnte nur das Dach der Veranda sehen und ein Stück Rasen dahinter. Irgendwo da unten stand ihr kleiner Wagen, mit dem sie hier wieder wegfahren konnte. Reisen enden stets in Paaren, dachte sie; ich bin doch freiwillig hierhergekommen. Dann merkte sie, daß sie Angst hatte, wieder zurück durch das Zimmer zu gehen.

Sie stand nun mit dem Rücken zum Fenster, blickte zur Tür, von da zum Schrank, zur Kommode, zum Bett und redete sich zu, daß sie überhaupt keine Angst habe, als sie von weit unten das Geräusch einer Wagentür, die zugeschlagen wurde, und dann schnelle, fast tänzelnde Schritte hörte, die Stufen herauf und über die Veranda, dann das schreckliche Krachen des schweren eisernen Türklopfers. Nanu, dachte sie, jetzt kommen doch noch andere Leute; also bleib ich hier nicht ganz allein. Beinah lachend rannte sie durchs Zimmer und auf die Diele hinaus, um vom Treppenabsatz in die untere Diele zu blicken.

»Gott sei Dank, daß Sie da sind«, sagte sie und spähte durch das trübe Licht, »Gott sei Dank, daß jemand da ist!« Ohne Überraschung merkte sie, daß sie sich so ausgedrückt hatte, als ob Mrs. Dudley sie nicht hören könnte, obwohl Mrs. Dudley doch bleich und aufrecht dort in der Diele stand. »Kommen Sie rauf«, sagte Eleanor. »Ihren Koffer werden Sie selbst tragen müssen.« Sie war außer Atem und konnte wohl nicht aufhören zu reden; ihre Schüchternheit war wie weggespült von der Erleichterung. »Ich heiße Eleanor Vance«, sagte sie, »und ich bin ja so froh, daß Sie da sind.«

»Ich bin Theodora. Einfach Theodora. So ein *verdammtes* Haus –«

»Hier oben ist es mindestens ebenso schlimm. Kommen Sie rauf. Lassen Sie sich das Zimmer neben meinem geben.«

Theodora kam hinter Mrs. Dudley die wuchtige Treppe herauf, betrachtete ungläubig das bunte Glasfenster auf dem Treppenabsatz, die marmorne Urne in einer Nische, den gemusterten Teppich. Sie hatte einen wesentlich größeren und eleganteren Koffer als Eleanor, und Eleanor kam ihr entgegen, um ihr tragen zu helfen; sie war froh, daß sie ihre eigenen Sachen schon verstaut und außer Sicht gebracht hatte. »Wenn Sie erst die Schlafzimmer sehen«, sagte Eleanor. »Ich glaube, meines war früher der Raum, wo die Leichen einbalsamiert wurden.«

»Von so einem Haus hab ich schon immer geträumt«, sagte Theodora. »Eine kleine Zuflucht, wo man mit seinen Gedanken allein sein kann. Besonders, wenn man grad an Mord denkt, an Selbstmord oder –«

»Das grüne Zimmer«, sagte Mrs. Dudley kalt, und Eleanor, mit einem raschen Anflug von Scheu, spürte, daß leichtfertige oder kritische Worte über das Haus Mrs. Dudley irgendwie störten; vielleicht meint sie, es kann uns hören, dachte Eleanor, und gleich darauf tat es ihr leid, dies gedacht zu haben. Vielleicht bebte sie ein wenig, denn Theodora wandte sich mit einem flinken Lächeln zu ihr hin und berührte sie sacht und beruhigend an der Schulter; sie ist reizend, dachte Eleanor und erwiderte das Lächeln, überhaupt kein Mensch, der in dieses trübe, finstere Haus gehört, aber ich gehöre ja wohl auch nicht hierher; ich bin nicht die Richtige für Hill House, aber mir fällt auch sonst niemand ein, der hier gut aufgehoben wäre. Dann lachte sie, als sie sah, was Theodora für ein Gesicht machte, als sie in der Tür zum grünen Zimmer stand.

»Lieber Gott!« sagte Theodora mit einem Seitenblick zu Eleanor. »Wie bezaubernd! Ein richtiges Boudoir.«

»Punkt sechs stelle ich das Abendessen auf die Anrichte im Speisezimmer«, sagte Mrs. Dudley. »Sie können sich selbst bedienen. Morgens räume ich auf. Um neun stelle ich das Frühstück für Sie bereit. So ist es mit mir vereinbart.«

»Sie haben Angst«, sagte Theodora, die Eleanor im Auge behielt.

»Ich kann die Zimmer nicht nach Ihren Wünschen herrichten, aber Sie bekommen auch niemand anders, der mir helfen könnte. Die Bedienung der Gäste ist nicht meine Sache. Was mit mir vereinbart ist, bedeutet nicht, daß ich die Gäste bediene.«

»Das war nur, als ich dachte, ich sei ganz allein«, sagte Eleanor.

»Ich bleibe nur bis sechs Uhr. Nur bis Anbruch der Dunkelheit.«

»Ich bin ja nun da«, sagte Theodora, »also ist alles in Ordnung.«

»Wir haben Verbindung durch das gemeinsame Badezimmer«, sagte Eleanor. »Die Zimmer sind genau gleich.«

In Theodoras Zimmer hingen grüne Barchentgardinen vor den Fenstern, die Tapete hatte ein grünes Girlandenmuster, Laken und Steppdecken waren grün, aber die Kommode mit Marmorplatte und der Kleiderschrank waren die gleichen wie bei Eleanor. »So scheußliche Zimmer hab ich *mein Lebtag* nicht gesehen«, sagte Eleanor mit hochgeschraubter Stimme.

»Wie in den allerbesten Hotels«, sagte Theodora, »oder in einem guten Ferienheim für Mädchen.«

»Ich verlasse das Haus, bevor es dunkel wird«, fuhr Mrs. Dudley fort.

»Niemand kann einen hören, wenn man nachts schreit«, sagte Eleanor zu Theodora. Sie merkte, daß sie den Türknauf umklammert hielt, und unter Theodoras prüfendem Blick löste sie den Griff und ging mit ruhigem Schritt durchs Zimmer. »Wir müssen irgendeine Möglichkeit finden, diese Fenster aufzumachen«, sagte sie.

»Es wird also niemand dasein, wenn Sie Hilfe brauchen«, sagte Mrs. Dudley. »Wir könnten Sie nicht mal hören, bei Nacht. Niemand könnte Sie hören.«

»Alles in Ordnung jetzt?« fragte Theodora, und Eleanor nickte.

»Niemand wohnt hier in der näheren Umgebung. Niemand kommt näher hierher als bis in den Ort.«

»Wahrscheinlich haben Sie einfach nur Hunger«, sagte Theodora. »Ich komme auch fast um.« Sie stellte den Koffer aufs Bett und streifte die Schuhe ab. »Nichts regt mich mehr auf als Hunger«, sagte sie, »ich werde dann ganz bissig und giftig und fange zu weinen an.« Sie nahm eine fraulich geschnittene Hose aus dem Koffer.

»Ja, in der Nacht«, sagte Mrs. Dudley. Sie lächelte. »In der Dunkelheit«, sagte sie und machte die Tür hinter sich zu.

Nach einem Weilchen sagte Eleanor: »Sie macht auch kein Geräusch beim Gehen.«

»Eine reizende alte Tante.« Theodora schaute sich im Zimmer um. »Das mit den besten Hotels muß ich widerrufen«, sagte sie. »Es ist ein bißchen ähnlich dem Internat, auf dem ich mal eine Zeitlang gewesen bin.«

»Kommen Sie sich mal meines ansehen«, sagte Eleanor. Sie machte die Badezimmertür auf und ging voraus in ihr blaues Zimmer. »Ich hatte grad ausgepackt und dachte schon ans Wiedereinpacken, als Sie kamen.«

»Armes Mädchen! Sie kommen sicher um vor Hunger. Als ich das Ding von außen gesehen habe, konnte ich nur eines denken: Was für ein Spaß es wäre, da draußen zu stehen und mitanzusehen, wie es niederbrennt. Vielleicht, bevor wir abreisen...«

»Es war furchtbar, hier allein zu sein.«

»Sie hätten erst mal dies Internat während der Ferien sehen sollen.« Theodora ging in ihr eigenes Zimmer zurück, und nachdem nun die beiden Zimmer von Bewegung und Geräuschen erfüllt waren, fühlte Eleanor sich mutiger. Sie hängte die Kleider auf den Bügeln im Schrank gerade und stellte ihre Bücher in einer Reihe auf den Nachttisch. »Wissen Sie«, rief Theodora aus dem Nebenzimmer, »es ist hier wie am ersten Schultag; alles ist fremd und scheußlich, man kennt niemanden und befürchtet, wegen seiner Kleider von allen ausgelacht zu werden.«

Eleanor hatte die Schublade in der Kommode aufgezogen, um eine Hose herauszunehmen; sie hielt inne und lachte, dann warf sie die Hose aufs Bett.

»Habe ich das richtig verstanden«, redete Theodora weiter, »daß Mrs. Dudley nicht zu kommen gedenkt, wenn wir nachts Schreie loslassen?«

»Das ist nicht mit ihr vereinbart. Haben Sie auch den liebenswürdigen alten Hausmeister am Gartentor getroffen?«

»Wir hatten einen netten Plausch. Er hat gesagt, ich darf nicht rein, und ich hab gesagt, ich darf, und dann hab ich versucht, ihn zu überfahren, aber er sprang aus dem Weg. Was meinen Sie, müssen wir hier in unseren Zimmern herumsitzen und warten? Ich würde mir gern etwas Bequemeres anziehen – es sei denn, wir müßten in Abendkleidung zum Essen, was glauben Sie?«

»Ich zieh mich nicht besonders an, wenn Sie es auch nicht tun.«

»Und ich mach es wie Sie. Gegen uns beide kommen die andern nicht an. Jedenfalls, gehn wir hier raus und schauen wir uns draußen um. Ich wäre heilfroh, wenn ich dieses Dach nicht mehr überm Kopf hätte.«

»Es wird so früh dunkel hier in den Hügeln, zwischen all den Bäumen...« Eleanor trat wieder ans Fenster, aber draußen fiel immer noch etwas Sonnenlicht auf den Rasen.

»Es dauert mindestens noch eine Stunde, bis es richtig dunkel wird. Ich möchte mich draußen durchs Gras rollen.«

Eleanor entschied sich für einen roten Pullover; sie dachte, in diesem Zimmer und in diesem Haus würde das Rot des Pullovers sich mit dem Rot ihrer Sandalen überhaupt nicht vertragen, obwohl sie doch zueinander passen sollten und gestern in der Stadt, als sie sie kaufte, auch einigermaßen übereingestimmt hatten. Geschieht mir recht, dachte sie; was will ich auch mit solchen Sachen, so was hab ich doch noch nie getragen. Aber merkwürdigerweise gefiel sie sich ganz gut, als sie sich in dem langen Spiegel in der Schranktür betrachtete; sie fühlte sich beinah wohl in den Sachen. »Haben Sie eine Ahnung, wer noch kommt?« fragte sie. »Oder wann?«

»Dr. Montague«, sagte Theodora. »Ich dachte, der würde als erster hier sein.«

»Kennen Sie Dr. Montague schon lange?«

»Hab ihn nie gesehen«, sagte Theodora. »Und Sie?«

»Ich auch nicht. Bald fertig?«

»Fertig.« Theodora kam durchs Badezimmer zu Eleanor herein. Sie ist hübsch, dachte Eleanor, als sie sich zu ihr umdrehte und sie in Augenschein nahm; ich wollte, ich wäre auch hübsch. Theodora trug eine leuchtend gelbe Bluse. Eleanor lachte und sagte, »mit Ihnen kommt mehr Licht ins Zimmer als durchs Fenster.«

Theodora trat neben sie und betrachtete sich zufrieden in Eleanors Spiegel. »Ich meine«, sagte sie, »in diesem finsteren Haus haben wir die Pflicht, so hell wie möglich auszusehen. Ihr roter Pullover gefällt mir; so wird man uns beide in Hill House vom einen Ende bis zum andern sehen können.« Immer noch in den Spiegel schauend, sagte sie, »ich nehme an, Dr. Montague hat Ihnen geschrieben?«

»Ja.« Eleanor war verlegen. »Ich wußte zuerst nicht, ob es nicht bloß ein Witz war. Aber mein Schwager hat sich über ihn erkundigt.«

»Wissen Sie«, sagte Theodora langsam, »ich habe bis zur letzten Minute – sagen wir, bis ich vor dem Tor stand – nicht wirklich geglaubt, daß es dieses Hill House überhaupt gibt. Man läuft doch nicht rum und erwartet, daß einem so was passiert.«

»Aber manch einer läuft doch rum und hofft darauf«, sagte Eleanor.

Theodora lachte, drehte sich vor dem Spiegel herum und griff nach Eleanors Hand. »Auch ein verirrtes Kind im dunklen Walde!« sagte sie. »Laß uns auf Abenteuer ausgehn!«

»Wir können nicht weit vom Haus weggehn –«

»Ich verspreche Ihnen, ich geh keinen Schritt weiter, als Sie sagen. Ob wir uns bei Mrs. Dudley ab- und anmelden sollten?«

»Wahrscheinlich beobachtet sie uns ohnehin auf Schritt und Tritt, wahrscheinlich ist das so mit ihr vereinbart.«

»Vereinbart mit wem? frag ich mich. Mit Graf Dracula?«

»Ob *der* hier in Hill House wohnt?«

»Ich glaube, er verbringt hier die Wochenenden; ich könnte schwören, zwischen den Deckenbalken unten hab ich Fledermäuse gesehn. Mir nach, mir nach!«

Sie rannten klappernd die Treppe hinab, brachten Farbe und Bewegung gegen das dunkle Holz und das verhangene Licht zur Geltung, und unten stand Mrs. Dudley und beobachtete sie schweigend.

»Wir gehn auf Abenteuer aus, Mrs. Dudley«, sagte Theodora leichthin. »Wir sind irgendwo da draußen.«

»Aber wir sind bald wieder zurück«, fügte Eleanor hinzu.

»Punkt sechs stelle ich das Abendessen auf die Anrichte«, erklärte Mrs. Dudley.

Eleanor mußte kräftig ziehen, um die große Haustür aufzubekommen; sie war genauso schwer, wie sie aussah, und Eleanor dachte, wenn wir zurückkommen, sollten wir doch einen bequemeren Eingang suchen. »Lassen wir sie offen!« sagte sie über die Schulter zu Theodora, »sie geht furchtbar schwer auf. Stellen wir doch eine von diesen großen Vasen dazwischen, daß sie nicht zufallen kann.«

Theodora rollte eine der großen steinernen Vasen aus einer Ecke der Diele heran, und sie stellten sie an die Schwelle und lehnten die Tür dagegen. Das schwindende Sonnenlicht draußen kam ihnen hell vor nach der Dunkelheit im Haus, und die Luft war frisch und mild. Hinter ihnen rückte Mrs. Dudley die Vase wieder fort, und die Tür fiel krachend zu.

»Die liebenswürdige Alte!« sagte Theodora zu der geschlossenen Tür. Für einen Augenblick wurde ihr Gesicht ganz schmal vor Zorn. Hoffentlich schaut sie *mich* nie so an, dachte Eleanor und wunderte sich, denn obwohl sie doch sonst immer gegen Fremde schüchtern, linkisch und verlegen gewesen war, hatte sie sich in einer knappen halben Stunde daran gewöhnt, Theodora als eine enge Freundin zu betrachten, als jemand, der ihr wichtig war und vor dessen Zorn sie erschrecken könnte. »Ich denke«, sagte Eleanor, erst zögernd, dann gelöst, weil Theodora sich nun umgedreht hatte und wieder lächelte, »ich denke, für die Zeit tagsüber, wenn Mrs. Dudley da ist, werde ich mir eine Beschäftigung möglichst weit vom Haus suchen, die mich voll in Anspruch nimmt. Vielleicht den Tennisplatz walzen. Oder die Trauben im Treibhaus beschneiden.«

»Vielleicht könnte man auch Dudley am Tor behilflich sein.«

»Oder im Gestrüpp nach namenlosen Gräbern suchen.«

Sie standen am Geländer der Veranda; von da konnten sie die Auffahrt bis zu der Stelle übersehen, wo sie wieder zwischen den Bäumen verschwand, und über die sanft geschwungenen Hügel hinweg sahen sie in der Ferne eine dünne Linie, vielleicht die Autostraße, die zu den Städten zurückführte, aus denen sie gekommen waren. Abgesehen von den Leitungsdrähten, die von einem Punkt zwischen den Bäumen her das Haus erreichten, ließ nichts darauf schließen, daß Hill House mit dem Rest der Welt etwas zu tun hätte. Eleanor wandte sich seitwärts und ging die Veranda entlang; anscheinend zog sie sich um das ganze Haus herum. »Sieh an, da!« sagte sie, als sie um die Ecke kam.

Hinter dem Haus stapelten sich die Hügel zu einer großen, drückenden Masse auf, jetzt vom stillen, vollen, sommerlichen Grün überwuchert. »Also darum hat man es Hill House genannt«, sagte Eleanor, weil ihr nichts Besseres einfiel.

»Es ist ganz und gar viktorianisch«, sagte Theodora. »Damals konnte man von solchen geschwollenen, überladenen Sachen gar nicht genug kriegen, man begrub sich in Samtfalten, Quasten und rotem Plüsch. Jeder vernünftige Mensch hätte das Haus oben *auf* diese Hügel gestellt, wo es hingehört, anstatt es hier unten reinzukuscheln.«

»Wenn es oben auf dem Hügel stünde, könnte es jeder sehen. Ich bin dafür, daß es da, wo es jetzt steht, versteckt bleibt.«

»Ich werde die ganze Zeit, die wir hier sind, in Angst leben«, sagte Theodora, »weil ich denke, einer von diesen Hügeln könnte auf uns drauf fallen.«

»Die fallen nicht auf einen drauf. Die kommen still und leise herabgerutscht und überrollen einen, ehe man weglaufen kann.«

»Danke«, sagte Theodora mit kleinlauter Stimme. »Wozu Mrs. Dudley schon den Anstoß gegeben hat, das haben Sie jetzt sehr schön zu Ende gebracht. Ich werde den Koffer packen und gleich wieder heimfahren.«

Für einen Moment glaubte ihr Eleanor und schaute sie an, aber dann sah sie den Unernst in Theodoras Gesicht und dachte, sie ist viel mutiger als ich. Überraschend – obwohl dies später ein vertrautes, wiedererkennbares Merkmal dessen werden sollte, was der Name »Theodora« für Eleanor bedeutete – fing Theodora Eleanors Gedanken auf und beantwortete ihn. »Hab nicht immer solche Angst«, sagte sie und strich Eleanor mit einem Finger über die Wange. »Wir können nie wissen, wo wir den Mut hernehmen.« Dann trippelte sie rasch die Stufen hinab und rannte auf den Rasen zwischen den Gruppen der hohen Bäume hinaus. »Los!« rief sie, »ich will sehn, ob hier irgendwo ein Bach ist.«

»Wir dürfen nicht zu weit gehn«, sagte Eleanor, als sie nachkam. Wie zwei kleine Mädchen rannten sie über das Gras, freuten sich, schon nach dem kurzen Aufenthalt im Haus, über die freien Flächen und den weichen Boden unter ihren Füßen; mit einem fast tierischen Instinkt spürten sie dem Geräusch und Geruch von Wasser nach. »Hier lang!« sagte Theodora, »hier ist ein kleiner Pfad.«

Er brachte sie auf vielen Umwegen dem Geräusch des Wassers näher, schlängelte sich zwischen den Bäumen durch, gab hier und da einen Blick auf die tiefer gelegene Auffahrt frei, führte sie, außer Sicht des Hauses, über eine steinige Wiese, und immer ging es bergab. Als sie sich vom Haus entfernt hatten und zwischen den Bäumen auf Lichtungen kamen, wo die Sonne noch hineinschien, wurde Eleanor ruhiger, obwohl sie sah, daß die Sonne schon dicht über dem Hügelhaufen stand. Sie rief Theodora, aber die antwortete nur »weiter!« und rannte den Pfad entlang. Plötzlich blieb sie stehen, taumelnd und außer Atem, genau am Rand des Baches, der unversehens vor ihr aufgetaucht war; und Eleanor, die etwas langsamer hinterdrein kam, griff nach ihrer Hand und hielt sie fest, und dann rutschten sie beide lachend über die Böschung hinunter, die steil zum Wasser abfiel.

»Die sorgen gern für Überraschungen, hier«, sagte Theodora, nach Luft schnappend.

»Wär dir recht geschehen«, sagte Eleanor, »wenn du reingefallen wärst. Wie kann man so rennen!«

»Hübsch still hier, nicht?« Der Bach floß schnell, und das Wasser kräuselte sich flimmernd; auf der anderen Seite wuchs das Gras bis ans Ufer herab, und Blumen mit gelben und blauen Köpfen neigten sich darüber; ein sanft gerundeter Hügel stieg dort an, wahrscheinlich mit einer Wiese dahinter, und ganz in der Ferne sah man die großen Hügel, immer noch sonnenbeschienen. »Doch, es ist hübsch«, sagte Theodora, nun nicht mehr fragend.

»Ich bin sicher, hier bin ich schon mal gewesen«, sagte Eleanor. »In einem Märchenbuch vielleicht.«

»Sicher. Kannst du über Steine springen?«

»Hier muß es sein, wo die Prinzessin dem Goldfisch begegnet, der in Wirklichkeit ein verzauberter Prinz ist –«

»Aber viel Wasser hat er hier nicht, dein Goldfisch; es ist höchstens drei Zoll tief.«

»Da sind Trittsteine, auf denen man rübergehen kann, und da schwimmen Fische, winzig kleine – Elritzen?«

»Alles verzauberte Prinzen.« Theodora streckte sich auf der besonnten Böschung und gähnte. »Kaulquappen vielleicht?«

»Nein, Elritzen. Für Kaulquappen ist es zu früh, aber ich wette, Froschlaich könnten wir finden. Elritzen hab ich früher immer in der Hand gefangen und sie dann wieder schwimmen lassen.«

»Du wärest eine gute Farmersfrau geworden.«

»Ein richtiger Picknickplatz; eine Mahlzeit mit hartgekochten Eiern am Ufer eines Baches.«

Theodora lachte. »Hähnchensalat, Schokoladenkuchen.«

»Limonade aus der Thermosflasche. Salzstreuer.«

Theodora rollte sich wohlig herum. »Und was man so über Ameisen hört, stimmt überhaupt nicht. Ameisen gibt es fast gar keine. Kühe vielleicht, aber ich glaube, eine Ameise hab ich bei einem Picknick noch nie gesehen.«

»War da nicht immer auch ein Stier auf einer Wiese? Hat nicht immer jemand hier gesagt ›aber über die Wiese können wir nicht gehn, da grast der Stier‹?«

Theodora machte ein Auge auf. »Hast du auch so einen lustigen Onkel gehabt, über den alle immer lachen, egal, was er sagt? Und hat er dir auch gesagt, du brauchst vor dem Stier keine Angst zu haben – denn wenn der Stier auf dich losgeht, dann brauchst du ihn nur bei seinem Nasenring zu packen und ihn daran um dich herumzulenken?«

Eleanor schmiß einen Kiesel in den Bach und schaute zu, wie er im klaren Wasser auf den Grund sank. »Hast du viele Onkels gehabt?«

»Tausende. Du nicht?«

Nach einer Weile sagte Eleanor, »ja doch, große und kleine, dicke und dünne –«

»Hast du auch eine Tante Edna?«

»Tante Muriel.«

»So eine dünne? Mit randloser Brille?«

»Mit Granatbrosche«, sagte Eleanor.

»Trägt sie immer so eine Art dunkelrotes Kleid bei Familienfesten?«

»Mit Spitzenmanschetten –«

»Dann glaub ich wirklich, wir müssen verwandt sein«, sagte Theodora. »Hast du als Kind auch Klammern an den Zähnen gehabt?«

»Nein. Sommersprossen.«

»Ich bin auf so eine Privatschule gegangen, wo ich lernen mußte, wie man einen Knicks macht.«

»Ich war immer den ganzen Winter über erkältet. Meine Mutter zwang mich, wollene Strümpfe zu tragen.«

»Und *meine* Mutter zwang meinen Bruder, mit mir tanzen zu gehn, und ich habe Knickse gemacht wie eine Irre. Mein Bruder haßt mich heute noch.«

»Ich bin beim Umzug zum Schulabgang umgefallen.«

»Ich habe bei der Operettenaufführung meinen Text vergessen.«

»Ich habe mal Gedichte geschrieben.«

»Ja«, sagte Theodora, »mir ist ganz klar, wir sind Cousinen.«

Sie setzte sich auf und lachte, dann sagte Eleanor: »Still, da drüben bewegt sich was.« Wie erstarrt, mit den Schultern aneinander gedrängt, schauten sie über den Bach auf die Stelle des Hangs, wo sich das Gras bewegte, beobachteten, wie etwas Unsichtbares über den hellen grünen Hügel kroch und den Sonnenschein und den plätschernden kleinen Bach ganz kalt werden ließ. »Was ist das?« sagte Eleanor mit angehaltenem Atem, und Theodora packte sie fest beim Handgelenk.

»Es ist fort«, sagte Theodora laut, und die Sonne schien wieder, und es war wieder warm. »Es war ein Kaninchen«, sagte Theodora.

»Ich konnt's nicht sehen«, sagte Eleanor.

»Ich hab es gleich gesehn, als du davon gesprochen hast«, sagte Theodora entschieden. »Es war ein Kaninchen, es ist über den Hügel gelaufen, und dann war es außer Sicht.«

»Wir sind schon zu lange fort«, sagte Eleanor und blickte besorgt zur Sonne auf, die nun die Gipfel der Hügel berührte. Schnell stand sie auf und merkte, daß ihr die Beine vom Knien im feuchten Gras steif geworden waren.

»Stell dir mal vor, zwei alte Picknick-Hühner wie wir«, sagte Theodora, »und haben Angst vor einem Kaninchen!«

Eleanor beugte sich zu ihr und streckte ihr die Hand hin, um ihr aufzuhelfen. »Wir sollten lieber machen, daß wir zurückkommen«, sagte sie, und weil sie selbst nicht verstand, warum sie so eine überwältigende Angst hatte, fügte sie hinzu, »die andern sind vielleicht inzwischen da.«

»Wir müssen bald noch mal zu einem Picknick herkommen«, sagte Theodora und hielt sich genau an den Pfad, der nun sachte bergauf führte. »Wir müssen wirklich mal ein schönes altmodisches Picknick hier am Bach halten.«

»Wir können ja Mrs. Dudley um hartgekochte Eier bitten.« Eleanor blieb auf dem Pfad stehen, drehte sich aber nicht um. »Theodora«, sagte sie, »ich glaube, ich kann das nicht. Ich glaube, ich wäre dazu wirklich nicht imstande.«

»Eleanor!« Theodora legte ihr den Arm um die Schultern. »Willst du denn zulassen, daß man uns wieder trennt? Jetzt, wo wir eben erfahren haben, wir sind Cousinen?«

## *Drittes Kapitel*

I

Die Sonne verschwand allmählich hinter den Hügeln; fast begierig tauchte sie zuletzt in die flauschigen Massen ein. Die Schatten auf dem Rasen waren schon lang, als Eleanor und Theodora den Pfad zur seitlichen Veranda heraufkamen. Zum Glück hatte das Haus sein irres Gesicht in der zunehmenden Dunkelheit schon verborgen.

»Da wartet jemand«, sagte Eleanor und beschleunigte den Schritt, und so sah sie Luke zum ersten Mal. Reisen enden stets in Paaren, dachte sie, konnte aber nur unbeholfen sagen »warten Sie auf uns?«

Er war ans Geländer getreten, blickte durch die Dämmerung von der Veranda zu ihnen hinab, und nun begrüßte er sie mit einer tiefen Verbeugung. »Sind diese tot«, sagte er, »so will auch ich es sein. Meine Damen, wenn Sie die gespenstischen Bewohnerinnen von Hill House sind, dann bleib ich hier für immer.«

Der hat sie nicht alle, dachte Eleanor streng, und Theodora sagte, »tut mir leid, daß wir nicht da waren, als Sie angekommen sind; wir haben die Gegend erkundet.«

»Eine mürrische alte Hexe mit einem Gesicht wie saure Milch hat uns schon angemessen begrüßt, vielen Dank!« sagte er. »›Freut mich‹, hat sie zu mir gesagt, ›hoffentlich sind Sie noch am Leben, wenn ich morgen früh wiederkomme, und Ihr Abendessen steht auf der Anrichte.‹ Und nach diesen Worten fuhr sie in einem alten Kombiwagen mit dem ersten und dem zweiten Mörder von dannen.«

»Mrs. Dudley«, sagte Theodora. »Der erste Mörder muß der Dudley-am-Tor sein; der zweite war wohl Graf Dracula – eine wackere Familie!«

»Da wir gerade die Personen der Handlung durchsprechen«, sagte er, »ich heiße Luke Sanderson.«

Eleanor ließ sich hinreißen, etwas zu sagen: »Dann sind Sie ja einer aus der Familie? Einer von den Leuten, denen das Haus gehört? Sie sind nicht einer von Dr. Montagues Gästen?«

»Ich bin einer von denen; eines Tages wird dieses stattliche Gemäuer mir zufallen; vorläufig jedoch bin ich einer von Dr. Montagues Gästen.«

Theodora kicherte. »Und *wir*«, sagte sie, »sind Eleanor und Theodora, zwei kleine Mädchen, die ein Picknick unten am Bach vorbereiten wollten und vor Schreck nach Hause gerannt sind, weil sie ein Kaninchen gesehen haben.«

»Auch ich habe eine Heidenangst vor Kaninchen«, pflichtete Luke höflich bei. »Darf ich mitkommen, wenn ich den Picknickkorb trage?«

»Sie dürfen Ihre Ukulele mitbringen und uns was vorschrammeln, während wir unsere Hähnchen-Sandwiches verzehren. Ist Dr. Montague da?«

»Er ist drinnen«, sagte Luke, »und weidet sich an seinem Spukhaus.«

Sie blieben eine Weile still und spürten das Bedürfnis,

enger zusammenzurücken; dann sagte Theodora mit dünner Stimme, »das klingt gar nicht mehr komisch, nicht?, jetzt, wo es dunkel wird?«

»Willkommen, meine Damen.« Und die große Haustür ging auf. »Kommen Sie herein! Ich bin Dr. Montague.«

2

Zu viert standen sie zum ersten Mal zusammen in der breiten dunklen Diele von Hill House. Rings um sie her war das Haus damit beschäftigt, sie zu orten und zu steuern, über ihnen schlummerten argwöhnisch die Hügel, kleine Strömungen von Luft, Geräusch und Bewegung traten abwartend und flüsternd auf der Stelle, und irgendwie im Mittelpunkt des Bewußtseins lag das Stückchen Raum, wo sie standen, vier Personen, jede für sich, die sich vertrauensvoll anschauten.

»Ich bin sehr froh, daß alle wohlbehalten angekommen sind, und pünktlich obendrein«, sagte Dr. Montague. »Seien Sie alle willkommen, willkommen in Hill House – obwohl dieser Wunsch ja vielleicht eher von Ihnen ausgehen sollte, mein Junge? Jedenfalls, herzlich willkommen! Luke, mein Junge, können Sie uns einen Martini machen?«

3

Dr. Montague hob sein Glas, nahm erwartungsvoll einen Schluck und seufzte. »Ganz annehmbar, mein Junge! Trotzdem, auf unseren Erfolg in Hill House!«

»Woran würde man den Erfolg eigentlich erkennen, in einer Sache wie dieser?« erkundigte sich Luke.

Dr. Montague lachte. »Sagen wir also, ich hoffe, daß wir alle hier interessante Dinge erleben und daß es den Kollegen die Schuhe ausziehn wird, wenn sie mein Buch darüber lesen. Manchem mag unser Aufenthalt hier zwar wie ein Urlaub vorkommen, doch ich kann es nicht so nennen, denn ich hoffe auf Ihre Mitarbeit – wobei die Frage, ob es Arbeit wird, natürlich danach zu beantworten sein wird, was es zu tun gibt. Wir wollen Notizen machen, Notizen«, sagte er mit Erleichterung, als könne er sich damit nun an der einzig unerschütterlichen Gewißheit in einer Welt von Nebelschwaden festhalten, »Notizen – für manche Menschen doch keine gar so unerträgliche Arbeit.«

»Wenn nur niemand Witze über Spiritismus und Spirituosen reißt«, sagte Theodora, während sie Luke ihr Glas zum Einschenken hinhielt.

»Spiritismus?« Dr. Montague sah sie schräg an. »Spiri–? Ach so, ja. Natürlich wird keiner von *uns*...« Er zögerte und zog die Stirn kraus. »Natürlich nicht«, sagte er und nahm drei hastige Schlucke aus seinem Glas.

»Das ist alles so sonderbar«, sagte Eleanor. »Ich meine, heute morgen war ich noch gespannt, wie das hier wohl sein würde, und jetzt kann ich kaum glauben, daß es dieses Haus wirklich gibt und daß wir wirklich hier sind.«

Sie saßen in einem kleinen Zimmer, das der Doktor ausgesucht hatte. Über einen schmalen Korridor hatte er sie dort hingeführt, zuerst ein wenig unsicher, bis er sich dann doch zurechtfand. Der Raum war nicht eben gemütlich – alles andere als das. Er hatte eine unangenehm hohe Decke und einen schmalen, gekachelten Kamin, der trotz des Feuers, das Luke sogleich angezündet hatte, kalt aussah; die Sessel, auf denen sie saßen, waren nach oben gewölbt und rutschig, und das Licht aus den farbigen, mit Glasperlen behangenen Lampenschirmen drängte Schatten in die Ecken. In seinem erdrückenden Gesamteindruck war der Raum purpurn; von den Teppichen unter ihren Füßen schimmerten trübe, schwülstige Muster, die Wände hatten goldbortige Tapeten, und vom Kaminsims strahlte ein marmorner Cupido affektiert auf sie herab. Als sie einen Augenblick still waren, drückte ringsumher das Haus mit seinem stummen Gewicht auf sie nieder. Eleanor, die kaum glauben konnte, daß sie wirklich hier war und nicht nur an einem sicheren Ort aus unmöglicher Ferne von Hill House träumte, blickte sich langsam und sorgfältig im Zimmer um; sie redete sich zu, dies sei alles ganz wirklich, diese Dinge existierten nicht nur in ihrer Einbildung, von den Kacheln am Kamin bis zu dem marmornen Cupido; und diese Menschen hier würden ihre Freunde sein. Der Doktor war ein rundlicher, rosiger Mann und bärtig, er sah so aus, als ob er vor dem Feuer in einem freundlichen kleinen Wohnzimmer besser am Platz wäre, mit einer Katze auf den Knien und einem rosigen Frauchen, das ihm Knusperzeug brachte, und doch war er unbestreitbar der Dr. Montague, der Eleanor hatte hierher kommen lassen, ein kleiner Mann, kenntnisreich und eigensinnig zugleich. Zwischen dem Feuer und dem Doktor saß Theodora, die unfehlbar den einzigen beinah bequemen Sessel eingenommen und sich irgendwie in ihn hineingeworfen hatte, mit den Beinen über die Armlehnen, den Kopf an die Rückenlehne geschmiegt; wie eine Katze war sie, dachte Eleanor, und zwar in Erwartung der Abendmahlzeit. Luke saß keine Sekunde still; er lief hin und her durch die Schatten, füllte die Gläser nach, schürte das Feuer, klopfte dem marmornen Cupido auf die Schulter, hell im Feuerschein, rastlos. Sie schwiegen alle und blickten ins Feuer, müde von der Reise, die sie hinter sich hatten, und Eleanor dachte, ich bin die vierte Person in diesem Zimmer; ich bin eine von ihnen; ich gehöre dazu.

»Da wir nun alle hier sind«, sagte Luke plötzlich, als ob das Gespräch pausenlos weitergegangen wäre, »sollten wir uns da nicht miteinander bekannt machen? Bis jetzt kennen wir nur unsere Namen. Ich weiß, das hier ist Eleanor, die einen roten Pullover anhat, und folglich müssen Sie hier Theodora sein, denn Sie tragen Gelb –«

»Dr. Montague hat einen Bart«, sagte Theodora, »folglich müssen Sie Luke sein.«

»Und du mußt Theodora sein«, sagte Eleanor, »weil ich Eleanor bin.« Eine Eleanor, sagte sie sich triumphierend, die dazugehört, die unbefangen mit den andern redet, die mit ihren Freunden am Kamin sitzt.

»Darum mußt *du* den roten Pullover anhaben«, erklärte Theodora ihr trocken.

»Ich habe keinen Bart«, sagte Luke, »folglich muß *dieser* Herr Dr. Montague sein.«

»Ich *habe* einen Bart«, sagte Dr. Montague vergnügt und blickte strahlend ringsum. »Meine Frau«, erklärte er ihnen, »mag es, wenn ein Mann einen Bart hat. Viele Frauen finden einen Bart hingegen abscheulich. Ein glattrasierter Mann – Sie werden entschuldigen, mein Junge – sieht irgendwie unvollständig bekleidet aus, sagt meine Frau.« Er hob sein Glas gegen Luke.

»Nachdem ich nun weiß, wer von uns ich ist«, sagte Luke, »kann ich mich gleich noch näher vorstellen. Im Privatleben bin ich – nehmen wir an, wir befinden uns hier in der Öffentlichkeit und alles übrige ist privat –, sagen wir mal, Stierkämpfer. Ja doch, Stierkämpfer.«

»Mein Schatz muß ein B haben«, fuhr es Eleanor heraus, »drum trägt er einen Bart.«

»Stimmt!« sagte Luke und nickte ihr zu. »Dann bin ich Dr. Montague. Ich lebe in Bangkok, und mein Hobby ist Frauen belästigen.«

»Keineswegs«, protestierte Dr. Montague belustigt. »Ich lebe in Belmont.«

Theodora lachte und warf Luke denselben flinken, verständnisinnigen Blick zu, den auch Eleanor von ihr schon kannte. Eleanor, die sie beobachtete, hatte den spitzen Gedanken, daß es auf die Dauer vielleicht bedrückend wäre, mit jemandem zusammenzusein, der so einfühlsam wäre und so blitzschnell schaltete wie Theodora. »Ich bin von Beruf Aktmodell«, sagte Eleanor schnell, um die eigenen Gedanken zum Schweigen zu bringen. »Ich bin von losem Lebenswandel, hülle mich in einen Schal und gehe von einer Dachkammer zur andern.«

»Sind Sie herzlos und leichtsinnig?« fragte Luke. »Oder

eines von jenen zerbrechlichen Geschöpfen, die in Liebe zu einem Königssohn dahinschmachten?«

»Bis die Schönheit futsch ist und der Husten immer stärker wird?« ergänzte Theodora.

»Ich glaube eher, ich habe ein goldenes Herz«, sagte Eleanor nachdenklich. »Jedenfalls, meine Affären sind das Gespräch in allen Cafés.« Meine Güte, dachte sie. Meine Güte!

»Ich, zu meinem Kummer«, sagte Theodora, »bin eine Königs*tochter*. Für gewöhnlich gehe ich in Seide, Spitzen und golddurchwirktem Tuch, aber heute habe ich mir den Sonntagsstaat meiner Zofe geliehen, um unter euch zu erscheinen. Natürlich kann es sein, daß es mir beim niederen Volk so gut gefällt, daß ich nie mehr zurückkehre, und dann muß das arme Mädchen sich neue Kleider kaufen. Und Sie, Dr. Montague?«

Er lächelte ins Feuer hinein. »Ein Pilger. Ein Wanderer.«

»Wirklich eine kleine harmonische Gruppe von Geistesverwandten«, sagte Luke zufrieden. »Dazu ausersehen, unzertrennliche Freunde zu werden. Gewiß hat Hill House noch nie unseresgleichen gesehen.«

»Aber Hill House muß ich zugute halten«, sagte Theodora, »daß ich *seinesgleichen* auch noch nie gesehen habe.« Sie stand auf und ging mit ihrem Glas in der Hand eine Schale gläserner Blumen betrachten. »Was glauben Sie, wie man diesen Raum hier früher *bezeichnet* hat?«

»Ein Klubzimmer vielleicht«, sagte Dr. Montague, »vielleicht auch ein Salon. Ich dachte, hier hätten wir's behaglicher als in den anderen Räumen. Ich habe mir sogar gedacht, wir sollten diesen Raum als Operationszentrum betrachten, eine Art gemeinsamen Aufenthaltsraum; er wirkt ja vielleicht nicht gerade sehr fröhlich –«

»Und *ob* er fröhlich wirkt«, sagte Theodora treuherzig. »Nichts kann aufmunternder wirken als kastanienbraune Polstermöbel und Eichenholztäfelung, und was ist das in der Ecke, da drüben? Eine Sänfte?«

»Morgen werden Sie auch die andern Räume sehen«, sagte der Doktor zu ihr.

»Wenn wir das hier als gemeinsamen Treff benutzen wollen«, sagte Luke, »dann schlage ich vor, wir schaffen erst mal etwas herein, worauf man sitzen kann. Ich kann mich auf keinem von diesen Dingern hier lange halten, ich rutsche immer ab«, sagte er beiseite zu Eleanor.

»Morgen«, sagte der Doktor, »werden wir uns wirklich das ganze Haus ansehen und alles nach unserem Belieben einrichten. Und nun, wenn Sie alle ausgetrunken haben, schlage ich vor, daß wir in Augenschein nehmen, was Mrs. Dudley uns für ein Abendessen hingestellt hat.«

Theodora ging gleich los, blieb dann aber ratlos stehen. »Da wird mich jemand hinführen müssen«, sagte sie. »Wie soll ich wissen, wo das Speisezimmer ist? Diese Tür«, zeigte sie, »geht auf den langen Flur und dann zur Vorderdiele«, sagte sie.

Der Doktor schmunzelte. »Falsch, meine Liebe. Diese Tür geht auf den Wintergarten.« Er stand auf, um vorauszugehen. »*Ich* habe mir den Plan des Hauses eingeprägt«, sagte er selbstzufrieden, »und ich glaube, wir brauchen nur durch diese Tür dort zu gehen, den Flur entlang bis zur Vorderdiele, dann über die Diele und durchs Billardzimmer, um ins Speisezimmer zu gelangen. Nicht schwer«, sagte er, »mit etwas Übung.«

»Warum sich die Leute bloß so kreuz und quer verstreut haben?« fragte Theodora. »Warum all diese kleinen, abgelegenen Zimmer?«

»Vielleicht haben sie gern Versteck gespielt«, sagte Luke.

»Ich *kann* nicht begreifen, warum sie es überall so dunkel haben wollten«, sagte Theodora. Sie ging mit Eleanor hinter Dr. Montague den Flur entlang; Luke blieb etwas zurück, um schnell noch einen Blick in die Schublade eines kleinen Tisches zu werfen, wobei er laut seine Gedanken über den Geldwert der Cupido-Köpfe und Bortengirlanden äußerte, die den oberen Rand der Holztäfelung in der dunklen Diele zierten.

»Manche dieser Zimmer haben auf allen Seiten Innenwände«, sagte der Doktor, der voranging. »Keine Fenster, keinen direkten Zugang zu den Türen nach draußen. Eine Reihe solcher eingeschlossener Räume ist jedoch bei einem Haus aus dieser Periode nicht weiter überraschend, vor allem, wenn man weiß, daß die Fenster, sofern man welche hatte, von innen mit schweren Gardinen und Vorhängen abgeschirmt waren und von außen mit Kletterranken. Aha!« Er machte eine Tür auf und trat vom Flur in die Diele. »Na«, sagte er und betrachtete die gegenüberliegenden Türen, zwei kleinere auf den Seiten und die große Doppeltür in der Mitte; »na«, sagte er noch mal und entschied sich für die nächstgelegene. »Das Haus hat doch seine kleinen Eigenheiten«, fuhr er fort, während er die Tür aufhielt, so daß sie in den dunklen Raum dahinter eintreten konnten. »Luke, kommen Sie und halten Sie diese Tür auf, damit ich das Speisezimmer suchen kann.« Mit vorsichtigen Schritten durchquerte er den dunklen Raum und machte eine Tür auf. Als sie ihm folgten, kamen sie in das freundlichste Zimmer, das sie bisher im Haus gesehen hatten, um so erfreulicher zweifellos dank dem Licht und dem Anblick und Geruch der Speisen. »Ich muß mich loben«, sagte der Doktor und rieb sich die Hände. »Jetzt habe ich Sie durch die unerforschten Wüsteneien von Hill House wieder in die Zivilisation geführt.«

»Wir sollten uns zur Gewohnheit machen, alle Türen weit offen zu lassen.« Theodora blickte nervös über die Schulter zurück. »Ich *hasse* dieses Herumtappen im Dunkeln.«

»Dann müßte man etwas dagegen stellen«, sagte Eleanor. »Alle Türen in diesem Haus fallen zu, wenn man sie losläßt.«

»Morgen«, sagte der Doktor. »Muß ich mir merken. Türstopper.« Erfreut ging er zur Anrichte, wo Mrs. Dudley eine Warmhalteplatte mit einer ansehnlichen Reihe zugedeckter Schüsseln aufgebaut hatte. Der Tisch war für vier Personen gedeckt, mit einem verschwenderischen Aufgebot an Kerzen, Damast und schwerem Silber.

»Da wird nicht geknausert«, sagte Luke und nahm eine Gabel zur Hand, mit einer Geste, die die schlimmsten Befürchtungen seiner Tante bestätigt hätte. »Wir kriegen doch tatsächlich das Familiensilber.«

»Jedenfalls gedenkt sie uns bei Tisch nicht darben zu lassen«, sagte der Doktor, die Schüsseln auf der Wärmplatte untersuchend. »Ich glaube, so ist alles bestens geregelt. Mrs. Dudley ist auf diese Weise, bevor es dunkel wird, in sicherer Entfernung, und wir können ohne ihre wenig einladende Gesellschaft zu Abend essen.«

»Vielleicht«, sagte Luke, den Teller betrachtend, den er sich reichlich füllte, »vielleicht habe ich der guten Mrs. Dudley – warum *muß* ich nur immer noch, abstruserweise, an sie als die *gute* Mrs. Dudley denken? – vielleicht habe ich ihr doch unrecht getan. Sie hat gesagt, sie hoffe, daß ich morgen früh noch am Leben bin, und unser Abendessen stünde auf der Warmhalteplatte; jetzt vermute ich, sie hat gemeint, ich könnte ein Opfer meiner Gefräßigkeit werden.«

»Was sie bloß hier hält?« fragte Eleanor den Doktor. »Warum bleibt sie mit ihrem Mann allein in diesem Haus?«

»Soviel ich weiß, haben die Dudleys seit Menschengedenken immer Hill House verwaltet; jedenfalls waren die Sandersons hochzufrieden, sie weitermachen zu lassen. Aber morgen –«

Theodora kicherte. »Wahrscheinlich ist Mrs. Dudley das einzige noch lebende Mitglied der Familie, der Hill House *wirklich* gehört. *Ich* glaube, sie wartet nur drauf, bis alle Sanderson-Erben – also auch Sie, Luke – jeder eines gräßlichen Todes gestorben sind, und dann kriegt sie das Haus mitsamt im Keller vergrabenen Juwelen. Oder vielleicht hortet sie auch ihr Gold mit Dudley in einem geheimen Verlies. Oder vielleicht ist unter dem Haus eine Ölquelle.«

»Geheime Verliese gibt es in Hill House nicht«, sagte der Doktor, jeden Widerspruch ausschließend. »Natürlich ist diese Möglichkeit schon früher erwogen worden, und ich denke, ich kann mit Gewißheit sagen, daß dergleichen romantische Einrichtungen hier nirgendwo vorhanden sind. Aber morgen –«

»Öl jedenfalls ist auch ein für allemal ein alter Hut, überhaupt nicht mehr zu entdecken auf dem Anwesen, heutzutage«, sagte Luke zu Theodora. »Das Mindeste, weswegen Mrs. Dudley mich kaltblütig ermorden könnte, müßte schon Uranerz sein.«

»Oder einfach rein so zum Spaß«, sagte Theodora.

»Ja«, sagte Eleanor, »aber warum sind wir nun hier?«

Ein paar lange Sekunden lang blickten alle drei sie an, Theodora und Luke erwartungsvoll, der Doktor feierlich. Dann sagte Theodora: »Genau das wollte ich Sie auch fragen. Warum sind wir hier? Was ist los mit diesem Haus? Was wird passieren?«

»Morgen –«

»Nein«, sagte Theodora ein wenig gereizt. »Wir sind drei erwachsene, intelligente Menschen, Dr. Montague. Wir sind alle von weither angereist, um Sie hier in Hill House zu treffen. Eleanor möchte wissen, warum, und ich auch.«

»Ich ebenfalls«, sagte Luke.

»Warum haben Sie uns hergeholt, Doktor? Warum sind Sie selbst hier? Wie haben Sie von diesem Haus erfahren, warum hat es so einen Ruf, und was geht hier wirklich vor? Was wird *passieren*?«

Der Doktor zog unglücklich die Stirn kraus. »Ich weiß nicht«, sagte er, und dann, auf eine rasche, ärgerliche Bewegung Theodoras hin, fuhr er fort. »Ich weiß über das

Haus nicht viel mehr als Sie, und natürlich habe ich vor, Ihnen das Wenige, was ich weiß, zu sagen; aber was *passieren wird*, das werde ich nicht früher erfahren als Sie. Aber morgen, denke ich, bei Tageslicht, ist es früh genug, um darüber zu reden –«

»Für mich nicht«, sagte Theodora.

»Ich versichere Ihnen«, sagte der Doktor, »heute nacht wird das Haus ruhig bleiben. Auch in diesen Dingen gibt es Regeln – als ob die psychischen Phänomene Gesetzen ganz besonderer Art unterlägen.«

»Ich meine wirklich, wir sollten heute abend noch darüber reden«, sagte Luke.

»Wir haben keine Angst«, ergänzte Eleanor.

Der Doktor seufzte. »Nehmen wir an«, sagte er bedächtig, »Sie hören die Geschichte von Hill House und beschließen dann, lieber nicht hierzubleiben. Wie wollten Sie heute noch fortkommen?« Er musterte sie ringsum, mit einem raschen Blick. »Das Tor ist verschlossen. Hill House steht im Ruf einer gewissen Beharrlichkeit in der Gastfreundschaft; es läßt anscheinend seine Gäste ungern wieder fort. Der letzte, der versucht hat, das Haus in der Dunkelheit zu verlassen – das ist schon achtzehn Jahre her, allerdings –, kam in der Kurve der Auffahrt ums Leben, weil sein Pferd scheute und ihn gegen den großen Baum warf. Angenommen, ich erzähle Ihnen von dem Haus, und jemand von Ihnen möchte gleich wieder abreisen? Morgen könnten wir dann wenigstens dafür sorgen, daß Sie sicher bis zum Dorf kommen.«

»Aber wir laufen schon nicht weg«, sagte Theodora. »Ich nicht, Eleanor nicht und Luke auch nicht.«

»Wir halten wacker stand«, bekräftigte Luke.

»Sie sind mir eine aufsässige Gruppe von Assistenten! Na gut, nach dem Essen. Wir ziehen uns in unser kleines Klubzimmer zurück, mit einem Kaffee und einem Schluck von dem guten Kognak, den Luke im Koffer mitgebracht hat, und dann erzähle ich Ihnen über Hill House alles, was ich weiß. Jetzt aber reden wir lieber über Musik oder Malerei, oder meinetwegen auch über Politik.«

4

»Ich war mir nicht im klaren«, sagte der Doktor, den Kognak im Glase schwenkend, »wie ich Sie drei am besten auf Hill House vorbereiten sollte. Natürlich konnte ich Ihnen nicht viel darüber schreiben, und es widerstrebt mir auch jetzt noch, Ihre Gedanken mit der kompletten Geschichte zu beeinflussen, bevor Sie Gelegenheit hatten, selber etwas zu sehen.« Sie saßen wieder in dem kleinen Salon, fühlten sich warm und ein wenig schläfrig. Theodora hatte auf jeden Kompromiß mit den Sesseln verzichtet und sich auf den Läufer vor dem Kamin gesetzt, träge, dösig und mit übereinandergeschlagenen Beinen. Eleanor, die sich am liebsten neben sie gesetzt hätte, hatte nicht rechtzeitig daran gedacht und fand sich nun mit einem der rutschigen Sessel ab; sie scheute sich, die Aufmerksamkeit auf sich zu lenken, wenn sie jetzt aufstünde und sich ungelenk auf dem Boden niederließe. Bei Mrs. Dudleys gutem Essen und in einer Stunde ruhiger Unterhaltung war das leise Gefühl von Unwirklichkeit und Gezwungenheit verflogen; sie hatten einander nun schon ein wenig kennengelernt, konnten die Stimmen der anderen unterscheiden, bemerkten persönliche Eigenheiten, gewöhnten sich an die Gesichter und ihre Art zu lachen. Überrascht und ein bißchen erschrocken stellte Eleanor fest, daß sie erst seit vier oder fünf Stunden hier war. Sie lächelte ins Feuer hinein. Zwischen den Fingern spürte sie den dünnen Stiel ihres Glases, im Rücken den steifen Druck der Sessellehne, und an minimalen Bewegungen der Troddeln und Perlenschnüre waren winzige, sonst kaum wahrnehmbare Luftströmungen im Raum zu erkennen. Dunkelheit lag in den Ecken, und der marmorne Cupido, in seiner gutgelaunten Pausbäckigkeit, lächelte auf sie herab.

»Welch eine Zeit für eine Gespenstergeschichte!« sagte Theodora.

»Ich muß doch sehr bitten!« sagte der Doktor steif. »Wir sind doch keine Kinder, die sich gegenseitig angst machen wollen«, sagte er.

»Entschuldigung!« Theodora lächelte zu ihm auf. »Ich versuche grad, mich an all dies zu gewöhnen.«

»Lassen wir in unserem Sprachgebrauch«, sagte der Doktor, »doch bitte die größte Behutsamkeit walten. Vorgefaßte Meinungen über Gespenster und sonstige Erscheinungen –«

»Die Geisterhand im Suppenteller«, sagte Luke hilfsbereit.

»Mein lieber Junge! Ich muß doch sehr bitten! Ich versuchte gerade, Ihnen zu erklären, daß unser Vorhaben hier wissenschaftlicher Natur ist, ein Forschungsprojekt, das nicht beeinträchtigt oder vielleicht sogar verdorben werden darf durch trübe Erinnerungen an Spukgeschichten, die eher – na, sagen wir, ans Lagerfeuer einer Pfadfindergruppe gehören.« Mit sich selbst zufrieden, blickte er umher, um sich zu vergewissern, daß alle sich gut amüsierten. »Tatsache ist, daß meine Studien im Lauf der letzten paar Jahre mich zu gewissen Theorien in bezug auf psychische Phänomene hingeführt haben, die zu prüfen ich nun zum ersten Mal Gelegenheit erhalte. Der Idealfall wäre dabei natürlich, daß Sie überhaupt nichts über Hill House wissen. Sie sollten ahnungslos und für alles unvoreingenommen empfänglich sein.«

»Und Notizen machen«, murmelte Theodora.

»Notizen, ja freilich, Notizen! Mir ist nun allerdings klar, daß es praktisch nicht möglich ist, Ihnen jede Hintergrundinformation vorzuenthalten, hauptsächlich deshalb nicht, weil Sie Menschen sind, die nicht gewohnt sind, sich in eine Situation hineinzufinden, ohne auf sie vorbereitet zu sein.« Er strahlte sie hintersinnig an. »Sie sind vielmehr drei launische, verwöhnte Kinder, die quengelnd von mir ihre Gutenachtgeschichte verlangen.« Theodora kicherte, und der Doktor nickte ihr vergnügt zu. Er stand auf und nahm vor dem Feuer die unverkennbare Lehrerpose ein; das Fehlen einer Tafel hinter ihm schien ihn zu stören, denn ein oder zwei Mal blickte er sich halb um, die Hand erhoben, als ob er nach der Kreide tastete, um einen Punkt veranschaulichen zu können. »Nun«, sagte er, »kommen wir mal zur Geschichte von Hill House.« Ich wollte, ich hätte Stift und Notizheft, dachte Eleanor, einfach, damit er sich ganz in seinem Element fühlt. Sie blickte zu Theodora und Luke hinüber und sah, daß beide instinktiv ein Schulstundengesicht aufgesetzt hatten, hingerissen lauschend; todernst wird es, dachte sie; wir sind in eine neue Phase unseres Abenteuers eingetreten.

»Sie werden sich an die Häuser erinnern«, begann der Doktor, »die im dritten Buch Mosis als ›aussätzig‹, *tsaraas*, bezeichnet werden, oder an Homers Ausdruck für die Unterwelt: *Aidao domos*, das Haus des Hades; und ich glaube, ich brauche Ihnen auch nicht in Erinnerung zu rufen, daß die Vorstellung, manche Häuser seien unrein oder verboten – vielleicht auch heilig –, so alt ist wie der Geist des Menschen überhaupt. Da es mit Gewißheit Orte gibt, die sich unvermeidlich mit einer Atmosphäre der Heiligkeit und des Guten verbinden, ist es vielleicht auch nicht allzu unverantwortlich, wenn man sagt, daß manche Häuser von Geburt an böse sind. Hill House hat sich, aus welchem Grund auch immer, seit über zwanzig Jahren als für Menschen unbewohnbar erwiesen. Was es vorher mit dem Haus auf sich hatte, ob sein Charakter erst von den Menschen geprägt wurde, die einmal hier lebten, oder von dem, was sie hier taten, oder ob es von Anfang an ein böses Haus war, dies alles sind Fragen, die ich nicht beantworten kann. Naturgemäß hege ich die Hoffnung, daß wir alle einiges mehr über das Haus erfahren werden, ehe wir abreisen. Niemand weiß bisher auch nur, warum manche Häuser überhaupt als Spukhäuser bezeichnet werden.«

»Als was *könnten* Sie Hill House denn sonst bezeichnen?« fragte Luke.

»Na – als gestört vielleicht, leprös, krank. Jeder der populären Euphemismen für den Wahnsinn käme in Frage; ein verrücktes Haus wäre ein hübscher Ausdruck.

Sehr populär sind jedoch auch die Theorien, die von allem Unheimlichen und Rätselhaften nichts wissen wollen; manche Leute würden Ihnen sagen, daß die Turbulenzen, die ich als ›psychisch‹ bezeichne, in Wirklichkeit Folgen unterirdischer Wasserläufe, elektrischer Ströme oder durch verunreinigte Luft bewirkter Halluzinationen seien. Luftdruck, Sonnenflecken, Erdbeben – alles findet unter den Skeptikern seinen Anwalt. Die Menschen«, sagte der Doktor bekümmert, »sind immer ganz versessen darauf, alles ans Licht zu zerren, wo sie ihm dann einen Namen anheften können, gleichgültig, ob der Name sinnlos ist, wenn er sich nur irgendwie wissenschaftlich anhört.« Er seufzte, lockerte seine Haltung und lächelte ihnen kurz und vieldeutig zu. »Ein Spukhaus!« sagte er. »Darüber kann man doch nur lachen. Ich selbst, muß ich gestehen, habe meinen Kollegen an der Universität erzählt, ich fahre diesen Sommer zum Camping.«

»Ich habe den Leuten gesagt, ich würde an einem wissenschaftlichen Experiment teilnehmen«, sagte Theodora, »natürlich ohne zu sagen, wo es ist und um was es geht.«

»Wahrscheinlich sind Ihre Freunde gegen wissenschaftliche Experimente nicht so voreingenommen wie meine. Ja!« Der Doktor seufzte schon wieder. »Also zum Camping. In meinem Alter! Aber *das* haben sie geglaubt. Na ja.« Er streckte sich wieder und tastete zur Seite, vielleicht nach einem Zeigestock. »Zum ersten Mal habe ich von Hill House vor einem Jahr gehört, von einem früheren Mieter. Anfangs hat er mir versichert, er sei dort nur wieder weggezogen, weil seine Familie etwas dagegen hatte, so weit draußen auf dem Lande zu leben, und am Ende sagte er, seiner Ansicht nach sollte man das Haus niederbrennen und auf dem Gelände Salz säen. Ich hörte von anderen Leuten, die Hill House auch einmal gemietet hatten, und fand heraus, daß keiner von ihnen länger geblieben war als ein paar Tage, jedenfalls nie über die volle vereinbarte Aufenthaltsdauer. Die Gründe, die sie angaben, reichten von der Feuchtigkeit des Ortes – stimmt übrigens nicht, das Haus ist sogar sehr trocken – bis zu dem plötzlichen Erfordernis, aus beruflichen Gründen anderswohin zu ziehen. Das heißt, jeder dieser Mieter, die das Haus schleunigst wieder verlassen haben, gab sich Mühe, einen vernünftigen Grund für seinen Wegzug zu nennen, aber schnell wieder weggezogen waren sie alle. Ich habe natürlich versucht, aus diesen früheren Mietern mehr herauszubekommen, aber in keinem Fall ließen sie sich dazu bewegen, auf das Haus selbst näher einzugehen; alle schienen mir nur sehr widerwillig Auskunft zu geben, und besonders sträubten sie sich gegen Erinnerungen an die Einzelheiten ihres Aufenthalts. Nur in einem Punkt waren sie sich alle einig. Jeder einzelne, ohne Ausnahme, der einmal eine gewisse Zeit in diesem Haus verbracht hat, beschwor mich, um dieses Haus, wenn irgend möglich, einen großen Bogen zu machen. Nicht einer der früheren Mieter konnte sich zu der Aussage durchringen, daß es in Hill House spuke, aber als ich Hillsdale besuchte und in den Zeitungsarchiven nachforschte –«

»Zeitungen?« fragte Theodora. »Hat es mal einen Skandal gegeben?«

»O ja«, sagte der Doktor, »einen richtigen, ausgewachsenen Skandal, mit Selbstmord, Irrsinn und Prozessen.

*Dann* erfuhr ich, daß die Einheimischen *keine* Zweifel haben, was es für ein Haus ist. Natürlich bekam ich ein Dutzend verschiedene Geschichten zu hören – tatsächlich ist es unglaublich schwer, über ein Spukhaus verläßliche Auskünfte zu bekommen; wenn Sie wüßten, was ich alles durchstehen mußte, um auch nur das zu erfahren, was ich jetzt weiß –, und die Folge war, daß ich Lukes Tante, Mrs. Sanderson, aufsuchte, um Hill House für eine Weile zu mieten. Sie gab unumwunden zu, wie unangenehm ihr das alles sei –«

»Ein Haus niederzubrennen ist nämlich schwerer, als man denkt«, sagte Luke.

»– war aber bereit, mir für meine Forschungen einen kurzen Aufenthalt zu gestatten, unter der Bedingung, daß ein Familienangehöriger mit anwesend wäre.«

»Man hofft«, sagte Luke feierlich, »daß ich Sie davon abhalten werde, die schönen alten Skandalgeschichten wieder auszugraben.«

»So, damit wäre erklärt, wie es kommt, daß ich hier bin und warum Luke hergekommen ist. Und was Sie, meine Damen, angeht, so wissen wir alle inzwischen, daß Sie hier sind, weil ich Ihnen geschrieben und weil Sie meine Einladung angenommen haben. Ich hoffte, daß jede von Ihnen auf ihre Weise dazu beitragen könnte, die im Hause wirkenden Kräfte zu intensivieren; Theodora, weil sie eine gewisse telepathische Fähigkeit bewiesen hat, und Eleanor, weil sie in der Vergangenheit einmal mit Poltergeist-Phänomenen in enge Berührung gekommen ist.«

»Ich?«

»Gewiß.« Der Doktor schaute sie neugierig an. »Vor vielen Jahren, als Sie noch ein Kind waren. Die Steine –«

Eleanor zog die Stirn kraus und schüttelte den Kopf. Die Finger zitterten ihr am Stiel ihres Glases, und dann sagte sie, »das waren doch die Nachbarn. Meine Mutter hat gesagt, die Nachbarn hätten die Steine geworfen. Die Leute sind immer neidisch.«

»Vielleicht war es so.« Der Doktor sprach leise und lächelte Eleanor zu. »Der Vorfall ist natürlich längst vergessen; ich habe ihn nur erwähnt, weil dies der Grund ist, warum ich Sie gern hierhaben wollte.«

»Als *ich* noch ein Kind war«, sagte Theodora träge, »vor vielen Jahren – wie Sie das so taktvoll ausdrücken, Doktor – bekam ich mal eine Tracht Prügel, weil ich einen Ziegelstein auf ein Treibhausdach geschmissen hatte. Ich weiß noch, ich habe damals lange darüber nachgedacht, mich an die Prügel erinnert, die ich bekommen hatte, mich aber auch an den herrlichen Knall erinnert, und als ich mir alles ganz gründlich überlegt hatte, ging ich los und machte es noch mal.«

»Ich kann mich nicht mehr sehr gut daran erinnern«, sagte Eleanor, unsicher geworden, zu dem Doktor.

»Aber *warum*?« fragte Theodora. »Ich meine, ich kann hinnehmen, daß es in diesem Haus spuken soll und daß Sie uns hierhaben wollen, Dr. Montague, damit wir Ihnen helfen zu registrieren, was tatsächlich geschieht – und außerdem möchte ich wetten, daß Sie auch nicht gern *allein* hier wären –, aber ich versteh's einfach nicht. Es ist ein gräßliches altes Haus, und wenn ich es gemietet hätte, würde ich nach dem ersten Blick in die Eingangsdiele sofort mein Geld zurückverlangen, aber was ist denn nun wirklich hier los? Was macht den Leuten solche Angst?«

»Ich möchte dem, was keinen Namen hat, keinen geben«, sagte der Doktor. »Ich weiß es nicht.«

»Man hat mir überhaupt nie gesagt, was los war«, redete Eleanor auf den Doktor ein. »Meine Mutter hat gesagt, das seien die Nachbarn gewesen, die hätten schon immer was gegen uns gehabt, weil sie mit ihnen nicht verkehrte. Meine Mutter –«

Luke schnitt ihr, langsam und mit Bedacht, das Wort ab. »Ich denke, was wir alle wissen wollten, sind die Fakten. Etwas, das wir verstehen und woraus wir uns ein Bild machen können.«

»Zunächst mal«, sagte der Doktor, »habe ich eine Frage an Sie alle. Möchten Sie lieber abreisen? Sind Sie dafür, daß wir sofort wieder die Koffer packen, Hill House auf sich beruhen lassen und nie mehr etwas damit zu tun haben sollten?«

Er sah Eleanor an, und Eleanor legte ihre Hände fest zusammen; noch eine Chance, hier wegzukommen, dachte sie, und sie sagte »nein« und schaute betreten zu Theodora hinüber. »Ich hab mich wie eine dumme Göre benommen, heute nachmittag«, erklärte sie, »ich hab mich ins Bockshorn jagen lassen.«

»Sie sagt nicht die ganze Wahrheit«, sagte Theodora, zu ihr haltend. »Sie hat sich nicht mehr ins Bockshorn jagen lassen als ich. Wir haben uns gegenseitig eine Heidenangst gemacht wegen eines Kaninchens.«

»Gräßliche Viecher, diese Kaninchen«, sagte Luke.

Der Doktor lachte. »Ich glaube, etwas nervös waren wir

heute nachmittag alle. Es ist schon ein Schock, wenn man um diese Ecke biegt und Hill House zum ersten Mal deutlich vor Augen sieht.«

»Ich hab gedacht, er fährt gegen einen Baum«, sagte Luke.

»Jetzt, in einem warmen Zimmer, vor dem Feuer und in Gesellschaft bin ich schon sehr mutig«, sagte Theodora.

»Ich denke, wir könnten jetzt gar nicht abreisen, selbst wenn wir wollten.« Eleanor war es herausgefahren, ehe sie ganz begriffen hatte, was sie sagen wollte oder wie es sich für die anderen anhören würde; nun sah sie, wie man sie anschaute. Sie lachte und fügte eine lahme Ergänzung hinzu: »Mrs. Dudley würde uns das nie verzeihen!« Sie fragte sich, ob sie ihr wohl glaubten, daß sie das so gemeint habe, und dachte, vielleicht hat es uns schon gepackt, dieses Haus, vielleicht wird es uns nicht mehr fortlassen.

»Trinken wir noch einen Kognak«, sagte der Doktor, »und ich erzähle Ihnen die Geschichte von Hill House.« Er nahm die Lehrerpose vor dem Kamin wieder ein und begann gemächlich, wie einer, der von längst verblichenen Königen und längst vergessenen Kriegen berichtet; seine Stimme hielt sich fern von jeder Emotion. »Hill House wurde vor etwas über achtzig Jahren erbaut«, begann er, »von einem Mann namens Hugh Crain, der hier seiner Familie einen Sitz geben wollte, ein Haus auf dem Lande, wo er seine Kinder und Enkelkinder in gesichertem Wohlstand aufwachsen sehen wollte und wo er selbst seine Tage in Frieden zu beenden gedachte. Leider war Hill House fast von Anfang an ein Haus des Kummers. Hugh Crains Gattin starb wenige Minuten, bevor sie das Haus zum ersten Mal hätte ins Auge fassen sollen, als die Kutsche, die sie herbrachte, in der Auffahrt umkippte; die Dame wurde – ach, ich glaube, *leblos* ist der Ausdruck, den ich vorfand – in das Haus gebracht, das ihr Mann für sie gebaut hatte. Er war ein trauriger und verbitterter Mensch, dieser Hugh Crain, mit zwei kleinen Töchtern, die er großzuziehen hatte, aber Hill House verließ er nicht.«

»Hier sind Kinder aufgewachsen?« fragte Eleanor ungläubig.

Der Doktor lächelte. »Wie schon gesagt, das Haus ist trocken. Es gibt keine Sümpfe, die Fieber verbreiten konnten, die Landluft, dachte man, würde ihnen guttun, und das Haus selbst galt als luxuriös. Ich habe keinen Zweifel, daß zwei kleine Kinder hier spielen konnten, vielleicht etwas einsam, aber nicht unglücklich.«

»Ich hoffe, sie sind im Bach gewatet«, sagte Theodora. Sie schaute tief ins Feuer. »Die armen Kleinen! Ich hoffe, man hat sie auf der Wiese dort herumlaufen und die Blumen pflücken lassen.«

»Ihr Vater hat wieder geheiratet«, erzählte der Doktor weiter. »Sogar noch zweimal. Es scheint, daß er mit seinen Frauen – nun, kein Glück hatte. Die zweite Mrs. Crain starb bei einem Sturz; allerdings habe ich nicht herausfinden können, wie oder warum. Ihr Tod scheint ebenso tragisch unerwartet gewesen zu sein wie der ihrer Vorgängerin. Die dritte Mrs. Crain starb an einer Krankheit, die man damals Auszehrung nannte, irgendwo in Europa. In der Bibliothek befindet sich eine Sammlung der Postkarten, die der Vater und die Stiefmutter, als sie von einem Kurort zum andern fuhren, den kleinen Mädchen schrieben, die sie in Hill House zurückgelassen hatten. Die Mädchen blieben hier mit ihrer Gouvernante bis zum Tod der Stiefmutter. Danach gab Hugh seine Absicht bekannt, Hill House zu schließen, und seine Töchter wurden zu einer Cousine ihrer Mutter gebracht. Dort blieben sie, bis sie erwachsen waren.«

»Hoffentlich war Mamas Cousine ein bißchen fideler als der alte Papa Hugh«, sagte Theodora, die immer noch düster ins Feuer schaute. »Nicht schön, wenn man sich das vorstellt, zwei Kinder, die wie Pilze im Dunkeln wachsen.«

»Sie sahen das anders«, sagte der Doktor. »Die beiden Schwestern verbrachten den Rest ihres Lebens damit, sich um Hill House zu streiten. Nach all seinen hochfliegenden Plänen für eine Dynastie, der er hier ihren Mittelpunkt geben wollte, starb Hugh Crain irgendwo in Europa, bald nach seiner Frau, und das Haus wurde den beiden Schwestern gemeinsam hinterlassen, die inzwischen schon zwei junge Damen gewesen sein müssen; jedenfalls hatte die ältere ihr gesellschaftliches Debüt schon hinter sich.«

»Hatte sich das Haar hochgesteckt, Champagner trinken und einen Fächer tragen gelernt...«

»Über eine Reihe von Jahren stand Hill House leer, wurde aber immer für die Familie bereitgehalten, in der Erwartung zuerst, daß Hugh Crain zurückkehrte, und dann, nach seinem Tod, für den Fall, daß eine der beiden Schwestern den Wunsch haben sollte, hier zu wohnen. Ungefähr zu dieser Zeit wurde anscheinend zwischen den Schwestern vereinbart, daß das Haus der älteren gehören sollte; die jüngere hatte geheiratet –«

»Aha!« sagte Theodora. »Die *jüngere* hat geheiratet. Ich wette, sie hat der Schwester ihren Verehrer abspenstig gemacht.«

»Es heißt in der Tat, die ältere Schwester soll in der Liebe Unglück gehabt haben«, stimmte der Doktor zu, »allerdings sagt man das von so gut wie jeder Frau, die es aus irgendeinem Grund vorzieht, allein zu bleiben. Jedenfalls war es die ältere Schwester, die wiederkam, um hier zu leben. Sie scheint ihrem Vater sehr ähnlich gewesen zu sein. Sie hat über eine Reihe von Jahren allein hier gewohnt, fast wie eine Einsiedlerin, obwohl man sie im Dorf Hillsdale immerhin gekannt hat. So unglaublich Ihnen das vorkommen mag, sie hat Hill House aufrichtig geliebt und es als den Stammsitz ihrer Familie betrachtet. Schließlich nahm sie ein Mädchen aus dem Dorf bei sich auf, als eine Art Gesellschafterin; und soviel ich in Erfahrung bringen konnte, hatte man bei den Einheimischen damals nichts gegen das Haus, denn die alte Miss Crain – wie sie unvermeidlich genannt wurde – holte sich ihre Dienstboten aus dem Dorf, und daß sie das Dorfmädchen als Gesellschafterin zu sich genommen hatte, hielt man für eine gute Sache. Mit ihrer Schwester lag die alte Miss Crain in ständigem Streit: die jüngere behauptete, ihren Anspruch auf das Haus für den Gegenwert einiger Familienerbstücke abgetreten zu haben, von denen manche von beträchtlichem Wert waren und deren Herausgabe die ältere Schwester dann verweigerte. Es waren ein paar Juwelen, mehrere alte Möbelstücke und, was die jüngere Schwester anscheinend am meisten aufregte, ein Satz goldgeränderter Teller. Mrs. Sanderson hat mich eine Schachtel mit Familienpapieren durchsehen lassen; darum habe ich manche Briefe gelesen, die Miss Crain von ihrer jüngeren Schwester bekam, und in allen ist immer wieder von diesen Tellern die Rede – die Teller waren der wunde Punkt zwischen ihnen. Jedenfalls, die ältere Schwester ist hier im Haus gestorben, an Lungenentzündung, als nur ihre kleine Gesellschafterin da war, um ihr zu helfen – später kamen dann Geschichten auf, der Arzt sei zu spät gerufen worden, die alte Dame sei hilflos im Obergeschoß gelegen, während die junge Frau im Garten mit einem Dorflümmel poussierte, aber ich vermute, das waren nur Erfindungen, um einen Skandal anzuzetteln; jedenfalls konnte ich nicht feststellen, daß etwas dergleichen damals allgemein geglaubt wurde, und die meisten dieser Geschichten scheinen tatsächlich direkt der giftigen Rachsucht der jüngeren Schwester entsprungen zu sein, die in ihrem Haß keine Ruhe fand.«

»Die jüngere Schwester gefällt mir gar nicht«, sagte Theodora. »Erst nimmt sie ihrer Schwester den Geliebten weg, dann will sie ihr auch noch die goldenen Teller stehlen. Nein, sie gefällt mir gar nicht.«

»Hill House hat eine beachtliche Reihe von Tragödien aufzuweisen, die mit dem Haus in Zusammenhang standen, aber das ist so mit den meisten alten Häusern. *Irgendwo* müssen die Leute schließlich leben und sterben, und wenn ein Haus achtzig Jahre lang steht, müssen fast unvermeidlich manche Bewohner in seinen Wänden gestorben sein. Nach dem Tod der älteren Schwester gab es einen Prozeß um das Haus. Die Gesellschafterin bestand darauf, das Haus sei ihr vermacht worden, aber die jüngere Schwester und ihr Mann behaupteten, das Haus gehöre rechtmäßig ihnen und die Gesellschafterin habe die alte Dame auf betrügerische Weise zu einem Testament veranlaßt, in dem sie einen Besitz weggab, den sie immer ihrer Schwester hatte hinterlassen wollen. Es war eine unangenehme Sache, wie alle Familienstreitigkeiten, und wie bei allen Familienstreitigkeiten wurden von beiden Seiten unglaublich böse und gemeine Dinge gesagt. Die Gesellschafterin beschwor vor Gericht – und hier, glaube ich, hat man den ersten Hinweis auf den wahren Charakter des Hauses –, die jüngere Schwester sei nachts ins Haus eingedrungen und habe Sachen gestohlen. Als man sie drängte, diese Beschuldigung näher zu erklären, wurde sie sehr nervös, redete unzusammenhängend und sagte schließlich, offenbar in der Verlegenheit, ihre Behauptung durch irgendein Indiz stützen zu müssen, ein silbernes Service fehle, ein Satz wertvoller Emailschüsseln, abgesehen von dem famosen Satz goldgeränderter Teller – alles Dinge, die tatsächlich sehr schwer zu stehlen wären, wenn man sich's mal überlegt. Die jüngere Schwester ihrerseits ging so weit, sogar von Mord zu sprechen und eine Untersuchung über den Tod der alten Miss Crain zu fordern, wobei sie die ersten Keime der Geschichten von den Pflege- und Behandlungsversäumnissen aussäte. Ich kann nicht feststellen, daß diese Behauptungen je ernst genommen worden wären. Abgesehen von den amtlichen Urkunden finden sich keinerlei Berichte über den Tod der älteren Schwester, und die Leute im Dorf hätten sich doch gewiß als erste gewundert, wenn mit ihrem Tod etwas nicht in Ordnung gewesen wäre. Die Gesellschafterin gewann schließlich den Prozeß; meiner Meinung nach hätte sie auch noch einen Prozeß wegen Verleumdung gewinnen können. Das Haus gehörte nun von Rechts wegen ihr, aber die jüngere Schwester hörte nicht auf, es ihr streitig zu machen. Sie setzte der unglücklichen Frau mit Briefen und Drohungen zu, erhob gegen sie überall die wildesten Beschuldigungen, und im örtlichen Polizeiarchiv ist mindestens ein Fall registriert, in dem die Gesellschafterin sich gezwungen sah, Polizeischutz in Anspruch zu nehmen, als ihre Feindin mit einem Besen auf sie losgehen wollte. Die Gesellschafterin lebte anscheinend in ständigem Schrecken. Nachts wurde bei ihr eingebrochen – sie hörte nicht auf zu versichern, sie würden kommen und ihr Sachen stehlen –, und ich habe einen rührenden Brief gelesen, in dem sie klagt, seit dem Tod ihrer Wohltäterin habe sie in dem Haus keine ruhige Nacht mehr gehabt. Merkwürdigerweise waren die Sympathien im Dorf fast ganz auf seiten der jüngeren Schwester, vielleicht weil die Gesellschafterin, früher ein Mädchen aus dem Dorf, nun Grund- und Hausbesitzerin geworden war. Die Einheimischen dachten – und ich glaube, sie denken es immer noch –, daß die jüngere Schwester durch eine gerissene junge Frau um ihr Erbe betrogen worden war. Sie glaubten zwar nicht, daß sie ihre Freundin geradezu umgebracht hätte, aber sie glaubten mit Vergnügen, daß sie unredlich gewesen sei – sicherlich, weil sie selbst unredlich sein konnten, wenn sie die Gelegenheit hatten. Jedenfalls, der Klatsch ist immer ein böser Feind. Als die arme Frau sich umbrachte –«

»Sich umbrachte?« Eleanor, der dies herausfuhr, stand halb von ihrem Sessel auf. »Sie mußte sich umbringen?«

»Sie meinen, ob sie keine andere Möglichkeit hatte, sich

den Quälereien zu entziehen? Sie selbst glaubte es offenbar nicht. Im Ort nahm man an, sie habe den Selbstmord gewählt, weil das schlechte Gewissen sie getrieben habe. Ich bin eher geneigt zu glauben, daß sie eine von diesen etwas starrsinnigen, nicht sehr klugen jungen Frauen war, die zwar verzweifelt an etwas festhalten können, wovon sie meinen, daß es ihnen gehört, die aber einer fortwährenden stichelnden Verfolgung innerlich nicht gewachsen sind; jedenfalls hatte sie keine Waffen, um sich gegen die Kampagne von Gehässigkeiten, mit denen die jüngere Schwester sie überzog, zu wehren. Sogar ihre Freunde im Dorf hatten sich gegen sie gewandt, und vor allem scheint sie die Überzeugung verrückt gemacht zu haben, daß kein Schloß und kein Riegel die Feindin fernhalten könne, die sich nachts in ihr Haus schliche –«

»Sie hätte fortgehen sollen«, sagte Eleanor. »Fort aus dem Haus und dann weglaufen, so weit sie nur konnte.«

»Im Grunde hat sie das getan. Ich glaube, die arme Frau wurde wirklich vom Haß in den Tod getrieben; sie hat sich übrigens aufgehängt, dem Klatsch zufolge an der Zinne des Turms, aber wenn man schon ein Haus hat wie dieses, mit einem Turm und einer Zinne drauf, wird der Klatsch kaum zulassen, daß man sich irgendwo anders aufgehängt haben könnte. Nach ihrem Tod ging das Haus rechtlich in den Besitz der Familie Sanderson über, in der sie Vettern hatte; und die Sandersons waren für die Nachstellungen der jüngeren Schwester, die inzwischen ihrerseits ein bißchen verrückt geworden sein muß, in jeder Hinsicht unangreifbar. Ich habe von Mrs. Sanderson gehört, daß beim ersten Besuch der Familie, die sich das Haus ansehen kam – es müssen die Eltern ihres Mannes gewesen sein –, die jüngere Schwester auftauchte, um sie zu beschimpfen. Sie stellte sich auf die Straße und schrie auf sie ein, als sie vorüberkamen – und wurde prompt auf die Polizeiwache gebracht. Und damit scheint die jüngere Schwester ihre Rolle in der Geschichte ausgespielt zu haben: die Zeit von dem Tag an, als der erste Sanderson sie davonjagte, bis zu der kurzen Notiz von ihrem Tod ein paar Jahre später scheint sie in stillem Brüten über ihren Missetaten zugebracht zu haben, aber von den Sandersons hielt sie sich fern. Seltsamerweise ist sie bei all ihren Faseleien immer wieder auf einen Punkt zurückgekommen: Sie sei niemals nachts in dieses Haus gekommen und würde das auch nie tun, weder um zu stehlen noch aus einem anderen Grund.«

»Wurde denn je etwas gestohlen?« fragte Luke.

»Wie schon gesagt, die Gesellschafterin wurde schließlich zu der Aussage gedrängt, daß ein oder zwei Dinge zu fehlen schienen, aber mit Sicherheit konnte sie es nicht sagen. Wie Sie sich vorstellen können, hat die Geschichte von dem nächtlichen Eindringen einiges dazu beigetragen, dem Haus seinen späteren Ruf zu verschaffen. Außerdem haben die Sandersons das Haus nie bewohnt. Sie verbrachten hier ein paar Tage, erzählten im Dorf, sie würden das Haus für ihren bevorstehenden Einzug bereitmachen, und reisten dann urplötzlich ab, schlossen das Haus und ließen alles so, wie es war. Im Dorf sprachen sie von dringenden Geschäften, derentwegen sie in der Stadt bleiben müßten, aber die Einheimischen glaubten es besser zu wissen. Niemand hat seither länger als ein paar Tage im Haus gewohnt. Dabei wurde es ständig zum Verkauf oder zur Vermietung angeboten. So, das war eine lange Geschichte. Ich möchte noch einen Kognak.«

»Die armen kleinen Mädchen!« sagte Eleanor, ins Feuer blickend. »Ich kann die beiden nicht vergessen. Wie sie in diesen dunklen Räumen herumgelaufen sein müssen! Vielleicht haben sie versucht, mit Puppen zu spielen, hier drin oder in diesen Schlafzimmern oben.«

»Und so ist das alte Haus die ganze Zeit hier so dagestanden.« Luke streckte vorsichtig einen Finger aus und berührte den marmornen Cupido sehr behutsam. »Nichts darin wurde angerührt, nichts benutzt, nichts darin, das irgend jemand noch haben möchte, und so steht es einfach da und denkt nach.«

»Und wartet«, sagte Eleanor.

»Und wartet«, bestätigte der Doktor. »Im wesentlichen«, fuhr er langsam fort, »ist das Haus selbst das Böse, glaube ich. Es hat Menschen an sich gefesselt und ihr Leben vernichtet – ein Ort konzentrierten Übelwollens. Na ja, morgen werden Sie alles sehen. Die Sandersons haben für Elektrizität und fließend Wasser gesorgt und Telefon legen lassen, als sie daran dachten, hier zu wohnen, aber sonst wurde nichts verändert.«

»Na ja«, sagte Luke nach einem kurzen Schweigen. »Ich bin sicher, daß wir uns hier alle sehr wohl fühlen werden.«

# 5

Eleanor merkte zu ihrer eigenen Überraschung, wie sie ihre Füße betrachtete. Theodora träumte vor dem Feuer, gleich hinter Eleanors Zehenspitzen, und Eleanor dachte mit tiefer Befriedigung, daß ihre Füße in den roten Sandalen hübsch aussahen. Was bin ich doch für ein vollständiges und gesondertes Ganzes, dachte sie, ein einzelnes Ich von den roten Zehenspitzen bis zum Scheitel, mit Merkmalen, die nur mir allein eignen. Ich habe rote Schuhe, dachte sie – das gehört dazu, daß ich Eleanor bin; ich esse keinen Hummer, schlafe auf der linken Seite, knacke mit den Fingergelenken, wenn ich nervös bin, und hebe Knöpfe auf. Ich halte ein Kognakglas in der Hand, das meines ist, weil ich hier bin und daraus trinke, und ich habe einen Platz in diesem Zimmer. Ich habe rote Schuhe, und morgen werde ich aufwachen und immer noch hier sein.

»Ich habe rote Schuhe«, sagte sie ganz leise, und Theodora wandte den Kopf und lächelte zu ihr hinauf.

»Ich *hatte* vorgehabt –«, und der Doktor blickte mit strahlendem, aber besorgtem Optimismus in die Runde –, »ich *hatte* vorgehabt, Sie zu fragen, ob Sie alle Bridge spielen.«

»Natürlich«, sagte Eleanor. Ich kann Bridge spielen, dachte sie; ich hatte mal einen Kater, der hieß Tänzer; ich kann schwimmen.

»Ich leider nicht«, sagte Theodora, und die andern drei schauten sie fassungslos an.

»Überhaupt nicht?« fragte der Doktor.

»Ich habe elf Jahre lang zweimal die Woche Bridge gespielt«, sagte Eleanor, »mit meiner Mutter, ihrem Anwalt und seiner Frau – *so* gut wie ich spielst du sicher auch.«

»Vielleicht könnten Sie mir's beibringen?« fragte Theodora. »Solche Spiele lern ich schnell.«

»O je!« seufzte der Doktor, und Eleanor und Luke lachten.

»Dann machen wir eben etwas anderes«, sagte Eleanor. Ich kann Bridge spielen, dachte sie; ich mag Apfelstrudel mit saurer Sahne, und ich bin ganz allein hierhergefahren.

»Backgammon«, sagte der Doktor bitter.

»Ich spiele ganz ordentlich Schach«, sagte Luke, was den Doktor sofort aufheiterte.

Theodora verzog den Mund. »Ich dachte nicht, daß wir hier sind, um Spiele zu machen«, sagte sie.

»Zur Entspannung«, sagte der Doktor ausweichend, und mit einem mürrischen Achselzucken wandte Theodora sich ab und schaute wieder ins Feuer.

»Ich hole die Figuren, wenn Sie mir sagen, wo«, sagte Luke, und der Doktor lächelte.

»Lassen Sie lieber mich gehn«, sagte er. »Vergessen Sie nicht, ich habe mir den Grundriß des Hauses eingeprägt. Wenn wir Sie allein hier herumirren lassen, finden wir Sie höchstwahrscheinlich nie wieder.« Als sich die Tür hinter ihm schloß, schickte Luke einen raschen, neugierigen Blick zu Theodora hinunter, dann kam er und stellte sich neben Eleanor. »Sie sind doch nicht nervös, oder? Hat diese Geschichte Ihnen angst gemacht?«

Eleanor schüttelte nachdrücklich den Kopf, und Luke sagte, »Sie haben blaß ausgesehen.«

»Ich sollte wahrscheinlich schon im Bett liegen«, sagte Eleanor. »Ich bin es nicht gewohnt, so weit zu fahren wie heute.«

»Kognak«, sagte Luke. »Danach werden Sie besser schlafen können. Sie auch«, sagte er zu Theodoras Hinterkopf.

»Danke«, sagte Theodora frostig, ohne sich umzudrehen. »Ich habe selten Schwierigkeiten zu schlafen.«

Luke grinste Eleanor verständnisvoll an, dann wandte er sich um, als der Doktor wieder zur Tür hereinkam. »Meine Phantasie!« sagte der Doktor und stellte das Schachspiel ab. »Was ist dies nur für ein Haus?«

»Ist was passiert?« fragte Eleanor.

Der Doktor schüttelte den Kopf. »Wir sollten es uns jetzt gleichwohl zur Regel machen, nicht allein im Haus herumzulaufen«, sagte er.

»Was ist passiert?« fragte Eleanor.

»Nur meine Phantasie«, sagte der Doktor entschieden. »Ist dieser Tisch hier in Ordnung, Luke?«

»Ein hübsches altes Schachspiel«, sagte Luke. »Ich frage mich, wie die jüngere Schwester es übersehen konnte.«

»Ich kann Ihnen eins sagen«, sagte der Doktor, »*wenn* es die jüngere Schwester war, die hier nachts im Haus herumgeschlichen ist, dann muß sie stählerne Nerven gehabt haben. Es beobachtet einen«, fügte er plötzlich hinzu. »Das Haus. Es beobachtet einen auf Schritt und Tritt.« Dann wiederholte er, »nur meine Phantasie, natürlich.«

Theodoras Gesicht sah im Feuerschein steif und verdrossen aus; sie braucht Beachtung, dachte Eleanor altklug, und ohne etwas zu denken, stand sie auf und setzte sich neben

Theodora auf den Boden. Hinter sich hörte sie das leise Scharren der Schachfiguren, die aufs Brett gestellt wurden, und die kleinen, behaglichen Bewegungen, mit denen Luke und der Doktor sich zurechtsetzten und einander Maß nahmen, und im Feuer sah sie die leichten Regungen der Flammenzipfel. Sie wartete ein Weilchen, ob Theodora etwas sagen würde, dann sagte sie entgegenkommend, »immer noch kaum zu glauben, daß man wirklich hier ist, nicht?«

»Ich hab nicht geahnt, daß es so langweilig wird«, sagte Theodora.

»Morgen vormittag werden wir genug Beschäftigung finden«, sagte Eleanor.

»Zu Hause hätte ich jetzt Leute um mich, allerhand zu reden und zu lachen, Lichter, Abwechslung –«

»Ich glaube, ich brauch das alles nicht«, sagte Eleanor, fast wie um Entschuldigung bittend. »Ich habe nie viel Abwechslung gehabt. Ich mußte natürlich immer bei meiner Mutter sein. Und wenn sie geschlafen hat, hab ich mir irgendwie angewöhnt, Patience zu legen oder Radio zu hören. Abends lesen fand ich immer unerträglich, weil ich ihr schon jeden Nachmittag zwei Stunden lang vorlesen mußte. Liebesromane –«, und sie lächelte ein wenig und schaute ins Feuer. Aber das ist noch nicht alles, dachte sie, über sich selbst erstaunt, das sagt noch gar nichts darüber, wie es gewesen ist, selbst wenn ich das sagen wollte; warum rede ich nur?

»Ich bin schrecklich, nicht?« Theodora rückte schnell näher und legte die Hand auf Eleanors Hand. »Ich sitze da und schmolle, weil nichts Amüsantes los ist. Ich bin sehr egoistisch; sag mir, wie gräßlich ich bin!« Und ihre Augen glänzten im Feuerschein vor Vergnügen.

»Du bist gräßlich«, sagte Eleanor gehorsam; Theodoras Hand auf ihrer Hand war ihr peinlich. Sie ließ sich nicht gern berühren, aber für Theodora schienen leichte körperliche Berührungen die bevorzugte Geste zum Ausdruck von Schuldbewußtsein, Freude oder Mitgefühl zu sein. Ich weiß nicht, ob ich saubere Fingernägel habe, dachte Eleanor und zog ihre Hand behutsam weg.

»Ich bin gräßlich«, sagte Theodora, nun wieder gutgelaunt. »Ich bin gräßlich und biestig, und niemand kann mich ausstehen. So ist das also. Und nun erzähl mir mal was von dir.«

»Ich bin gräßlich und biestig, und niemand kann mich ausstehen.«

Theodora lachte. »Mach dich nicht über mich lustig! Du bist lieb und freundlich, und alle haben dich sehr gern; Luke ist total in dich verknallt, und ich bin eifersüchtig. Jetzt möchte ich noch mehr von dir wissen. Hast du wirklich viele Jahre lang deine Mutter gepflegt?«

»Ja«, sagte Eleanor. Ihre Fingernägel waren tatsächlich schmutzig, ihre Hand war unschön geformt, und über die Liebe machten die Leute Witze, weil sie manchmal komisch war. »Elf Jahre, bis sie gestorben ist, vor drei Monaten.«

»Warst du traurig, als sie gestorben ist? Muß ich dir mein Beileid aussprechen?«

»Nein. Sie war nicht sehr glücklich.«

»Und du auch nicht?«

»Und ich auch nicht.«

»Aber was jetzt? Was hast du danach gemacht, als du endlich frei warst?«

»Ich habe das Haus verkauft«, sagte Eleanor. »Meine Schwester und ich, wir haben jeder von den Sachen behalten, was wir wollten, Kleinigkeiten; es war auch nicht viel da, bis auf so ein paar kleine Dinge, die meine Mutter aufbewahrt hatte – die Uhr meines Vaters, alte Schmucksachen. Nicht wie bei den Schwestern von Hill House.«

»Und alles andere hast du verkauft?«

»Alles. Sobald ich konnte.«

»Und dann natürlich hast du dich ins volle Leben gestürzt und dich aufgemacht zu einer wilden Tour, die dich unvermeidlich nach Hill House führen mußte?«

»Das nicht gerade.« Eleanor lachte.

»Aber nach all den verlorenen Jahren! Bist du nicht auf eine Kreuzfahrt gegangen, hast dich nach interessanten jungen Männern umgeschaut, dir neue Kleider gekauft...?«

»So besonders viel Geld war es leider nicht«, sagte Eleanor trocken. »Meine Schwester hat ihren Anteil für die Ausbildung ihrer kleinen Tochter auf der Bank angelegt. Ein paar neue Sachen hab ich mir gekauft, um damit nach Hill House zu fahren.« Die meisten Leute beantworten gern Fragen über sich selbst, dachte sie; was für ein sonderbares Vergnügen! Ich würde jetzt alles beantworten.

»Und was machst du, wenn du zurückkommst? Hast du einen Job?«

»Nein, im Moment nicht. Ich weiß noch nicht, was ich machen werde.«

»Ich weiß, was ich machen werde.« Theodora reckte sich genüßlich. »Ich knipse alle Lampen in unserer Wohnung an und aale mich.«

»Was hast du denn für eine Wohnung?«

Theodora zuckte die Achseln. »Eine ganz hübsche«, sagte sie. »Wir haben ein altes Haus gefunden und es selbst hergerichtet. Ein großes Zimmer und ein paar kleine Schlafzimmer, eine hübsche Küche, die haben wir rot-weiß gestrichen, und viele renovierte alte Möbel, die wir beim Trödler gefunden haben – ein wirklich hübscher Tisch mit Marmorplatte. Wir richten beide gern alte Sachen neu her.«

»Bist du verheiratet?« fragte Eleanor.

Es gab eine kurze Pause, und dann, mit einem kurzen Lachen, sagte Theodora, »nein«.

»Entschuldigung«, sagte Eleanor furchtbar verlegen. »Ich wollte nicht neugierig sein.«

»Du bist schon komisch«, sagte Theodora und streifte Eleanor mit einem Finger über die Wange. Ich habe Linien um die Augen, dachte Eleanor und drehte das Gesicht vom Feuer weg. »Erzähl mir, wo du wohnst«, sagte Theodora.

Eleanor überlegte und sah auf ihre unschön geformten Hände. Wir hätten uns eine Wäscherin leisten können, dachte sie; es war nicht fair. Meine Hände sind scheußlich. »Ich habe meine kleine Höhle für mich«, sagte sie langsam. »Eine Wohnung wie du, nur daß ich allein lebe. Kleiner als deine, sicherlich. Ich bin noch dabei, sie einzurichten – ich kaufe immer so eins nach dem andern, nicht, damit ich sicher sein kann, daß alles absolut so wird, wie es sein soll. Mit weißen Gardinen. Ich habe wochenlang gesucht, bis ich meine beiden kleinen steinernen Löwen gefunden hab, jeder auf einer Ecke auf dem Sims, und ich habe eine weiße Katze, meine Bücher, Platten und Bilder. Alles soll genau so werden, wie ich es haben will, denn es wird ja nur von mir benutzt; einmal hatte ich eine blaue Tasse, die innen mit Sternen bemalt war, und wenn man beim Teetrinken hineinsah, dann war der Tee voller Sterne. So eine Tasse muß ich wieder bekommen.«

»Vielleicht taucht mal eine in meinem Laden auf«, sagte Theodora. »Dann kann ich sie dir schicken. Eines Tages bekommst du ein Päckchen, darauf steht: ›Für Eleanor mit herzlichem Gruß von ihrer Freundin Theodora‹, und darin ist eine blaue Tasse voller Sterne.«

»Ich hätte auch diese goldgeränderten Teller gestohlen«, sage Eleanor lachend.

»Matt!« sagte Luke, und der Doktor sagte »oje!«

»Unverschämtes Glück«, sagte Luke. »Sind die Damen inzwischen am Feuer eingeschlafen?«

»Kurz davor«, sagte Theodora. Luke kam durchs Zimmer und hielt jeder von ihnen eine Hand hin, um ihnen aufzuhelfen; Eleanor, mit einer ungeschickten Bewegung, wäre beinah hingefallen, Theodora kam rasch hoch, streckte sich und gähnte. »Theo ist müde«, sagte sie.

»Ich werde Sie nach oben bringen müssen«, sagte der Doktor. »Morgen fangen wir ernsthaft an, uns zurechtfinden zu lernen. Luke, würden Sie das Feuer abdecken?«

»Sollten wir uns nicht vergewissern, daß die Türen abgeschlossen sind?« fragte Luke. »Ich nehme an, Mrs. Dudley wird die Hintertür abgeschlossen haben, als sie gegangen ist, aber was ist mit den anderen?«

»Ich glaube nicht, daß wir einen erwischen werden, der hier einbrechen will«, sagte Theodora. »Die Gesellschafterin hat doch auch immer die Türen abgeschlossen, und was hat es genützt?«

»Und wenn wir nun ausbrechen wollten?« sagte Eleanor. Der Doktor warf ihr einen raschen Blick zu und sah dann wieder weg. »Ich sehe keine Notwendigkeit, die Türen abzuschließen«, sagte er ruhig.

»Von Einbrechern aus dem Dorf haben wir sicher nicht viel zu befürchten«, sagte Luke.

»Ich jedenfalls«, sagte der Doktor, »werde noch etwa eine Stunde lang wach sein. In meinem Alter ist eine Stunde Lesen vor dem Schlafengehn sehr wichtig, und deshalb habe ich mir wohlweislich die *Pamela* mitgebracht. Sollte jemand von Ihnen nicht schlafen können, werde ich ihm daraus vorlesen. Ich kenne niemanden, der nicht einschliefe, wenn man ihm aus der *Pamela* von Richardson vorliest.« Mit diesen Worten, leise redend, führte er sie durch den schmalen Flur, durch die große Vorderdiele und zu der Treppe. »Ich habe oft überlegt, ob man das nicht mal bei ganz kleinen Kindern ausprobieren sollte«, fuhr er fort.

Eleanor ging hinter Theodora die Treppe hinauf. Sie merkte erst jetzt, wie kaputt sie war; jede Stufe kostete Mühe. Ärgerlich rief sie sich in Erinnerung, daß sie schließlich in Hill House war, aber auch das blaue Zimmer bedeutete im Moment für sie nur ein blaues Laken mit einer blauen Bettdecke. »Dagegen«, setzte der Doktor hinter ihr seine Diatribe fort, »wäre ein Fielding-Roman von vergleichbarer Länge, obgleich natürlich ganz anders im Stoff, für kleine Kinder kaum das richtige. Sogar bei Sterne hätte ich Zweifel –«

Theodora trat an die Tür zum grünen Zimmer, drehte sich noch einmal um und lächelte. »Wenn du auch nur im mindesten nervös wirst«, sagte sie zu Eleanor, »dann komm einfach in mein Zimmer gerannt.«

»Mach ich«, sagte Eleanor ernsthaft. »Danke. Gute Nacht.«

»– und erst recht bei Smollett. Meine Damen, Luke und ich sind hier auf der andern Seite der Treppe –«

»Welche Farben haben Ihre Zimmer?« konnte Eleanor sich nicht enthalten zu fragen.

»Gelb«, sagte der Doktor überrascht.

»Rosa«, sagte Luke mit einer leisen Andeutung von Widerwillen.

»Wir hier haben Blau und Grün«, sagte Theodora.

»Also, ich bin noch wach und lese«, sagte der Doktor. »Ich lasse meine Tür angelehnt, dann höre ich sicherlich jeden Laut. Schlafen Sie gut!«

»Gute Nacht«, sagte Luke. »Gute Nacht, Ihnen allen!«

Als sie die Tür des blauen Zimmers hinter sich zumachte, dachte Eleanor, daß es vielleicht die Dunkelheit und das Bedrückende des Hauses waren, die sie so ermüdet hatten, aber dann war ihr auch das egal. Das blaue Bett war unglaublich weich. Komisch, dachte sie schläfrig, daß das Haus so furchtbar und doch physisch in vieler Hinsicht so angenehm war – das weiche Bett, der grüne Rasen, das warme Feuer, Mrs. Dudleys Küche. Die Gesellschaft auch, dachte sie, und dann dachte sie, jetzt kann ich über sie nachdenken, jetzt bin ich ganz allein. Warum ist Luke hier? Reisen enden stets in Paaren. Sie haben alle gemerkt, daß ich Angst hatte.

Sie zitterte und setzte sich im Bett auf, um nach der Decke am Fußende zu greifen. Dann, halb belustigt, halb frierend, stand sie noch einmal auf und ging barfuß und ohne ein Geräusch durchs Zimmer, um den Schlüssel in der Tür umzudrehen; sie brauchen's ja nicht zu wissen, daß ich abgeschlossen habe, dachte sie und beeilte sich, wieder ins Bett zu kommen. Als sie die Decke um sich hochgezogen hatte, merkte sie, wie sie einen kurzen, scheuen Blick zum Fenster hin warf, das blaß in der Dunkelheit schimmerte, und dann auch zur Tür hin. Ich wollte, ich hätte eine Schlaftablette, dachte sie und blickte, wie unter einem Zwang, noch mal zum Fenster und dann noch mal zur Tür hin. Bewegt sich da was? dachte sie. Ich hab doch abgeschlossen; bewegt sich da was?

Ich glaube, entschied sie praktisch, ich ertrage das alles besser, wenn ich mir die Decke über den Kopf ziehe. Dann, tief unter den Decken, kicherte sie und war froh, daß keiner von den andern sie hören konnte. In der Stadt schlief sie nie mit dem Kopf unter den Decken; so weit ist es heute mit mir gekommen, dachte sie.

Dann schlief sie ruhig ein. Im Nebenzimmer schlief Theodora lächelnd und bei angeknipstem Licht. Ein Stück weiter den Flur entlang las der Doktor in der *Pamela*, hob ab und zu horchend den Kopf, ging einmal auch zur Tür und schaute über den Flur, bevor er zu seinem Buch zurückkehrte. Auf dem oberen Treppenabsatz, über dem schwarzen Teich, der Diele darunter, brannte ein Nachtlicht. Luke schlief, neben sich auf dem Nachttisch eine

Taschenlampe und den Glückspfennig, den er immer bei sich trug. Rings um sie her brütete das Haus, reckte und rührte sich mit einer Bewegung, die fast wie ein Erschauern war.

Sechs Meilen von ihnen entfernt erwachte Mrs. Dudley, blickte auf die Uhr, dachte an Hill House und machte die Augen schnell wieder zu. Mrs. Gloria Sanderson, der das Haus gehörte und die dreihundert Meilen weit davon wohnte, klappte ihren Kriminalroman zu, gähnte, reckte sich hoch, um das Licht auszuknipsen, und überlegte einen Moment, ob sie nicht vergessen hatte, die Kette vor die Haustür zu legen. Theodoras Freund schlief; Dr. Montagues Frau und Eleanors Schwester schliefen. Weit weg, in den Bäumen über Hill House, schrie eine Eule, und gegen Morgen begann ein dünner, feiner Regen zu fallen, dunstig und grau.

*Viertes Kapitel*

I

Als Eleanor erwachte, lag das blaue Zimmer grau entfärbt im morgendlichen Regenlicht. Sie merkte, daß sie während der Nacht die Decke weggestoßen und schließlich doch so, wie sie es gewohnt war, mit dem Kopf auf dem Kissen geschlafen hatte. Zu ihrer Überraschung stellte sie fest, daß es nach acht war; was für eine Ironie, dachte sie, zum ersten Mal seit Jahren hatte sie richtig gut geschlafen, und das hier in Hill House. In dem blauen Bett liegend und zu der hohen, trüb erhellten Decke mit den Stuckverzierungen aufschauend, fragte sie sich, noch immer nicht ganz wach, was hab ich gestern getan? Hab ich mich zum Gespött gemacht? Haben sie mich ausgelacht?

Sie konnte sich nur noch erinnern, daß sie kindlich zufrieden gewirkt hatte – gewirkt haben mußte –, fast glücklich; hatten die anderen sich darüber amüsiert, daß sie so einfältig war? Ich hab Dummheiten von mir gegeben, sagte sie sich, und natürlich haben sie das bemerkt. Heute werde ich reservierter sein, nicht so offen zeigen, wie dankbar ich allen dafür bin, daß sie mich hier dulden.

Dann, vollständig erwachend, schüttelte sie den Kopf und seufzte. Was bist du doch für ein Dummchen, Eleanor, sagte sie sich, und das sagte sie sich jeden Morgen.

Nun erst gewann der Raum um sie her deutliche Konturen; sie befand sich im blauen Zimmer von Hill House, die Barchentgardinen vor dem Fenster regten sich leicht, und das lebhafte Geplätscher im Badezimmer mußte Theodora sein, die schon wach war, vermutlich als erste fertig angezogen und ganz sicher hungrig. »Guten Morgen!« rief Eleanor, und Theodora antwortete keuchend, »guten Morgen – bin in einer Minute fertig – ich laß die Wanne für dich voll – hast du auch so einen Hunger? Ich komm schier um.« Denkt sie denn, ich würde nicht baden, wenn sie mir die Wanne nicht voll läßt? dachte Eleanor, und dann schämte sie sich; ich bin doch hergekommen, um mir solche Gedanken abzugewöhnen, hielt sie sich vor. Sie rollte sich aus dem Bett und ging zum Fenster. Sie blickte über das Verandadach auf den breiten Rasen hinunter, mit den Büschen und Baumgrüppchen, um die Nebelschwaden hingen. Ganz hinten am Ende des Rasens war die Baumreihe, die den Pfad zum Bach kennzeichnete; aber die Aussicht auf ein Picknick im Grase war an diesem Morgen nicht so verlockend. Es sah so aus, als würde es den ganzen Tag regnerisch bleiben, aber es war Sommerregen, der das Grün des Grases und der Bäume satter und die Luft reiner und frischer machte. Ganz reizend, dachte Eleanor und wunderte sich über sich selbst; ob ich wohl der erste Mensch bin, der Hill House je reizend gefunden hat? dachte sie, und dann kam ihr ein zweiter Gedanke, bei dem es sie fröstelte: Oder haben sie es *alle* reizend gefunden, am *ersten* Morgen? Sie erschauerte, sah sich zugleich aber außerstande, die Erregung zu erklären, die sie spürte, und daher fiel es ihr schwer, sich zu erinnern, was so merkwürdig daran wäre, in Hill House beim Erwachen guter Laune zu sein.

»Ich komm um vor Hunger.« Theodora klopfte an die Badezimmertür, und Eleanor nahm ihren Bademantel und ging schnell hinein. »Versuch auszusehn wie ein Sonnenstrahl auf Abwegen«, rief Theodora aus ihrem Zimmer. »Es ist ein so dunkler Tag, da müssen wir noch ein bißchen heller leuchten als sonst.«

Sing vor dem Frühstück, und du weinst am Abend, sagte sich Eleanor, weil sie leise »Aufenthalt bringt keinen Segen...« gesungen hatte.

»Ich dachte, *ich* wäre faul«, sagte Theodora selbstzufrieden durch die Tür, »aber du bist ja noch viel, *viel* schlimmer. Faul ist noch gar kein Ausdruck. Du mußt doch inzwischen sauber genug sein, daß wir zum Frühstück gehn können.«

»Mrs. Dudley hat das Frühstück doch erst um neun fertig. Und was soll sie denken, wenn wir mit strahlendem Lächeln ankommen?«

»Sie wird heulen vor Enttäuschung. Was meinst du, hat jemand in der Nacht nach ihr geschrien?«

Eleanor betrachtete kritisch ihr eingeseiftes Bein. »Ich habe geschlafen wie ein Stück Holz«, sagte sie.

»Ich auch. Wenn du jetzt nicht in drei Minuten fertig bist, komm ich rein und ersäuf dich. Ich will endlich mein *Frühstück*.«

Eleanor dachte, daß es lange her war, seit sie das letzte Mal versucht hatte, sich wie ein Sonnenstrahl auf Abwegen zu kleiden, daß sie nach dem Aufstehen so aufmerksam, bewußt und genüßlich Körperpflege betrieben oder einen solchen Appetit auf das Frühstück gehabt hatte; sogar die Zähne putzte sie sich mit einer Zärtlichkeit wie noch nie zuvor. Das kommt alles davon, wenn man eine Nacht gut geschlafen hat, dachte sie; seit Mutter gestorben ist, muß ich wohl noch schlechter geschlafen haben, als mir selber klar war.

»Bist du *immer* noch nicht fertig?«

»Komme gleich«, sagte Eleanor, rannte zur Tür, erinnerte sich, daß sie immer noch abgeschlossen war, und schloß leise auf. Theodora wartete draußen, ein bunter Lichtblitz in der finsteren Diele; Eleanor, als sie Theodora ansah, konnte sich nicht vorstellen, daß sie jemals, ob beim Anziehen, Sichwaschen, Gehen, Essen, Schlafen oder Reden, auch nur eine Minute lang etwas tun würde, woran sie keine Freude hatte; vielleicht kümmerte es Theodora überhaupt nicht, was andere über sie dachten.

»Ist dir klar, daß wir wohl noch eine gute Stunde brauchen, um auch nur dieses Eßzimmer zu finden?« sagte Theodora. »Aber vielleicht haben sie uns eine Karte dagelassen – hast du gewußt, daß Luke und der Doktor schon seit Stunden auf sind? Ich habe aus dem Fenster mit ihnen gesprochen.«

Sie haben den Tag ohne mich begonnen, dachte Eleanor; morgen stehe ich früher auf, damit ich auch vom Fenster aus mit ihnen sprechen kann. Sie kamen an den Fuß der Treppe. Theodora durchquerte die große, dunkle Diele und legte die Hand zuversichtlich an eine Tür. »Hier«, sagte sie, aber die Tür führte in einen trüben, hallenden Raum, den sie beide noch nie gesehen hatten. »Hier«, sagte Eleanor, aber die Tür, die sie gewählt hatte, führte in den schmalen Korridor zu dem kleinen Klubzimmer, wo sie gestern abend vor dem Feuer gesessen hatten.

»Es ist von *da* aus quer über die Diele«, sagte Theodora und drehte sich ratlos um. »Verdammt noch mal!« sagte sie, legte den Kopf in den Nacken und rief: »Luke? Doktor?«

Von weit her hörten sie einen Antwortruf, und Theodora ging eine andere Tür aufmachen. »Wenn die denken«, sagte sie, »sie können mich ewig auf dieser scheußlichen Diele stehen und eine Tür nach der andern probieren lassen, damit ich zu meinem Frühstück komme –«

»Das ist richtig, glaub ich«, sagte Eleanor, »wo man durch das dunkle Zimmer hindurch muß, und dahinter kommt dann das Speisezimmer.«

Theodora rief noch einmal, stieß im Dunkeln gegen ein leichtes Möbelstück und fluchte. Dann ging die Tür auf der andern Seite auf, und der Doktor sagte, »guten Morgen!«

»Dieses üble, scheußliche Haus!« sagte Theodora und rieb sich das Knie. »Guten Morgen!«

»Sie werden das jetzt sicher nicht glauben«, sagte der Doktor, »aber vor drei Minuten standen diese Türen alle weit offen. Wir hatten sie aufgelassen, damit Sie den Weg finden. Als wir hier saßen, haben wir gesehen, wie sie zugefallen sind, kurz bevor Sie gerufen haben. Na ja. Guten Morgen.«

»Räucherlachs gibt es«, sagte Luke, der schon am Tisch saß. »Guten Morgen. Ich hoffe, Sie gehören zu den Räucherlachs-Typen.«

Sie hatten die eine dunkle Nacht überstanden, sie hatten den Morgen in Hill House erlebt und waren nun wie eine Familie, Menschen, die sich ungezwungen begrüßten und wieder die Stühle einnahmen, auf denen sie schon gestern beim Abendessen gesessen hatten, ihre angestammten Plätze am Tisch.

»In Mrs. Dudleys Vereinbarungen steht sicher etwas von einem guten, opulenten Frühstück um neun«, sagte Luke, mit der Gabel winkend. »Wir haben uns schon gefragt, ob Sie wohl zu den Kaffee-und-ein-Brötchen-im-Bett-Typen gehören.«

»In jedem andern Haus wären wir schon viel früher hier gewesen«, sagte Theodora.

»Haben Sie tatsächlich alle Türen für uns aufgelassen?« fragte Eleanor.

»Daran haben wir gemerkt, daß Sie kommen«, erklärte ihr Luke. »Wir haben die Türen zufallen sehen.«

»Heute machen wir alle Türen auf und nageln sie fest«, sagte Theodora. »Ich werde so lange im Haus herumlaufen, bis ich in zehn von neun Fällen den Ort finde, wo es was zu essen gibt. Ich habe die ganze Nacht das Licht angelassen«, gestand sie dem Doktor, »aber nichts ist passiert.«

»Es war alles ganz ruhig«, sagte der Doktor.

»Haben Sie die ganze Nacht über uns gewacht?« fragte Eleanor.

»Etwa bis um drei, dann hat die *Pamela* mich schließlich eingeschläfert. Es war kein Geräusch zu hören, bis etwas nach zwei, als der Regen einsetzte. Einmal hat eine von Ihnen beiden im Schlaf gerufen –«

»Das muß ich gewesen sein«, sagte Theodora schamlos.

»Ich hab von der bösen Schwester am Tor von Hill House geträumt.«

»Ich habe auch von ihr geträumt«, sagte Eleanor. Sie sah den Doktor an und sagte plötzlich. »Es ist doch *peinlich*. Dran zu denken, daß man Angst hat, meine ich.«

»In der Peinlichkeit stecken wir alle zusammen, nicht?« sagte Theodora.

»Es wird nur schlimmer, wenn man versucht, die Angst nicht zu zeigen«, sagte der Doktor.

»Stopfen Sie sich voll mit Räucherlachs«, sagte Luke. »Dann wird es unmöglich, überhaupt noch irgend etwas zu spüren.«

Wie schon am Vorabend hatte Eleanor das Gefühl, daß die Gespräche geschickt von dem Gedanken an die Angst ablenkten, von dem sie selbst ganz erfüllt war. Vielleicht durfte sie ab und zu für sie alle sprechen, so daß man, indem man sie beruhigte, sich selbst beruhigte und das Thema wechseln konnte; vielleicht diente sie den andern als Behälter für jederlei Befürchtungen und hatte daher für sie alle genug davon in sich. Sie sind wie die Kinder, dachte sie ärgerlich, die sich gegenseitig aufreizen, doch voranzugehen, um dann kehrtzumachen und den, der zuletzt kommt, zu verspotten. Sie schob den Teller weg und seufzte.

»Bevor ich *heute* abend schlafen gehe«, sagte Theodora zu dem Doktor, »möchte ich sicher sein, daß ich jeden Winkel in diesem Haus gesehen habe. Ich will nicht wieder daliegen und mir den Kopf zerbrechen, was über und was unter mir ist. Und wir *müssen* ein paar Fenster aufmachen, die Türen offenhalten und dafür sorgen, daß wir nicht mehr herumtappen müssen.«

»Kleine Schilder«, schlug Luke vor, »Pfeile mit der Aufschrift *Zum Ausgang*.«

»Oder *Sackgasse*«, sagte Eleanor.

»Oder *Vorsicht! Herabstürzende Möbel*«, sagte Theodora. »*Wir* machen die Schilder«, sagte sie zu Luke.

»Zuerst kundschaften wir alle das Haus aus«, sagte Eleanor, etwas zu schnell vielleicht, denn Theodora wandte sich zu ihr hin und schaute sie forschend an. »Ich möchte mich nicht allein in einer Dachkammer oder sonstwo wiederfinden«, fügte Eleanor verlegen hinzu.

»Niemand wird dich irgendwo allein stehenlassen«, sagte Theodora.

»Dann schlage *ich* vor«, sagte Luke, »daß wir zuerst mal die Kaffeekanne leertrinken. Dann rennen wir von einem Zimmer zum andern und versuchen, irgendeinen vernünftigen Plan in der Anlage dieses Hauses zu entdecken, wobei wir alle Türen offenlassen. Ich hätte nie gedacht«, sagte er mit bekümmertem Kopfschütteln, »daß ich mal ein Haus erben werde, in dem ich Schilder anbringen muß, um mich zurechtzufinden.«

»Wir sollten uns darüber klarwerden, wie wir die Räume nennen«, sagte Theodora. »Angenommen, Luke, ich sage Ihnen, wir treffen uns heimlich im zweitbesten Salon – wie könnten Sie da wissen, wo Sie mich finden?«

»Sie könnten vielleicht die ganze Zeit pfeifen, bis ich da bin«, schlug Luke vor.

Theodora erschauerte. »Und Sie würden mich pfeifen oder rufen hören, während Sie von einer Tür zur andern irren und nie die richtige finden, und ich sitze drinnen und finde keinen Weg hinaus –«

»Und nichts zu essen«, sagte Eleanor unliebenswürdig. Theodora schaute sie wieder an. »Und nichts zu essen«, stimmte sie nach einer Weile zu. Dann sagte sie: »Es ist wie im verrückten Haus auf dem Jahrmarkt – mit Zimmern, die eins ins andere verschachtelt sind, Türen, die überallhin zugleich führen und zufallen, wenn jemand kommt; ich wette, irgendwo sind auch Spiegel, in denen man alles von der Seite sieht, ein Gebläse, das einem die Röcke hochpustet, und etwas, das aus einem dunklen Gang kommt und einem ins Gesicht lacht –« Sie schwieg plötzlich still und riß so schnell ihre Tasse hoch, daß sie Kaffee verschüttete.

»Ganz so schlimm ist es nicht«, sagte der Doktor gelassen. »Tatsächlich sind die Räume im Erdgeschoß, wie man fast sagen könnte, in konzentrischen Kreisen angeordnet; in der Mitte das kleine Klubzimmer, wo wir gestern abend gesessen sind; ringsherum, ungefähr, eine Reihe anderer Zimmer – das Billardzimmer zum Beispiel und eine finstere kleine Höhle, in der die Möbel alle mit rosa Satin bezogen sind –«

»Wo Eleanor und ich jeden Vormittag mit unserm Strickzeug hingehen werden.«

»– und diese wiederum – ich will sie mal die inneren Räume nennen, weil sie keine Fenster, wie Sie sich erinnern, und keine direkte Verbindung nach draußen haben – sind umgeben von einem Ring von äußeren Räumen, dem Salon, der Bibliothek, dem Wintergarten, dem –«

»Nein«, sagte Theodora kopfschüttelnd. »Ich bin immer noch zwischen dem rosa Satin.«

»Und die Veranda läuft ums ganze Haus herum. Vom

Salon, vom Wintergarten und einem Wohnzimmer gehen Türen auf die Veranda hinaus. Außerdem gibt es einen Durchgang –«

»Aufhören, aufhören!« Theodora lachte, aber sie schüttelte den Kopf. »Es ist ein scheußliches, *ekelhaftes* Haus.«

Die Schwingtür in der einen Ecke des Speisezimmers ging auf, und Mrs. Dudley stand darin, mit der einen Hand die Tür offenhaltend, und blickte mit ausdrucksloser Miene auf den Frühstückstisch. »Ich räume um zehn ab«, sagte Mrs. Dudley.

»Guten Morgen, Mrs. Dudley«, sagte Luke.

Mrs. Dudley richtete den Blick auf ihn. »Ich räume um zehn ab«, sagte sie. »Die Teller kommen wieder in die Regale. Zum Mittagessen nehme ich sie wieder heraus. Ich richte das Mittagessen um eins an, aber vorher müssen die Teller wieder in die Regale.«

»Natürlich, Mrs. Dudley.« Der Doktor stand auf und legte seine Serviette auf den Tisch. »Alle fertig?« fragte er.

Unter Mrs. Dudleys Blicken nahm Theodora absichtsvoll ihre Tasse zur Hand und trank ihren Kaffee aus, dann streifte sie sich mit der Serviette über den Mund und lehnte sich zurück. »Ein ausgezeichnetes Frühstück«, sagte sie umgänglich. »Gehören die Teller zum Haus?«

»Sie gehören in die Regale«, sagte Mrs. Dudley.

»Und die Gläser, das Silber- und Leinenzeug? Schöne alte Sachen.«

»Das Leinenzeug«, sagte Mrs. Dudley, »gehört in die Leinenfächer im Speisezimmer. Das Silberzeug gehört in die Silbertruhe. Die Gläser gehören in die Regale.«

»Wir müssen Ihnen ganz schön viel Mühe machen«, sagte Theodora.

Mrs. Dudley blieb stumm. Schließlich sagte sie: »Ich räume um zehn ab. Ich richte das Mittagessen um eins an.«

Theodora lachte und stand auf. »Ab, an«, sagte sie, »ab, an! Los, gehn wir die Türen aufmachen!«

Sie begannen gleich mit der Speisezimmertür, die sie mit einem schweren Sessel aufgesperrt ließen. Das Zimmer dahinter war das Spielzimmer; das Möbel, an dem Theodora sich gestoßen hatte, war ein niedriges, eingelegtes Schachtischchen (»also, wie ich den bloß übersehen konnte, gestern abend?« sagte der Doktor gereizt), und am einen Ende befanden sich Kartentische und Stühle nebst einem hohen Glasschrank, in dem die Schachfiguren gewesen waren, außerdem Krocketbälle und ein Kribbage-Brett.

»Ein komisches Plätzchen für eine sorglose Stunde«, sagte Luke, von der Tür aus den öden Raum betrachtend. Das kalte Grün der Tischplatten spiegelte sich unangenehm in den dunklen Kacheln um den Kamin; die unvermeidliche Holztäfelung wurde nicht eben aufgeheitert durch eine Reihe waidmännischer Bilder, allesamt den vielseitigen Methoden zur Tötung wilder Tiere gewidmet, und von der Wand über dem Sims blickte ein Hirschkopf mit offenkundiger Verlegenheit auf sie herab.

»Hierher sind die Leute sich amüsieren gekommen«, sagte Theodora, und ihre Stimme hallte flatternd von der hohen Zimmerdecke wider. »Hierher sind sie gekommen«, erklärte sie, »um sich von der bedrückenden Atmosphäre in den übrigen Räumen zu erholen.« Der Hirschkopf blickte wehmütig auf sie herab. »Können wir *bitte* dieses *Viech* da oben wegnehmen?«

»Ich glaube, es hat sich in Sie verliebt«, sagte Luke. »Es hat die Augen nicht mehr von Ihnen gelassen, seit Sie hier hereingekommen sind. Gehen wir lieber weiter!«

Sie stellten etwas in die Tür, als sie hinausgingen, und kamen auf die Diele, die das Licht aus den offenen Zimmern stumpf erhellte. »Wenn wir ein Zimmer mit einem Fenster finden«, bemerkte der Doktor, »werden wir es aufmachen; bis dahin aber wollen wir uns damit begnügen, die Haustür zu öffnen.«

»Du denkst immer noch an die kleinen Kinder«, sagte Eleanor zu Theodora, »aber ich kann diese kleine Gesellschafterin nicht vergessen, wie sie einsam in diesen Räumen herumgeirrt ist und sich gefragt hat, wer wohl sonst noch im Haus ist.«

Luke zerrte an der schweren Haustür, bis sie auf war, und rollte die große Vase herbei, um sie dagegen zu stellen. »Frische Luft!« sagte er dankbar. Der warme Duft von Regen und feuchtem Gras strömte in die Diele, und für einen Moment blieben sie an der offenen Tür stehen und sogen die Luft ein, die nicht aus Hill House kam. Dann sagte der Doktor, »*hier* haben wir gleich etwas, das keiner von Ihnen vorausgesehen hat«, und er öffnete eine unauffällige kleine Tür seitlich von der großen Haustür. Lächelnd trat er einen Schritt zurück. »Die Bibliothek«, sagte er. »Im Turm.«

»Ich kann da nicht reingehn«, sagte Eleanor zu ihrer eigenen Überraschung, aber sie konnte wirklich nicht. Sie wich zurück vor dem kalten Geruch von Moder und Erdreich, der auf sie eindrang. »Meine Mutter –«, setzte sie an, ohne zu wissen, was sie sagen wollte, und drängte sich gegen die Wand.

»So?« sagte der Doktor und musterte sie mit Interesse. »Und Sie, Theodora?« Theodora zuckte die Achseln und trat in die Bibliothek; Eleanor erschauerte. »Luke?« sagte der Doktor, aber Luke war schon drinnen. Von da, wo sie stand, konnte Eleanor nur ein Stück von der runden Bibliothekswand sehen, mit einer schmalen eisernen Treppe nach oben, und vielleicht, weil dies ja der Turm war, führte sie immer höher und höher hinauf. Eleanor machte die Augen zu und hörte die Stimme des Doktors hohl und wie von fern von dem nackten Stein der Bibliothekswände zurückprallen.

»Sehen Sie die kleine Falltür da oben im Schatten?« fragte er gerade. »Sie führt auf einen kleinen Balkon hinaus, und natürlich ist es da, wo sie sich nach allgemeiner Ansicht aufgehängt haben soll – die Gesellschafterin, Sie erinnern sich. Sicherlich eine sehr geeignete Stelle; besser jedenfalls für Selbstmorde geeignet, würde ich meinen, als für Bücher. Sie soll den Strick an das eiserne Geländer gebunden und dann einfach einen Schritt –«

»Danke«, sagte Theodora von drinnen. »Ich kann es mir hinreichend klar vorstellen, vielen Dank! Ich meinerseits hätte den Strick wahrscheinlich an dem Hirschkopf im Spielzimmer befestigt, aber vermutlich hatte sie irgendeine sentimentale Anhänglichkeit an den Turm; was für ein hübsches Wort übrigens in diesem Zusammenhang, ›Anhänglichkeit‹, finden Sie nicht?«

»Köstlich!« Es war Lukes Stimme und lauter; sie kamen

wieder heraus in die Diele, wo Eleanor wartete. »Ich denke, aus dem Raum mache ich mal einen Night Club. Das Orchester kommt oben auf den Balkon, die Tänzerinnen kommen die eiserne Wendeltreppe herunter, und die Bar –«

»Eleanor«, sagte Theodora, »alles in Ordnung? Es ist ein ganz gräßlicher Raum, und du hattest recht, daß du draußen geblieben bist.«

Eleanor trat ein Stück weg von der Wand; sie hatte kalte Hände und hätte weinen mögen, aber sie kehrte der Bibliothekstür, die der Doktor mit einem Stapel Bücher offenhielt, den Rücken. »Ich glaube nicht, daß ich viel lesen werde, solange ich hier bin«, sagte sie, um einen leichten Ton bemüht. »Nicht, wenn die Bücher so riechen wie die Bibliothek.«

»Mir ist kein Geruch aufgefallen«, sagte der Doktor. Fragend sah er Luke an, der den Kopf schüttelte. »Merkwürdig«, fuhr der Doktor fort, »und grad nach solchen Dingen suchen wir doch. Machen Sie sich eine Notiz darüber, meine Liebe, und versuchen Sie's genau zu beschreiben.«

Theodora war verwirrt. Sie stand in der Diele, drehte sich hin und her, schaute hinter sich nach der Treppe und dann wieder nach der Haustür. »Gibt es denn *zwei* Haustüren vorn?« fragte sie. »Oder bringe ich etwas durcheinander?«

Der Doktor lächelte vergnügt; offenbar hatte er auf eine solche Frage nur gewartet. »Dies ist die einzige Haustür von vorn«, sagte er. »Hier sind Sie gestern hereingekommen.«

Theodora legte die Stirn in Falten. »Warum können dann Eleanor und ich von unseren Schlafzimmerfenstern den Turm nicht sehen? Von unseren Fenstern sieht man doch auf die Frontseite des Hauses, und trotzdem –«

Der Doktor lachte und klatschte in die Hände. »Na endlich!« sagte er. »Sie sind ein kluges Kind, Theodora. Da haben Sie den Grund, warum ich Ihnen das Haus bei Tag zeigen wollte. Kommen Sie, setzen Sie sich solange auf die Treppe, während ich es Ihnen erzähle.«

Gehorsam ließen sie sich auf den Stufen nieder und blickten zu dem Doktor auf, der seine Lehrerpose einnahm und stilvoll zu einem Vortrag ansetzte: »Eine der Eigentümlichkeiten von Hill House ist seine Anordnung –«

»Wie das verrückte Haus auf dem Jahrmarkt.«

»Richtig! Haben Sie sich nicht über unsere *extremen* Schwierigkeiten gewundert, uns zurechtzufinden? Ein gewöhnliches Haus hätte uns vier nicht so lange in eine solche Verwirrung gestürzt, und hier machen wir ein ums andere Mal die falsche Tür auf und finden das Zimmer nicht, in das wir wollen. Sogar ich habe meine liebe Not gehabt.« Er seufzte und nickte. »Ich stehe nicht an zu sagen«, fuhr er fort, »der alte Hugh Crain wird sich gedacht haben, daß Hill House eines Tages eine Sehenswürdigkeit werden könnte wie das Winchester House in Kalifornien oder die vielen oktogonalen Häuser; er hat ja das Haus selbst entworfen, und, wie schon gesagt, er war ein sonderbarer Mensch. Jeder Winkel« – und der Doktor deutete auf die offene Tür – »ist ein klein wenig schief. Hugh Crain muß andere Menschen mit ihren vernünftigen, rechteckig aufgeteilten Häusern verabscheut haben, denn sein eigenes Haus hat er so angelegt, wie es seinem Sinn gemäß war. Die Winkel, von denen man annimmt, daß es rechte Winkel seien, wie man sie gewohnt ist und vernünftigerweise erwarten dürfte, weichen tatsächlich um eine Winzigkeit zum spitzen oder stumpfen Winkel hin ab. Ich bin mir sicher, daß Sie zum Beispiel die Stufen, auf denen Sie sitzen, für eben halten, denn Sie sind nicht darauf gefaßt, daß Stufen anders als eben –«

Sie rückten unbehaglich auf ihren Plätzen herum, und Theodora streckte rasch eine Hand nach dem Geländer aus, als fürchtete sie zu fallen.

»– und tatsächlich ein klein wenig zur Mittelachse hin abschüssig sein könnten, ebenso wie alle Türen ein ganz klein wenig asymmetrisch sind – was nebenbei gesagt der Grund sein könnte, warum sie zufallen, wenn man sie nicht festhält; heute morgen habe ich mich gefragt, ob nicht die näherkommenden Schritte unserer beiden Damen das feine Gleichgewicht der Türen aufgehoben haben. Natürlich addieren sich all diese winzigen Abweichungen in den Maßen zu einer beträchtlichen Verzerrung für das Haus ingesamt. Theodora kann den Turm von ihrem Schlafzimmerfenster aus deshalb nicht sehen, weil der Turm tatsächlich an der Ecke des Hauses steht. Von Theodoras Fenster aus ist er völlig unsichtbar, obwohl er von hier aus gesehen direkt vor ihrem Zimmer zu stehen scheint. Theodoras Fenster ist tatsächlich fünfzehn Fuß links von der Stelle, wo wir jetzt sind.«

Theodora breitete hilflos die Hände aus. »Meine Güte!« sagte sie.

»Ich versteh«, sagte Eleanor. »Was uns täuscht, ist das

Dach der Veranda. Wenn ich aus dem Fenster schaue, sehe ich das Verandadach, und weil ich auf geradem Weg die Treppe herauf und ins Haus gekommen bin, habe ich angenommen, die Haustür müßte genau darunter liegen, obwohl tatsächlich –«

»– nur das Verandadach zu sehn ist«, sagte der Doktor. »Die Haustür liegt ein ganzes Stück weit weg; sie und der Turm sind vom Kinderzimmer aus zu sehen, dem großen Raum am Ende der Diele; wir sehen ihn uns heute später noch an. Das alles ist« – seine Stimme nahm einen bekümmerten Klang an – »ein Meisterstück architektonischer Irreführung. Die Doppeltreppe von Chambord –«

»Also ist alles ein klein bißchen verschoben?« fragte Theodora verunsichert. »Und das ist der Grund, warum einem alles so verrenkt vorkommt?«

»Was ist, wenn man dann wieder in ein richtiges Haus kommt?« fragte Eleanor. »Ich meine – ein, na ja – ein *richtiges* Haus?«

»Es muß sein, wie wenn man lange auf See war und an Land kommt«, sagte Luke. »Wenn wir erst eine Weile hier sind, könnte unser Gleichgewichtssinn soweit gestört sein, daß es eine Weile dauert, bis sich der Seemannsgang – oder das Hill-House-Gefühl – wieder verliert. Könnte es sein«, fragte er den Doktor, »daß die Erscheinungen hier, die von den Leuten für übernatürlich gehalten wurden, in Wirklichkeit nur Folge einer leichten Gleichgewichtsstörung bei den hier lebenden Personen gewesen sind? Das innere Ohr«, sagte er belehrend zu Theodora.

»Es muß die Menschen sicherlich irgendwie beeinflussen«, sagte der Doktor. »Wir sind im blinden Vertrauen auf unseren Gleichgewichtssinn und unsere Vernunft aufgewachsen, und ich kann mir vorstellen, wie der Geist um sich schlagen würde, wenn er seine gewohnten stabilen Formen gegen den Augenschein verteidigen müßte, daß sie zur Seite hin geneigt seien.« Er wendete sich ab. »Wir haben noch einiges Erstaunliche vor uns«, sagte er, und sie kamen von den Stufen herab und folgten ihm mit tastenden Schritten, sich des Bodens vergewissernd, auf den sie traten. Durch den schmalen Flur gingen sie zu dem kleinen Klubzimmer, wo sie gestern abend gesessen hatten, und von da, die Türen hinter sich aufgesperrt lassend, zum äußeren Kreis der Zimmer, die auf die Veranda hinausgingen. Sie zogen schwere Vorhänge von den Fenstern, und Licht von draußen fiel ins Haus. Sie kamen durch ein Musikzimmer, in dem eine Harfe stand, unnahbar und ohne sich durch ihre Schritte ein Erzittern der Saiten entlocken zu lassen. Ein großes Klavier stand fest verschlossen, mit einem Kandelaber darauf, dessen Kerzen von keiner Flamme angerührt waren. Ein Tisch mit Marmorplatte war voller Wachsblumen unter Glas, und die Stühle waren dünn, gebrechlich und vergoldet. Dahinter kam der Wintergarten, mit hohen Glastüren, durch die man in den Regen hinaussah, und Farnen, die zwischen und über den Korbmöbeln wucherten. Die Luft hier war unangenehm feucht, und sie gingen schnell weiter. Durch einen gewölbten Eingang betraten sie den Salon und blieben entgeistert, fassungslos stehen.

»Das kann's doch nicht geben!« sagte Theodora lachend und mit matter Stimme. »Ich glaub einfach nicht, daß das Ding da steht.« Sie schüttelte den Kopf. »Eleanor, siehst du es auch?«

»Wie...?« sagte Eleanor hilflos.

»Dacht ich mir doch, daß Ihnen das gefallen würde!« Der Doktor war mit sich zufrieden.

Die ganze Seite des Salons wurde beherrscht von einem statuarischen Marmorblock; vor dem mauve gestreiften Hintergrund und dem geblümten Teppich wirkte er riesenhaft, grotesk und irgendwie bläßlich-nackt; Eleanor hielt sich die Hände vor die Augen, und Theodora drängte sich eng an sie. »Ich dachte, es soll vielleicht die den Wellen entsteigende Venus sein«, sagte der Doktor.

»Keineswegs«, sagte Luke, als ihm die Stimme wieder gehorchte, »es ist der Heilige Franz, wie er die Aussätzigen heilt.«

»Nein, nein«, sagte Eleanor. »Das eine ist ein Drache.«

»Nichts von alledem!« sagte Theodora summarisch; »es ist ein Familienporträt, ihr Trottel, ein Gruppenbild. Das sieht doch *jeder*! Die Figur in der Mitte, diese große, unverhüllte – du lieber Himmel! – maskuline, das ist der alte Hugh, wie er sich selbst dafür auf die Schulter klopft, daß er Hill House gebaut hat, und die zwei Begleittypen sind seine Töchter. Die eine rechts, die da mit einer Kornähre herumzufuchteln scheint, spricht gerade von ihrem Prozeß, und die andere da, die kleine an der Seite, das ist die Gesellschafterin, und die auf der *andern* Seite –«

»Ist Mrs. Dudley, nach dem Leben geschaffen«, sagte Luke.

»Und dieses Graszeug, auf dem sie alle stehen, das soll wohl der Speisezimmerteppich sein, nur ein bißchen aufgeschossen. Hat mal jemand auf diesen Speisezimmerteppich geachtet? Es sieht aus wie ein Heufeld, man spürt richtig, wie es einen an den Füßen kitzelt. Das Ding im Hintergrund, das wie ein verwachsener Apfelbaum aussieht, *das ist* –«

»Sicher ein Symbol für den Schutz des Hauses«, sagte Dr. Montague.

»Ich will gar nicht dran denken, daß es auf uns stürzen könnte«, sagte Eleanor. »Das Haus ist doch so unausgewogen, Doktor, wäre so etwas da nicht möglich?«

»Ich habe gelesen, daß die Statue sorgfältig und unter hohen Kosten so aufgestellt wurde, daß sie die Instabilität des Bodens ausgleicht, auf dem sie steht. Jedenfalls wurde sie schon aufgestellt, als das Haus gebaut wurde, und seither ist sie nicht umgefallen. Es ist ja möglich, nicht, daß Hugh Crain sie bewundert oder sogar geliebt hat.«

»Möglich ist auch, daß sie ihm als Kinderschreck gedient hat«, sagte Theodora. »Was für ein hübscher Raum wäre dies ohne das Ding!« Sie wirbelte auf dem Absatz herum. »Ein Ballsaal«, sagte sie, »für Damen in langen Kleidern, Platz genug für eine Polonaise. Hugh Crain, darf ich Sie bitten?« Und sie machte einen Knicks vor der Statue.

»Ich glaube, er nimmt gleich an«, sagte Eleanor und trat unwillkürlich einen Schritt zurück.

»Passen Sie auf, daß er Ihnen nicht auf die Zehen tritt!« sagte der Doktor lachend. »Vergessen Sie nicht, wie es Don Juan ergangen ist.«

Theodora berührte scheu den Marmor, legte einen Finger in die ausgestreckte Hand einer der Figuren. »Marmor gibt mir immer einen Schock«, sagte sie. »Er fühlt sich nie so an, wie man es erwartet. Ich glaube, eine Statue in

Lebensgröße sieht einem Menschen soweit ähnlich, daß man denkt, man müßte die Haut spüren.« Dann drehte sie sich wieder um und kreiselte in Walzerschritten hellschimmernd ganz allein durch den trüben Raum, kam zurück zu der Statue und machte vor ihr eine Verbeugung.

»Am Ende des Zimmers«, sagte der Doktor zu Eleanor und Luke, »dort unter den Vorhängen sind die Türen, die auf die Veranda hinausgehen; wenn es Theodora warm wird, kann sie sich draußen abkühlen.« Er ging durch den ganzen Raum, zog die schweren blauen Vorhänge beiseite und machte die Türen auf. Wieder drang der Geruch des warmen Regens herein, mit einem leichten Windstoß, so daß ein Atemhauch über die Statue hinzugehen schien und Licht auf die farbigen Wände fiel.

»Nichts bewegt sich in diesem Haus«, sagte Eleanor, »nur wenn man nicht hinsieht und die Dinge aus dem Augenwinkel beobachtet. Sehn Sie mal die Figürchen auf den Regalen: Als wir alle ihnen den Rücken zugekehrt hatten, haben sie mit Theodora getanzt.«

»*Ich* bewege mich«, sagte Theodora, auf sie zu kreiselnd.

»Blumen unter Glas«, sagte Luke. »Troddeln. Allmählich gefällt mir dieses Haus.«

Theodora zog Eleanor an den Haaren. »Renn mit mir um die Veranda«, sagte sie und flitzte zur Tür. Ohne Zögern oder Sichbesinnen rannte Eleanor hinterher, und sie stürmten hinaus auf die Veranda. Lachend kam Eleanor um eine Biegung gerannt, sah Theodora in eine andere Tür hineinhuschen und blieb atemlos stehen. Sie waren in der Küche, und Mrs. Dudley, die am Spülbecken stand, drehte sich um und sah sie stumm an.

»Mrs. Dudley«, sagte Theodora höflich, »wir schauen uns nur ein wenig im Haus um.«

Mrs. Dudleys Blick wanderte zu der Uhr auf dem Regal über dem Herd hin. »Es ist halb zwölf«, sagte sie. »Ich –«

»– richte um eins das Mittagessen an«, sagte Theodora. »Wir würden uns gern mal die Küche ansehn, wenn Sie erlauben. Alle andern Zimmer im Erdgeschoß haben wir schon gesehn, glaub ich.«

Mrs. Dudley blieb für einen Moment still, dann, mit einer Kopfbewegung, die Nachgiebigkeit andeutete, drehte sie sich um und schritt bedächtig durch die ganze Küche bis zu einer entfernteren Tür. Als sie die Tür öffnete, sah man, daß sie auf die Hintertreppe führte. Mrs. Dudley wandte sich die Treppe hinauf und machte die Tür hinter sich zu. Theodora lauschte zur Tür hin und wartete ein wenig, bevor sie sagte, »ich möchte mal wissen, ob Mrs. Dudley eine Schwäche für mich hat, wirklich!«

»Ich glaube, sie steigt jetzt auf die Zinne und erhängt sich«, sagte Eleanor. »Sehn wir mal, was es zu Mittag gibt, wenn wir schon hier sind.«

»Bring bloß nichts durcheinander«, sagte Theodora. »Du weißt doch, die Teller gehören in die Regale. Meinst du, diese Frau hat wirklich vor, ein Soufflé für uns zu machen? Das hier ist jedenfalls eine Soufflé-Schale, und die Eier, Käse –«

»Eine schöne Küche«, sagte Eleanor. »Bei meiner Mutter im Haus hatten wir eine enge, dunkle Küche, und alles, was man da machte, schmeckte nach nichts und sah auch nach nichts aus.«

»Und was hast du für eine Küche?« fragte Theodora zerstreut. »In deiner kleinen Wohnung? Eleanor, sieh mal, die Türen!«

»Ein Soufflé kann ich nicht machen«, sagte Eleanor.

»Sieh da! Die eine Tür geht auf die Veranda, hinter einer andern ist eine Treppe nach unten – in den Keller vermutlich –, eine da drüben geht wieder auf die Veranda, die eine, durch die sie nach oben gegangen ist, und dann noch eine da drüben –«

»Auch auf die Veranda«, sagte Eleanor, die Tür öffnend. »Drei Türen zur Veranda aus einer Küche.«

»Und da ist noch eine Tür zur Vorratskammer und eine zum Speisezimmer. Unsere gute Mrs. Dudley muß es mit Türen haben, nicht? Jedenfalls kann sie« – hier begegneten sich ihre Blicke – »in jeder Richtung schnell hinaus, wenn sie will.«

Eleanor machte abrupt kehrt und ging zurück auf die Veranda. »Ich frage mich, ob sie sich manche Türen von Dudley eigens hat einbauen lassen. Ich frage mich, wie ihr das wohl gefällt, in einer Küche zu arbeiten, wo plötzlich hinter ihrem Rücken eine Tür aufgehen kann, ohne daß sie es weiß? Ich frage mich überhaupt, was sie hier in der Küche zu erleben gewohnt ist, daß es ihr so wichtig ist, schnell einen Ausgang zu finden, egal, in welche Richtung sie rennt. Ich frage mich –«

»Jetzt halt mal die Klappe!« sagte Theodora freundschaftlich. »Eine nervöse Köchin kann kein gutes Soufflé machen, das weiß doch jeder, und wahrscheinlich horcht sie jetzt auf der Treppe. Jetzt gehn wir mal durch eine von ihren Türen und lassen sie hinter uns offen.«

Luke und der Doktor standen auf der Veranda und schauten über den Rasen hinaus; die Haustür hinter ihnen war sonderbarerweise zu. Hinter dem Haus, fast, wie es schien, vertikal darüber, hockten die großen Hügel stumpf und verhangen im Regen. Eleanor schlenderte über die Veranda; sie hatte noch nie ein so vollständig umschlossenes Haus gesehen. Wie ein sehr enger Gürtel, dachte sie; ob das Haus auseinanderfallen würde, wenn man die Veranda wegnahm? Sie mußte, wie ihr schien, das Haus zum größten Teil umkreist haben, als sie den Turm sah. Er ragte plötzlich, fast unversehens vor ihr auf, als sie um die Biegung der Veranda kam. Er war aus grauem Stein, von grotesker Massivität, eng an die hölzerne Wand des Hauses gedrückt, von der unermüdlichen Veranda mitumschlossen und daran festgehalten. Scheußlich, dachte sie, und dann dachte sie, daß der Turm, wenn das Haus eines Tages niederbrannte, grau und abweisend über den Trümmern stehen bliebe, eine Warnung an die Menschen, sich dem, was von Hill House noch übrig war, nicht zu nähern; und vielleicht wäre hier und da ein Stein herausgebrochen, so daß Eulen und Fledermäuse einfliegen und zwischen den Bücherregalen nisten könnten. Auf halber Höhe aufwärts begannen Fenster, schmale, eckige Schlitze im Gemäuer, und sie fragte sich, wie es wohl wäre, von dort herabzuschauen, und warum sie außerstande gewesen war, den Turm zu betreten. Ich werde nie aus diesen Fenstern schauen, dachte sie und versuchte sich die schmale eiserne Wendeltreppe vorzustellen, wie sie im

Innern um und um und immer weiter hinaufführte. Ganz oben war ein kegelförmiges hölzernes Dach mit einer hölzernen Turmspitze darauf. In jedem anderen Haus wäre es lächerlich gewesen, aber hier in Hill House gehörte es dazu, vielleicht in hämischer Erwartung einer kleinen Gestalt, die aus dem kleinen Fenster auf das schräge Dach hinauskröche, zur Spitze hinauflangte, einen Strick befestigte –

»Sie werden hinfallen«, sagte Luke, und Eleanor erschrak. Es kostete sie einige Anstrengung, den Blick von oben herabzuholen, und sie merkte, daß sie das Geländer der Veranda fest umklammert und sich weit zurückgelehnt hatte. »Verlassen Sie sich nie aufs Gleichgewicht, in meinem bezaubernden Haus«, sagte Luke, und Eleanor, ganz benommen, atmete tief durch und taumelte. Er fing sie auf und stützte sie, während sie festen Stand zu gewinnen versuchte in dieser schwankenden Welt, in der die Bäume und der Rasen irgendwie schief wirkten und der Himmel zu kreisen und zu pendeln schien.

»Eleanor?« sagte Theodora ganz in ihrer Nähe, und sie hörte die Schritte des Doktors, der über die Veranda gerannt kam. »Dieses verfluchte Haus!« sagte Luke. »Man darf es keine Sekunde aus den Augen lassen.«

»Eleanor?« sagte der Doktor.

»Geht schon wieder«, sagte Eleanor, schüttelte den Kopf und stand wieder von allein, doch noch etwas wacklig. »Ich habe mich zurückgelehnt und zur Turmspitze hochgesehen, und da ist mir schwindlig geworden.«

»Sie ist fast schräg gestanden, als ich sie auffing«, sagte Luke.

»Dasselbe Gefühl hatte ich heute vormittag auch schon ein oder zwei Mal«, sagte Theodora, »als ob ich eine Wand hochginge.«

»Bringen Sie Eleanor rein«, sagte der Doktor. »Wenn man *drinnen* ist, ist es nicht so schlimm.«

»Aber mir ist wirklich schon wieder besser«, sagte Eleanor ganz verlegen und ging mit bedächtigen Schritten die Veranda entlang bis zur Haustür, die zu war. »Ich dachte, wir hätten sie aufgelassen«, sagte sie mit einem leichten Flattern in der Stimme, und der Doktor trat an ihr vorbei und drückte die schwere Tür wieder auf. In der Diele war alles an seinen Platz zurückgekehrt; alle Türen, die sie offengelassen hatten, waren fest zu. Als der Doktor die Tür zum Spielsalon aufmachte, sahen sie, daß die Türen zum Speisezimmer geschlossen waren, und der kleine Hocker, den sie in die eine Tür gestellt hatten, um sie aufzusperren, stand säuberlich wieder an seinem Platz an der Wand. Im Boudoir und im Salon, im Klubzimmer und im Wintergarten waren Türen und Fenster geschlossen, die Vorhänge zugezogen und die Dunkelheit wiederhergestellt.

»Das war Mrs. Dudley«, sagte Theodora, langsam dem Doktor und Luke nachfolgend, die schnell von einem Zimmer zum andern gingen, die Türen wieder weit aufstießen und befestigten, Vorhänge wegzogen und die warme, feuchte Luft durch die Fenster hereinließen. »Mrs. Dudley hat das auch gestern gemacht, sobald Eleanor und ich außer Sicht waren; sie möchte sie lieber selbst zumachen als sie von selber geschlossen vorfinden, denn die Türen gehören geschlossen und die Fenster gehören geschlossen, ebenso wie die Teller auf die –« Sie begann wie närrisch zu lachen, und der Doktor drehte sich um und sah sie befremdet an.

»Mrs. Dudley gehört in die Schranken gewiesen«, sagte er. »Ich werde, wenn nötig, Nägel einschlagen, damit diese Türen auf bleiben.« Er ging durch den Flur zu ihrem kleinen Klubzimmer und stieß die Tür auf, daß es krachte. »Wütend zu werden nützt auch nichts«, sagte er und gab der Tür einen wuchtigen Tritt.

»Bitte auf einen Sherry vor dem Essen ins Klubzimmer«, sagte Luke gewinnend. »Treten Sie ein, meine Damen!«

2

»Mrs. Dudley«, sagte der Doktor, die Gabel weglegend, »das war ein bewundernswertes Soufflé.«

Mrs. Dudley sah ihn kurz an und ging mit einer leeren Schüssel hinaus in die Küche.

Der Doktor seufzte und reckte müde die Schultern. »Nach meiner langen Nachtwache spüre ich jetzt das Bedürfnis, etwas zu ruhen, und Sie«, sagte er zu Eleanor, »täten auch gut daran, sich für ein Stündchen hinzulegen. Vielleicht wäre ein Mittagsschläfchen sogar jeden Tag für uns alle erholsam.«

»Soso«, sagte Theodora belustigt. »Ich muß Mittagsschlaf halten. Es wird zwar komisch aussehen, wenn ich wieder nach Hause komme, aber dann kann ich ja sagen, das gehörte in Hill House zur festen Tageseinteilung.«

»Vielleicht werden wir nachts nicht so gut schlafen können«, sagte der Doktor, und ein kalter Hauch schien um den Tisch zu wehen, der das Blitzen des Silbers und die hellen Farben des Porzellans verdunkelte, ein Wölkchen, das durchs Speisezimmer trieb, mit Mrs. Dudley im Gefolge.

»Es ist fünf Minuten vor zwei«, sagte Mrs. Dudley.

### 3

Eleanor hielt keinen Mittagsschlaf, obwohl sie es gern getan hätte; statt dessen lag sie auf Theodoras Bett im grünen Zimmer und schaute zu, wie sich Theodora die Nägel lackierte. Träge plauderte sie vor sich hin, um sich nicht auf den Gedanken kommen zu lassen, daß sie mit Theodora in das grüne Zimmer gegangen war, weil sie sich nicht allein zu bleiben getraute.

»Ich hab das gern«, sagte Theodora, liebevoll ihre Hand betrachtend, »mich zu schmücken und zurechtzumachen. Am liebsten würd ich mich ringsum anmalen.«

Eleanor streckte sich behaglich. »Mit Goldfarben«, schlug sie vor, fast ohne etwas dabei zu denken. Mit beinah geschlossenen Augen sah sie Theodora nur als eine bunte Masse, die auf dem Fußboden saß.

»Nagellack, Parfüm und Badesalze«, sagte Theodora, wie wenn sie die Städte am Nil herzählte. »Mascara. Du denkst bei weitem nicht genug an solche Dinge, Eleanor.«

Eleanor lachte und schloß die Augen ganz. »Keine Zeit«, sagte sie.

»Na schön«, sagte Theodora mit Entschiedenheit, »wenn ich mit dir fertig bin, wirst du ein anderer Mensch sein; ich bin nicht gern mit farblosen Frauen zusammen.« Sie lachte, um zu zeigen, daß es ein Scherz war. »Ich glaube, ich tu dir roten Lack auf die Zehen«, sagte sie.

Eleanor lachte auch und streckte ihr den nackten Fuß hin. Nach einer Minute, fast eingeschlafen, spürte sie die seltsam kalte, zarte Bewegung des Pinsels auf den Zehennägeln und erschauerte.

»Als berühmte Kurtisane bist du die Dienste der Kammermädchen ja sicher gewohnt«, sagte Theodora. »Deine Füße sind schmutzig.«

Erschrocken setzte sich Eleanor auf und sah nach; ihre Füße waren tatsächlich schmutzig, und die Nägel waren nun hellrot bemalt. »Das ist ja *schrecklich*«, sagte sie zu Theodora, »das ist *schlimm*«, und am liebsten hätte sie geweint. Dann begann sie hilflos über Theodoras Gesichtsausdruck zu lachen. »Ich gehe gleich und wasch mir die Füße«, sagte sie.

»Meine Güte!« Theodora setzte sich neben dem Bett auf den Boden und blickte vor sich hin. »Schau«, sagte sie. »Meine Füße sind auch schmutzig, du Dummchen, ehrlich! Da, *schau*!«

»Ich mag das jedenfalls nicht«, sagte Eleanor, »wenn man so etwas mit mir macht.«

»Du bist doch so verrückt wie nur eine«, sagte Theodora aufgeräumt.

»Ich fühle mich nicht gern hilflos«, sagte Eleanor. »Meine Mutter –«

»Deine Mutter hätte sich gefreut, dich mit rotlackierten

Zehennägeln zu sehn«, sagte Theodora. »Es sieht hübsch aus.«

Eleanor blickte noch mal auf ihre Füße. »Es ist schlimm«, sagte sie verlegen. »Ich meine – an *meinen* Füßen. Es gibt mir das Gefühl, ich mache mich lächerlich.«

»Lächerlich und schlimm bringst du irgendwie durcheinander.« Theodora begann ihre Utensilien zusammenzupacken. »Jedenfalls mach ich dir's nicht wieder ab, und wir passen beide auf, ob Luke und der Doktor als erstes auf deine Füße schauen.«

»Egal, was ich auch sagen will, du drehst es so, daß es lächerlich klingt«, sagte Eleanor.

»Oder schlimm.« Theodora blickte mit ernstem Gesicht zu ihr auf. »Ich hab so ein Gefühl«, sagte sie, »daß du heimfahren solltest, Eleanor.«

Veralbert sie mich? dachte Eleanor; meint sie, ich halte das hier nicht aus? »Ich will nicht heimfahren«, sagte sie, und Theodora blickte sie noch einmal rasch an und sah gleich wieder weg; vorsichtig berührte sie Eleanors Zehen. »Der Lack ist trocken«, sagte sie. »Ich bin ein Idiot. Irgendwas hat mir einen Augenblick angst gemacht.« Sie stand auf und reckte sich. »Gehn wir mal schauen, was die andern machen«, sagte sie.

4

Luke lehnte sich müde gegen die Wand der oberen Diele, den Kopf an den vergoldeten Rahmen eines Stichs gelegt, auf dem eine Ruine zu sehen war. »Ich denke ständig daran, daß dieses Haus in Zukunft mir gehören wird«, sagte er, »viel mehr, als ich früher daran gedacht habe; immer wieder sag ich mir, eines Tages wird es dir gehören, und immer frag ich mich, warum.« Er deutete die Diele entlang. »Wenn ich ein Liebhaber von Türen wäre«, sagte er, »von Miniaturen oder vergoldeten Wanduhren, oder wenn ich eine türkische Ecke für mich wollte, dann fände ich das Haus höchstwahrscheinlich märchenhaft schön.«

»Es *ist* ein ansehnliches Haus«, sagte der Doktor beharrlich. »Es muß als elegant gegolten haben, als es gebaut wurde.« Er begann die Diele entlangzugehen, zu dem großen Raum am Ende, der einmal das Kinderzimmer gewesen war. »Nun«, sagte er, »werden wir den Turm mal von einem Fenster aus sehen.« Als er zur Tür hineinging, erschauerte er. Dann drehte er sich um und schaute neugierig zurück. »Kann es sein, daß ein Luftzug durch diese Tür geht?«

»Ein Luftzug? In Hill House?« Theodora lachte. »Nur wenn Sie es erreichen könnten, daß eine von diesen Türen offenbleibt.«

»Dann kommen Sie mal her, einer nach dem andern!« sagte der Doktor, und Theodora trat vor, mit einer Grimasse, als sie über die Türschwelle kam.

»Wie wenn man eine Grabespforte durchschreitet«, sagte sie. »Immerhin ist es warm, hier drinnen.«

Luke kam, hielt an der kalten Stelle inne und machte dann schnell, daß er weiterkam; Eleanor, die ihm folgte, spürte fassungslos eine schneidende Kälte, die sie zwischen zwei Schritten anrührte; wie wenn man durch eine Eiswand ginge, dachte sie und fragte den Doktor, »was ist das?«

Der Doktor rieb sich die Hände vor Vergnügen. »Ihre türkischen Ecken können Sie behalten, mein Junge«, sagte er. Er streckte eine Hand aus und hielt sie vorsichtig über die kalte Stelle. »Das hier kann man nicht erklären«, sagte er. »Eine Grabeskälte, wie Theodora richtig gesagt hat. An der kalten Stelle im Pfarrhaus von Borley sank die Temperatur nur um elf Grad«, fuhr er selbstzufrieden fort. »Dies hier, würde ich meinen, ist erheblich kälter. Dies ist das Herz des Hauses.«

Theodora und Eleanor waren enger zusammengetreten. Im Kinderzimmer war es zwar warm, aber es roch dumpf und stickig, und die Kälte vor der Tür war fast greifbar, fast sichtbar wie eine Schranke, die man überwinden mußte, um wieder hinauszukommen. Vor den Fenstern drängte der graue Stein des Turmes sich dicht heran; drinnen war es dunkel, und die Tierfigürchen, die in einer langen Reihe auf die Wand des Zimmers gemalt waren, wirkten überhaupt nicht lustig, sondern schienen in eine Falle gegangen oder mit den sterbenden Hirschen auf den Jagdstichen im Spielsalon verwandt zu sein. Größer als die anderen Schlafzimmer, hatte das Spielzimmer einen undefinierbaren Anflug von Vernachlässigung, wie er sonst nirgendwo in Hill House zu bemerken war, und der Gedanke ging Eleanor durch den Kopf, daß auch Mrs. Dudley bei all ihrer hausfraulichen Gewissenhaftigkeit nicht öfter als nötig diese Kälteschranke durchschreiten mochte.

Luke war wieder durch die kalte Stelle auf die Diele hinausgetreten und untersuchte dort den Teppich, dann die Wände, klopfte die Oberflächen ab, als ob er dort eine Ursache der merkwürdigen Erscheinung zu finden hoffte. »Zugluft *kann* es nicht sein«, sagte er, zum Doktor hochblickend, »es sei denn, es gäbe eine direkte Luftverbindung zum Nordpol. Hier ist jedenfalls alles massiv.«

»Ich frage mich, wer hier wohl geschlafen hat«, sagte der Doktor ablenkend. »Meinen Sie, man hat das Zimmer zugemacht, als die Kinder aus dem Haus waren?«

»Sehn Sie!« sagte Luke und zeigte auf zwei grinsende Köpfe, die in den beiden Ecken der Diele über der Tür zum Kinderzimmer angebracht waren. Offenbar als erheiternder Türschmuck gedacht, waren sie ebensowenig lustig oder unbekümmert wie die Tiere drinnen. Die Blicke der beiden Gesichter, für immer in einem verzerrten Lachen gefangen, trafen und verschränkten sich an der Stelle der Diele, von der die schneidende Kälte auszugehen schien. »Wenn man da steht, wo sie einen anschauen können«, erklärte Luke, »lassen sie einen erfrieren.«

Neugierig ging der Doktor zu ihm hin, ein Stück weit die Diele entlang, und blickte zu den Köpfen hinauf. »Lassen Sie uns doch nicht hier drin allein!« sagte Theodora und zog Eleanor hinter sich her durch die Kälte, die sie wie ein kurzer Schlag traf oder wie ein Anhauch ganz aus der Nähe. »Hier können wir unser Bier kalt stellen«, sagte sie und streckte den grinsenden Gesichtern die Zunge heraus.

»Darüber muß ich ein ausführliches Protokoll aufnehmen«, sagte der Doktor ganz glücklich.

»Die Kälte kommt mir nicht *unparteiisch* vor«, sagte Eleanor, etwas verlegen, weil ihr nicht völlig klar war, was sie damit sagen wollte. »Sie kam mir *absichtlich* vor, als ob etwas mir einen Schock versetzen wollte.«

»Das kommt von den Gesichtern, glaub ich«, sagte der Doktor; er hatte sich auf Hände und Knie niedergelassen und tastete den Boden ab. »Bandmaß, Thermometer«, sagte er zu sich selbst, »Kreide zum Markieren; vielleicht wird die Kälte nachts stärker? Alles wird nur noch schlimmer«, sagte er mit einem Blick zu Eleanor, »wenn man denkt, etwas sieht einen an.«

Luke, mit einem Schaudern, trat durch die Kälte und schloß die Tür zum Kinderzimmer; als er zu den anderen zurückkam, machte er einen Sprung, als glaubte er die Kälte vermeiden zu können, wenn er den Boden nicht berührte. Sobald die Tür zu war, bemerkten sie alle, wieviel dunkler es geworden war, und Theodora sagte unruhig, »gehn wir hinunter in unser Klubzimmer; ich spüre richtig, wie diese Hügel sich herandrängen.«

»Fünf durch«, sagte Luke. »Cocktailstunde. Ich denke«, sagte er zu dem Doktor, »Sie werden es heute abend mir überlassen, einen Cocktail zu mixen?«

»Nicht zu viel Wermut«, sagte der Doktor und kam langsam hinter ihnen her, den Blick über die Schulter auf die Tür zum Kinderzimmer gerichtet.

# 5

»Ich schlage vor«, sagte der Doktor, die Serviette weglegend, »zum Kaffee gehen wir in unser kleines Klubzimmer. Ich finde, das Feuer brennt dort so launig.«

Theodora kicherte. »Jetzt, wo Mrs. Dudley fort ist, sollten wir erst mal durchs Haus rennen, alle Türen und Fenster aufsperren, alles von den Regalen nehmen –«

»Das Haus kommt mir anders vor, wenn sie nicht da ist«, sagte Eleanor.

»Leerer.« Luke sah sie an und nickte; er stellte die Kaffeetassen auf ein Tablett. Der Doktor war schon vorgegangen, machte hartnäckig Türen auf und klemmte sie fest. »Jeden Abend wird mir plötzlich klar, daß wir vier allein hier sind.«

»Komisch, dabei trägt Mrs. Dudley doch nicht gerade viel zur Gesellschaft bei«, sagte Eleanor und betrachtete den Eßtisch. »Ich mag Mrs. Dudley so wenig wie nur einer von Ihnen, aber meine Mutter würde mich *nie* so vom Tisch aufstehen und alles bis zum nächsten Morgen so liegen lassen.«

»Wenn sie fort will, bevor es dunkel wird, kann sie erst morgens abräumen«, sagte Theodora uninteressiert. »*Ich* werd's jedenfalls nicht machen.«

»Aber man kann doch nicht weggehn und den Tisch so unabgeräumt stehenlassen.«

»Du könntest die Teller sowieso nicht in die richtigen Regale stellen, und sie müßte es dann doch noch mal machen, einfach um deine Fingerabdrücke von den Sachen zu wischen.«

»Wenn ich nur das Silberzeug nähme und einweichte –«

»Nein«, sagte Theodora und hielt sie bei der Hand fest. »Willst du allein raus in diese Küche mit all den Türen?«

»Nein«, sagte Eleanor und legte die Handvoll Gabeln wieder weg, die sie eingesammelt hatte. »Ich glaube, das mache ich doch lieber nicht.« Sie blieb stehen, schaute gequält auf den Tisch mit den zerknautschten Servietten und dem Weinfleck auf der Tischdecke an Lukes Platz und schüttelte den Kopf. »Trotzdem, ich weiß nicht, was meine Mutter dazu sagen würde.«

»Komm schon«, sagte Theodora. »Sie haben das Licht für uns angelassen.«

Das Feuer im kleinen Klubzimmer brannte hell, und Theodora setzte sich an das Kaffeetablett, während Luke den Kognak aus dem Schrank holte, wo er ihn am Abend zuvor sorgfältig verstaut hatte. »Wir müssen um jeden Preis die gute Laune bewahren«, sagte er. »Ich fordere Sie heute abend wieder zu einer Partie heraus, Doktor.«

Vor dem Abendessen hatten sie die anderen Räume im Erdgeschoß geplündert, um Lampen und bequeme Sessel herbeizuschaffen, und ihr kleines Klubzimmer war nun der bei weitem angenehmste Raum im ganzen Haus. »Eigentlich ist Hill House doch sehr nett zu uns gewesen«, sagte Theodora, als sie Eleanor ihren Kaffee reichte, und Eleanor ließ sich dankbar in einem weichgepolsterten Sessel versinken. »Kein Abwasch für Eleanor, ein netter Abend in guter Gesellschaft, und vielleicht scheint morgen auch wieder die Sonne.«

»Wir müssen unser Picknick vorbereiten«, sagte Eleanor.

»Ich werde noch dick und faul werden in Hill House«, redete Theodora weiter. Daß sie den Namen Hill House immer wieder gebrauchte, störte Eleanor. Als ob sie das mit Absicht macht, dachte Eleanor, als ob sie dem Haus zeigen will, daß sie seinen Namen weiß, als ob sie es anspricht, um ihm zu sagen, wo wir sind; ist das nicht leichtsinnig? »Hill House, Hill House, Hill House«, sagte Theodora leise und lächelte Eleanor zu.

»Bitte sagen Sie mir«, sagte Luke höflich zu Theodora, »weil Sie doch eine Prinzessin sind, wie ist denn so die politische Situation in Ihrem Lande?«

»Sehr verworren«, sagte Theodora. »Ich bin weggelaufen, weil mein Vater, der natürlich der König ist, von mir verlangt, daß ich den Schwarzen Michel heirate, der Anspruch auf den Thron erhebt. Und natürlich kann ich den Schwarzen Michel nicht ausstehen, denn er trägt einen goldenen Ring im Ohr und schlägt seine Diener mit der Reitpeitsche.«

»Sehr instabile Verhältnisse«, sagte Luke. »Wie haben Sie es denn geschafft zu entkommen?«

»Ich bin in einen Heuwagen gekrochen, als Milchmädchen verkleidet. Da haben sie mich nicht gesucht, und über die Grenze gekommen bin ich mit Papieren, die ich mir in der Hütte eines Holzfällers selber gefälscht hatte.«

»Und nun wird der Schwarze Michel sicher mit einem Staatsstreich die Macht an sich reißen?«

»Zweifellos. Von mir aus kann er sie haben.«

Es ist wie im Wartezimmer beim Zahnarzt, dachte Eleanor, die sie über ihre Kaffeetasse hinweg beobachtete; man wartet und hört die anderen Patienten sich mit Witzen

Mut machen, und alle haben die Gewißheit, daß sie es früher oder später mit dem Zahnarzt zu tun bekommen. Sie schaute plötzlich auf, weil sie den Doktor ganz in ihrer Nähe bemerkte, und lächelte verlegen.

»Nervös?« fragte der Doktor, und Eleanor nickte.

»Nur weil ich gespannt bin, was nun passieren wird«, sagte sie.

»So geht's mir auch.« Der Doktor rückte sich einen Sessel heran und setzte sich neben sie. »Sie haben das Gefühl, irgend etwas – egal was – wird bald passieren?«

»Ja. Alles scheint zu warten.«

»Und *sie*« – der Doktor deutete mit dem Kopf zu Theodora und Luke hin, die miteinander alberten – »*sie* nehmen es auf *ihre* Weise. Ich frage mich, was das für uns alle für Folgen haben wird. Noch vor einem Monat hätte ich gesagt, daß eine Situation wie diese nie wirklich eintreten könnte, daß wir vier nie hier zusammensitzen würden, in diesem Haus.« *Er nennt es nicht beim Namen*, dachte Eleanor. »Ich habe lange darauf gewartet«, sagte er.

»Meinen Sie, es ist richtig, daß wir bleiben?«

»Richtig?« sagte er. »Ich meine, es ist von uns allen unglaublich töricht zu bleiben. Ich meine, eine Atmosphäre wie diese kann unsere Fehler und Schwächen zum Vorschein bringen und uns binnen weniger Tage alle zerbrechen lassen. Wir haben nur einen Schutz, und das wäre Weglaufen. Wenigstens kann es uns nicht *folgen*, nicht? Wenn wir uns gefährdet fühlen, können wir abreisen, grad so, wie wir gekommen sind. Und«, setzte er trocken hinzu, »so schnell wir können.«

»Aber wir sind vorgewarnt«, sagte Eleanor, »und wir sind zu viert.«

»Darüber habe ich mit Luke und Theodora auch schon gesprochen«, sagte er. »Versprechen Sie mir unbedingt, daß Sie abreisen werden, so schnell Sie können, wenn Sie das Gefühl bekommen, daß das Haus Sie zu packen versucht.«

»Ich versprech es Ihnen«, sagte Eleanor lächelnd. Er will, daß ich mir mutiger dabei vorkomme, dachte sie und war ihm dankbar. »Aber es ist alles in Ordnung«, sagte sie ihm. »Wirklich, alles in Ordnung.«

»Ich würde nicht zögern, Sie fortzuschicken«, sagte er, »wenn es nötig scheinen sollte. Luke?« sagte er. »Können die Damen uns entschuldigen?«

Während sie das Schachbrett und die Figuren aufstellten, wanderte Theodora mit der Tasse in der Hand im Zimmer umher. Sie bewegt sich wie ein Tier, dachte Eleanor, nervös und wachsam; sie kann nicht stillsitzen, wenn nur die leiseste Andeutung einer Störung in der Luft liegt; wir sind alle unruhig. »Komm, setz dich zu mir!« sagte sie, und Theodora kam, ließ sich mit einer anmutigen Drehung in den Sessel nieder, von dem der Doktor aufgestanden war, und lehnte müde den Kopf zurück; wie hübsch sie ist, dachte Eleanor, absichtslos und rein zufällig hübsch. »Bist du müde?«

Theodora wandte ihr lächelnd den Kopf zu. »Ich halte das Warten nicht mehr lange aus.«

»Ich dachte gerade, wie entspannt du aussiehst.«

»Und *ich* dachte gerade an – wann war das doch? Vorgestern? –, und ich fragte mich, wie ich bloß dazu gekommen bin, da wegzufahren und hierherzukommen. Womöglich hab ich Heimweh.«

»Schon?«

»Hast du mal dran gedacht, daß du Heimweh haben könntest? Wenn du in Hill House daheim wärst, würdest du Heimweh danach haben? Ob die beiden kleinen Mädchen geweint haben, als man sie aus ihrem finsteren, unfreundlichen Haus wegholte?«

»Ich bin nie lange von irgendwo fort gewesen«, sagte Eleanor bedachtsam, »und darum hab ich wohl noch nie Heimweh gehabt.«

»Und jetzt? Deine kleine Wohnung?«

»Vielleicht«, sagte Eleanor und sah ins Feuer. »Ich habe sie noch nicht lange genug, um zu glauben, daß es meine ist.«

»Ich will in mein eigenes Bett«, sagte Theodora, und Eleanor dachte, sie schmollt schon wieder; wenn sie müde, hungrig oder gelangweilt ist, wird sie wie ein Baby. »Ich bin so schläfrig«, sagte Theodora.

»Es ist schon nach elf«, sagte Eleanor, und als sie zum Schachbrett blickte, stieß der Doktor gerade einen Triumphschrei aus, und Luke lachte.

»Klar besiegt, muß ich zugeben«, sagte Luke. Er begann die Figuren einzusammeln und in ihr Kästchen zu legen. »Jemand was dagegen, daß ich mir noch einen Schluck Kognak mit aufs Zimmer nehme? Zum Einschlafen, um mir Mut anzutrinken oder aus irgend so einem Grund. Eigentlich« – und er lächelte zu Theodora und Eleanor hinüber – »habe ich vor, noch eine Weile aufzubleiben und zu lesen.«

»Lesen Sie immer noch die *Pamela*?« fragte Eleanor den Doktor.

»Ja, Band zwei. Drei Bände hab ich noch vor mir, und dann, glaub ich, werde ich mit *Clarissa Harlowe* anfangen. Vielleicht würde Luke gern –«

»Nein, danke!« sagte Luke hastig. »Ich habe einen ganzen Koffer voll Krimis dabei.«

Der Doktor schaute sich im ganzen Raum um. »Sehn wir mal nach«, sagte er, »Feuer abgeschirmt, Lichter aus. Die Türen kann Mrs. Dudley morgen früh zumachen.« Müde, einer hinter dem andern stiegen sie die große Treppe hinauf, hinter sich die Lichter ausknipsend. »Hat übrigens jeder eine Taschenlampe?« fragte der Doktor, und sie nickten, denn sie dachten nur noch an den Schlaf und nicht an die Wogen von Dunkelheit, die hinter ihnen her die Treppe von Hill House hinaufstiegen.

»Gute Nacht, allerseits«, sagte Eleanor und machte die Tür zum blauen Zimmer auf.

»Gute Nacht«, sagte Luke.

»Gute Nacht«, sagte Theodora.

»Gute Nacht«, sagte der Doktor. »Schlafen Sie fest!«


6


»Komm ja schon, Mutter, komm schon«, sagte Eleanor und tastete nach dem Lichtschalter. »Schon gut, ich komme.« *Eleanor!* hörte sie, *Eleanor!* »Komm doch schon!« rief sie gereizt, »Sekunde, ich *komme*.«

»Eleanor?«

Dann, mit einem jähen Schreck, der sie nun vollends aufweckte und sie vor Kälte bibbernd aus dem Bett springen ließ, dachte sie: *Ich bin in Hill House.*

»Was denn?« rief sie. »Was? Theodora?«

»Eleanor? Bin hier.«

»Komme.« Keine Zeit, das Licht anzuknipsen; sie stieß einen Tisch aus dem Weg, wunderte sich, wieviel Lärm das machte, und hatte kurz mit der Tür des gemeinsamen Badezimmers zu kämpfen. Das ist nicht der umfallende Tisch, dachte sie; das ist meine Mutter, die an die Wand klopft. Gott sei Dank, es war hell in Theodoras Zimmer, und Theodora hatte sich im Bett aufgesetzt, das Haar zerzaust vom Schlaf, die Augen geweitet vom Schock des Erwachens. Ich sehe sicher ebenso aus, dachte Eleanor und sagte, »da bin ich, was *ist* denn?« Dann hörte sie es zum ersten Mal deutlich, obwohl sie es schon die ganze Zeit gehört hatte, seit sie wach geworden war. »Was ist das?« flüsterte sie.

Sie setzte sich langsam ans Fußende von Theodoras Bett, wunderte sich, wie ruhig sie anscheinend war. Jetzt, dachte sie, jetzt! Es ist nur ein Geräusch, schrecklich kalt, schrecklich, schrecklich kalt. Es ist ein Geräusch von der Diele, ganz vom andern Ende her, in der Nähe der Tür zum Kinderzimmer, und schrecklich kalt, *nicht* meine Mutter, die an die Wand klopft.

»Etwas klopft an die Türen«, sagte Theodora in einem Ton wie die reine Vernunft persönlich.

»Weiter nichts. Und es ist da hinten, fast am andern Ende der Diele. Luke und der Doktor sind wahrscheinlich schon da, um nachzusehen, was los ist.« Überhaupt nicht wie meine Mutter, wenn sie an die Wand klopft; ich muß wieder geträumt haben.

»Bäng, bäng!« sagte Theodora.

»Bäng!« sagte Eleanor und kicherte. Ich bin ganz ruhig, dachte sie, aber so kalt ist mir; das Geräusch ist nur eine Art Gehämmer gegen die Türen, eine nach der andern; hab ich davor solche Angst gehabt? »Bäng« ist das beste Wort dafür, hört sich an, wie wenn es Kinder machen würden, nicht Mütter, die an die Wand klopfen, um Hilfe herbeizurufen, und Luke und der Doktor sind ja sicher da; ob es das ist, was man meint, wenn man von kalten Schauern spricht, die einem den Rücken rauf und runter laufen? Denn angenehm ist das nicht, fängt im Magen an und geht dann in Wellen rauf und wieder runter, wie etwas Lebendiges. Wie etwas Lebendiges, ja. Wie etwas Lebendiges.

»Theodora«, sagte sie, machte die Augen zu, preßte die Zähne zusammen und legte sich die Arme um den Körper, »es kommt näher.«

»Nur ein Geräusch«, sagte Theodora, rückte näher an Eleanor heran, bis sie dicht neben ihr saß und sich an sie lehnte. »Es hat ein Echo.«

Es klang hohl, das Geräusch, dachte Eleanor, ein hohles Bäng, als ob etwas mit einem Eisenkessel, einer Eisenstange oder einem Eisenhandschuh gegen die Türen schlüge. Es pochte eine Minute lang in stetigem Takt, dann plötzlich leiser und langsamer, dann wieder in raschem Wirbel, und schien methodisch am Ende der Diele von Tür zu Tür zu gehen. Von fern glaubte sie Stimmen zu hören, Luke und der Doktor, wie sie von irgendwo unten her riefen, und sie dachte, *dann sind die ja gar nicht hier oben bei uns!* und hörte das Eisen gegen eine Tür krachen, die ganz in der Nähe sein mußte.

»Vielleicht geht es auf der Diele die andere Seite lang weiter«, flüsterte Theodora, und Eleanor dachte, das Seltsamste an dieser unbeschreiblichen Sache ist, daß Theodora dasselbe erlebt wie ich. »Nein«, sagte Theodora, und wieder hörten sie das Hämmern an der gegenüberliegenden Tür auf der Diele. Es war lauter, es war ohrenbetäubend, es hämmerte nun gegen die benachbarte Tür (ging es kreuz und quer über die Diele? Waren da Füße, die über den Teppich schritten? War da eine Hand, die gegen die Tür erhoben wurde?), und Eleanor warf sich vom Bett, rannte zur Tür und preßte die Hände dagegen. »Geh weg!« brüllte sie. »Geh weg, geh weg!«

Totale Stille. Jetzt hab ich was gemacht! dachte Eleanor, das Gesicht an die Tür gelehnt; es hat nach dem Zimmer gesucht, wo jemand drin ist.

Beißende Kälte kroch herein und überflutete das Zimmer. Man hätte denken sollen, daß die Bewohner von Hill House in dieser Stille gut schlafen müßten. Dann, so plötzlich, daß Eleanor herumfuhr, hörte sie Theodoras Zähne klappern und lachte. »Du großes Baby!« sagte sie.

»Mir ist kalt«, sagte Theodora. »Sterbenskalt.«

»Mir auch.« Eleanor nahm die grüne Steppdecke und legte sie Theodora um; sie selbst nahm Theodoras warmen Bademantel und zog ihn über. »Jetzt wärmer?«

»Wo ist Luke? Wo ist der Doktor?«

»Ich weiß nicht. Ist dir jetzt wärmer?«

»Nein.« Theodora zitterte.

»Ich werde gleich mal rausgehn auf die Diele und sie rufen; bist du –«

Es fing wieder an, als ob es gelauscht hätte, als ob es gewartet hatte, bis es Stimmen hörte und hörte, was sie sagten, um sie zu erkennen, um zu wissen, wie gut sie auf es vorbereitet waren, gewartet, bis es hörte, daß sie Angst hatten. So plötzlich, daß Eleanor zurücksprang und gegen das Bett stieß und Theodora stöhnte und aufschrie, kam das eiserne Krachen gegen ihre Tür, und beide richteten entsetzt die Blicke nach oben, denn das Hämmern traf den oberen Rand der Tür, höher, als eine von ihnen hinaufreichen konnte, höher, als Luke oder der Doktor hinaufreichen konnten, und die betäubende, niederschmetternde Kälte kam in Wellen von dem her, was da hinter der Tür sein mochte.

Eleanor stand vollkommen still und schaute auf die Tür. Sie wußte nicht recht, was zu tun wäre, obwohl sie weiter zusammenhängend zu denken glaubte und nicht übermäßig verängstigt war, jedenfalls nicht mehr, als sie es in ihren schlimmsten Träumen für möglich gehalten hätte. Die Kälte machte ihr noch mehr zu schaffen als die Geräusche; sogar Theodoras warmer Bademantel war nutzlos gegen die eisigen kleinen Finger, die ihr über den Rücken krabbelten. Das Gescheiteste wäre vielleicht, zur Tür zu gehen und sie aufzumachen; das wäre vielleicht im Sinne des Doktors mit seinen Vorstellungen von streng wissenschaftlicher Forschung. Eleanor wußte, daß ihre Hand, selbst wenn ihre Füße sie bis zur Tür tragen würden, sich nicht zum Türknauf heben lassen würde; ganz unparteiisch und distanziert sagte sie sich, daß keine menschliche Hand diesen Türknauf berühren würde; dazu waren Hände einfach nicht geschaffen. Sie hatte ein wenig geschwankt, jeder Schlag gegen die Tür schob sie ein kleines Stück rückwärts, und jetzt stand sie still, weil der Lärm verebbte. »Ich werde mich beim Hausmeister wegen der Heizung beschweren«, sagte Theodora hinter ihr. »Hört es jetzt auf?«

»Nein«, sagte Eleanor schwach, »nein.«

Es hatte sie gefunden. Weil Eleanor die Tür nicht aufmachen wollte, würde es sich eben selbst Zugang verschaffen. Eleanor sagte laut: »Jetzt weiß ich, warum Menschen schreien, denn ich glaube, das mach ich jetzt«, und Theodora sagte: »Ich schreie auch, wenn du schreist«, und lachte. Schnell kehrte Eleanor zum Bett zurück, und sie hielten sich in den Armen und lauschten schweigend. Leises Tapsen und Scharren kam aus der Gegend um den Türrahmen, Suchgeräusche von den Rändern der Tür, als ob sich etwas da hindurchzwängen könnte. Der Türknauf wurde betastet, und Eleanor fragte flüsternd, »ist abgeschlossen?« Theodora nickte, und dann starrte sie mit geweiteten Augen auf die Tür zum gemeinsamen Badezimmer. »Bei mir ist auch abgeschlossen«, flüsterte Eleanor ihr ins Ohr, und Theodora machte erleichtert die Augen zu. Die leisen, dumpfen Geräusche wanderten rings um den Türrahmen, und dann, als ob das, was da draußen sein mochte, plötzlich die Wut gepackt hätte, kamen wieder krachende Schläge, und Eleanor und Theodora sahen das Holz zittern und beben, und die Tür wackelte in ihren Angeln.

»Du kannst hier nicht rein!« sagte Eleanor heftig, und

wieder wurde es still, als ob das Haus ihre Worte aufmerksam anhörte, sie verstand, sie zynisch befolgte und sich damit begnügte zu warten. Ein dünnes, leises Kichern wehte mit einem Lufthauch durchs Zimmer, ein leises irres Auflachen, fast unhörbare Flüstertöne, die eben noch ein Lachen sein konnten, und Eleanor hörte, wie es ihr den Rücken rauf und runter kroch, eine leise hämische Lache, wie sie an ihnen vorüber und weiter durchs Haus zog, und dann hörte sie den Doktor und Luke von der Treppe her rufen, und dann, Gott sei Dank, war es vorbei.

Als es wirklich still wurde, ging Eleanors Atem stoßweise, und sie bewegte sich steif. »Wir haben uns aneinandergeklammert wie zwei verirrte Kinder«, sagte Theodora und löste ihre Arme von Eleanors Hals. »Du hast meinen Bademantel an.«

»Meinen hab ich vergessen. Ist es wirklich vorbei?«

»Für heute jedenfalls.« Theodora schien es genau zu wissen. »Spürst du's nicht? Ist dir nicht wieder warm?«

Die betäubende Kälte war verschwunden, bis auf einen kleinen Erinnerungsschauer, den Eleanor ganz tief im Rücken spürte, als sie zur Tür sah. Sie begann an dem festen Knoten zu zupfen, den sie in die Gürtelschnur des Bademantels gemacht hatte, und sagte: »Durchdringende Kälte ist eines der Symptome eines Schocks.«

»Ein durchdringender Schock ist eines der Symptome, die ich habe«, sagte Theodora. »Da kommen Luke und der Doktor.« Ihre Stimmen waren draußen auf der Diele zu hören; sie sprachen schnell und in besorgtem Ton, und Eleanor warf Theodoras Bademantel aufs Bett und sagte, »um Himmels willen, sie sollen nicht an diese Tür klopfen, noch ein Klopfen wäre mein Ende.« Dann rannte sie in ihr Zimmer hinüber, um sich ihren eigenen Bademantel zu holen. Hinter sich konnte sie hören, wie Theodora zu den Männern sagte, daß sie einen Moment warten sollten, wie sie dann die Tür aufschließen ging und wie Lukes Stimme scherzend zu Theodora sagte, »na, Sie sehn aber ganz so aus, als ob Sie ein Gespenst gesehn haben.«

Als Eleanor zurückkam, sah sie, daß Luke und der Doktor beide angekleidet waren, und ihr schien, daß das von jetzt an vielleicht ratsam wäre; und sollte diese durchdringende Kälte nachts noch einmal wiederkehren, so würde Eleanor sie in wollenem Kostüm und dickem Pullover erwarten, und es sollte sie auch nicht kümmern, was Mrs. Dudley sagen würde, wenn sie feststellte, daß zumindest eine der beiden Besucherinnen sich in schweren Schuhen und Wollsocken ins Bett legte. »Na, wie gefällt's den Herren«, fragte sie, »in einem Spukhaus zu wohnen?«

»Ganz ausgezeichnet«, sagte Luke, »ganz ausgezeichnet. Es liefert mir einen Vorwand, mitten in der Nacht noch einen zu trinken.« Er hatte die Kognakflasche und Gläser mitgebracht, und Eleanor dachte, sie müßten wie eine ganz fidele kleine Gruppe wirken, wie sie da alle vier Kognak trinkend um vier Uhr morgens in Theodoras Zimmer zusammensaßen. Sie sprachen leichthin und schnell, warfen einander rasche, verdeckte, neugierige Blicke zu, weil jeder wissen wollte, welche geheimen Befürchtungen in den anderen aufgeschreckt worden sein mochten, welche Veränderungen sich vielleicht im Gesicht oder in den Gesten verrieten, welche unbedachte

Schwäche sie vielleicht auf die Bahn des Verderbens hatte abgleiten lassen.

»Ist denn hier drin irgend etwas passiert, solange wir draußen waren?« fragte der Doktor.

Eleanor und Theodora sahen sich an und lachten, nun endlich einmal aufrichtig, ohne jeden Beiklang von Angst oder Hysterie. Nach einer Weile sagte Theodora verhalten: »Nichts Besonderes. Jemand hat mit einer Kanonenkugel an die Tür geklopft, hat dann versucht, reinzukommen und uns zu verspeisen, und dann hat er sich gekringelt vor Lachen, als wir nicht aufmachen wollten. Also nichts Sensationelles.«

Neugierig ging Eleanor zur Tür und machte sie auf. »Ich dachte, die ganze Tür würde zersplittern«, sagte sie erstaunt, »und jetzt ist nicht mal ein Kratzer am Holz zu sehen, auch nicht an den anderen Türen; sie sind völlig unbeschädigt.«

»Wie schön, daß es der Holztäfelung nichts getan hat«, sagte Theodora und hielt Luke ihr Glas hin. »Es täte mir ja so leid, wenn das gute alte Haus etwas abbekäme.« Sie grinste Eleanor an. »Nellie hier wollte schon schreien.«

»Du aber auch.«

»Überhaupt nicht; ich hab es nur gesagt, um dir Gesellschaft zu leisten. Außerdem, Mrs. Dudley hat doch schon gesagt, sie würde nicht kommen. Und wo waren *Sie*, unsere männlichen Beschützer?«

»Wir haben auf einen Hund Jagd gemacht«, sagte Luke. »Jedenfalls ein Tier, ähnlich einem Hund.« Er unterbrach sich und redete dann mit Widerstreben weiter. »Wir haben es nach draußen verfolgt.«

Theodora machte große Augen, und Eleanor sagte, »Sie meinen, es war *drinnen*?«

»Ich hab es an meiner Tür vorbeirennen sehn«, sagte der Doktor, »ganz flüchtig, als es da entlangflitzte. Ich habe Luke geweckt, und wir sind ihm gefolgt, die Treppe hinunter und dann nach draußen in den Garten, und irgendwo hinter dem Haus haben wir es verloren.«

»Die Haustür war offen?«

»Nein«, sagte Luke. »Die große Haustür war verschlossen. Alle andern Türen auch. Wir haben nachgesehn.«

»Wir sind eine ganze Weile herumgelaufen«, sagte der Doktor. »Wir hatten keine Ahnung, daß Sie wach sind, bis wir Ihre Stimmen hörten.« Er sprach mit sehr ernster Miene. »Eines haben wir nicht bedacht«, sagte er.

Sie sahen ihn verständnislos an, und er begann im Vorlesungsstil die Punkte an den Fingern abzuzählen. »Erstens«, sagte er, »Luke und ich, wir wurden früher geweckt als Sie, meine Damen, zweifellos; wir sind schon seit über zwei Stunden auf den Beinen, teils draußen, teils drinnen; offenbar wurden wir, wenn ich so sagen darf, auf eine falsche Fährte gelockt. Zweitens, keiner von uns beiden« – er blickte Luke fragend an, während er sprach – »hat von hier oben irgendein Geräusch gehört, bis auf Ihre Stimmen jetzt eben. Es war vollkommen still. Das Hämmern an Ihrer Tür war für uns nicht zu hören. Als wir die Suche unten aufgaben und wieder heraufkommen wollten, haben wir das, was da vor Ihrer Tür gestanden haben mag, offenbar verscheucht. Jetzt ist alles wieder still.«

»Ich versteh noch nicht, was Sie sagen wollen«, sagte Theodora stirnrunzelnd.

»Wir müssen Vorsichtsmaßnahmen ergreifen«, sagte er.

»Wogegen? Und wie?«

»Wenn Luke und ich nach draußen gelockt werden und Sie beide bleiben hier drinnen gefangen, könnte man da nicht meinen« – und seine Stimme wurde sehr leise – »könnte man da nicht meinen, daß irgendwie die Absicht besteht, uns zu trennen?«

## Fünftes Kapitel

I

Als sie sich im Spiegel betrachtete, beim hellen Licht der Morgensonne, das sogar das blaue Zimmer in Hill House belebte, dachte Eleanor, das ist mein zweiter Morgen in Hill House, und ich bin unbeschreiblich glücklich. Reisen enden stets in Paaren; ich habe eine fast schlaflose Nacht hinter mir, ich habe gelogen und mich zum Narren gemacht, und schon die Luft schmeckt mir wie Wein. Vor Schrecken habe ich von meinem bißchen Verstand noch die Hälfte verloren, aber irgendwie habe ich jetzt diese Freude verdient; ich habe so lange darauf gewartet. Gegen ihren lebenslangen Glauben, daß man das Glück nicht beim Namen nennen dürfe, wollte man es nicht verscheuchen, lächelte sie sich im Spiegel an und sagte stumm zu sich selbst, du bist glücklich, Eleanor, endlich hast du auch ein Teil von dem Glück abbekommen, das dir zusteht. Von ihrem Spiegelbild wegblickend, dachte sie blindlings, Reisen enden, Reisen enden stets in Paaren.

»Luke?« Draußen auf der Diele rief Theodora. »Sie haben gestern nacht einen von meinen Strümpfen entwendet, Sie sind ein gemeiner Dieb, und ich hoffe nur, Mrs. Dudley kann mich hören.«

Aus einiger Entfernung konnte Eleanor Luke antworten hören; er machte geltend, ein Gentleman dürfe nun mal die Gunstbeweise einer Dame behalten und er sei vollkommen sicher, daß Mrs. Dudley jedes Wort hören könne.

»Eleanor?« Theodora pochte nun gegen die Verbindungstür. »Bist du schon wach? Darf ich reinkommen?«

»Natürlich, komm rein!« sagte Eleanor und betrachtete ihr Gesicht im Spiegel. Du hast es verdient, sagte sie sich, dein ganzes Leben lang hast du dir's verdient. Theodora machte die Tür auf und sagte zufrieden, »wie hübsch du heute morgen aussiehst, meine Nellie. Dieses kuriose Leben bekommt dir.«

Eleanor lächelte sie an; dieses Leben bekam Theodora offensichtlich auch.

»Von Rechts wegen müßten wir mit dunklen Ringen unter den Augen rumlaufen, jede wie ein Häufchen Unglück«, sagte Theodora, legte einen Arm um Eleanor und schaute neben ihr in den Spiegel, »aber schau uns an – frisch wie zwei junge Dinger.«

»Ich bin vierunddreißig«, sagte Eleanor und wunderte sich über den finsteren Trotz, der ihr gebot, sich noch zwei Jahre älter zu machen.

»Und siehst aus wie vierzehn«, sagte Theodora. »Komm, wir haben uns das Frühstück verdient.«

Lachend rannten sie die große Treppe hinunter und fanden den Weg durch den Spielsalon ins Speisezimmer. »Guten Morgen«, sagte Luke aufgeräumt. »Und wie haben wir alle geschlafen?«

»Himmlisch, danke«, sagte Eleanor. »Wie ein Baby.«

»War vielleicht ein bißchen laut«, sagte Theodora, »aber darauf muß man ja gefaßt sein in diesen alten Häusern. Was machen wir heute vormittag, Doktor?«

»Hm?« sagte der Doktor und blickte auf. Er als einziger sah müde aus, aber in den Augen hatte er denselben Glanz, den sie alle einer am andern bemerkten. Es ist die Erregung, dachte Eleanor; es macht uns allen Freude.

»Wie in Ballechin House«, sagte der Doktor, seine Worte auskostend, »wie im Pfarrhaus von Borley oder in Schloß Glamis. Unglaublich, daß man so etwas selber erleben darf, absolut unglaublich! *Ich* hätte es nicht geglaubt. Allmählich, ganz von fern verstehe ich, welches die Freuden eines echten Mediums sein müssen. Ich glaube, ich nehme etwas Marmelade, wenn Sie so gut sein wollen. Danke. Meine Frau wird mir das nie glauben. Sogar das Essen weckt einen ganz ungeahnten Appetit, finden Sie nicht auch?«

»Also vielleicht nicht nur, weil Mrs. Dudley sich selbst übertrifft? Ich hab mich das auch schon gefragt«, sagte Luke.

»Ich habe versucht mich zu erinnern«, sagte Eleanor. »An heute nacht, meine ich. Ich kann mich daran erinnern, daß ich *wußte*, daß ich Angst habe, aber ich kann mir nicht vorstellen, daß ich wirklich Angst *hatte* –«

»Ich erinnere mich an die Kälte«, sagte Theodora und erschauerte.

»Ich glaube, das liegt daran, daß es nach allen Vorstellungen, die mir geläufig sind, so unwirklich war; ich meine, es ergab einfach keinen *Sinn*.« Eleanor hielt inne und lachte verlegen.

»Mir geht es auch so«, sagte Luke. »Heute morgen hab ich mir erst mal *erzählt*, was heute nacht passiert ist; genau umgekehrt wie nach einem bösen Traum, wenn man sich immer wieder sagt, daß alles *nicht* wirklich passiert ist.«

»Ich fand es sehr spannend«, sagte Theodora.

Der Doktor hob warnend einen Finger. »Es ist trotz allem sehr gut möglich, daß alles durch unterirdische Wasserläufe verursacht wird.«

»Dann sollte man die Häuser öfter über verborgenen Quellen bauen«, sagte Theodora.

Der Doktor machte ein bedenkliches Gesicht. »Diese Erregung macht mir Sorgen«, sagte er. »Es ist berauschend, sicher, aber könnte es nicht auch gefährlich sein? Ein Einfluß, der von der Atmosphäre des Hauses ausgeht? Das erste Anzeichen dafür, daß – gewissermaßen – ein Bann auf uns gefallen ist?«

»Dann bin ich eine verzauberte Prinzessin«, sagte Theodora.

»Und doch«, sagte Luke, »wenn die letzte Nacht uns einen echten Eindruck von Hill House gegeben hat, dann haben wir nicht viel zu befürchten; wir hatten zwar Angst und fanden das Ganze unangenehm, solange es sich abspielte, aber ich kann mich nicht erinnern, irgendeine *physische* Gefahr gespürt zu haben; sogar als Theodora erzählte, das, was da vor der Tür gestanden hat, sei gekommen, um sie zu verspeisen, klang das nicht wirklich –«

»Ich weiß, was sie gemeint hat«, sagte Eleanor, »weil ich fand, daß es genau das richtige Wort war. Wir hatten das Gefühl, es wollte uns verzehren, uns in sich aufnehmen, uns zu einem Teil des Hauses machen, vielleicht – oh, meine Güte! Ich dachte, ich weiß, was ich sagen wollte, aber ich sage es sehr schlecht.«

»Eine physische Gefahr besteht nicht«, sagte der Doktor mit Entschiedenheit. »Kein Gespenst in der langen Geschichte dieser Erscheinungen hat jemals einen Menschen körperlich verletzt. Den einzigen Schaden, der entsteht, fügt das Opfer sich selbst zu. Man kann nicht einmal sagen, daß das Gespenst den Geist angreift, denn der Geist, der bewußte, denkende Geist ist unverwundbar; in unserm ganzen bewußten Denken, so wie wir hier sitzen und reden, findet sich nicht ein Jota Gespensterglaube. Auch nach der letzten Nacht kann noch keiner von uns das Wort ›Gespenst‹ aussprechen, ohne unwillkürlich zu lächeln. Nein, gefährlich ist das Übernatürliche nur insofern, als es den modernen Geist an seiner schwächsten Stelle angreift, wo wir den Schutzpanzer des Aberglaubens abgelegt haben, ohne ihn durch einen anderen Schutz ersetzen zu können. Vernünftigerweise denkt keiner von uns, daß es ein Gespenst war, was da heute nacht durch den Garten gerannt ist, oder daß es ein Gespenst war, was an die Tür geklopft hat, und doch ist mit Sicherheit *etwas* heute nacht in Hill House vorgegangen, und der Selbstzweifel, in den sich der Geist instinktiv flüchten möchte, scheidet aus. Wir können nicht sagen, ›es war nur meine Einbildung‹, denn es waren ja noch drei andere Personen dabei.«

»Ich könnte sagen«, warf Eleanor lächelnd ein, »›Sie existieren alle drei nur in meiner Einbildung; all dies ist nicht wirklich‹.«

»Wenn ich dächte, daß Sie das wirklich glauben«, sagte

der Doktor ernst, »würde ich Sie heute vormittag noch von hier fortschicken. Sie würden sich dann viel zu nah an den Geisteszustand heranwagen, der den Gefahren von Hill House gewissermaßen mit einer schwesterlichen Umarmung begegnen möchte.«

»Er meint, er würde denken, dir ist was durchgebrannt, meine gute Nell.«

»Na schön«, sagte Eleanor, »ich nehme an, so wär es dann auch. Wenn ich für das Haus und gegen Sie Partei nehmen sollte, würde es mich nicht wundern, wenn Sie mich fortschicken.« Warum immer ich, dachte sie, warum immer ich? Bin ich das öffentliche Gewissen? Muß ich immer in dürren Worten sagen, was die andern aus Arroganz nicht zugeben können? Soll ich wohl die schwächste von uns sein, schwächer als Theodora? Bei mir ist es sicher am wenigsten wahrscheinlich, daß ich mich gegen die anderen stelle.

»Poltergeister sind etwas ganz anderes«, sagte der Doktor mit einem kurzen Blick auf Eleanor. »Sie geben sich ausschließlich mit der physischen Welt ab; sie schmeißen mit Steinen, verrücken Möbel, zerschlagen Teller. Mrs. Foyster im Pfarrhaus von Borley hat es lange gelitten, aber schließlich verlor sie doch vollkommen die Beherrschung, als ihre beste Teetasse durchs Fenster geworfen wurde. Poltergeister stehen auf der tiefsten Stufe der übernatürlichen Sozialleiter; sie sind destruktiv, aber geistlos und willenlos; sie sind einfach nur ungelenkte Kraft. Erinnern Sie sich«, fragte er mit einem blassen Lächeln, »an Oscar Wildes hübsche Geschichte *Das Gespenst von Canterville*?«

»Über die amerikanischen Zwillinge, die das noble alte englische Gespenst in die Flucht schlagen«, sagte Theodora.

»Richtig. Ich habe mir immer gern vorgestellt, diese amerikanischen Zwillinge seien eigentlich ein Poltergeist-Phänomen; jedenfalls können Poltergeister alle interessanteren Erscheinungen überschatten. Böse Geister treiben die guten aus.« Und er rieb sich zufrieden die Hände. »Sie treiben auch alles andere aus«, fügte er hinzu. »In Schottland gibt es ein Landschloß, das von Poltergeistern geradezu verseucht ist; an einem einzigen Tag sind dort einmal nicht weniger als siebzehn Spontanbrände ausgebrochen. Poltergeister befördern Menschen gern gewaltsam aus dem Bett, indem sie das Bett der Länge nach umkippen, und ich erinnere mich an den Fall eines Pfarrers, der sein Haus verlassen mußte, weil er Tag für Tag von einem Poltergeist gequält wurde, der ihm die aus einer rivalisierenden Kirche gestohlenen Gesangbücher an den Kopf warf.«

Plötzlich, ohne Grund wurde Eleanor innerlich von Lachen geschüttelt, sie wäre am liebsten zum Kopf des Tisches gerannt und hätte den Doktor umarmt, sie hätte am liebsten schreiend auf dem Rasen draußen Purzelbäume geschlagen, sie hätte singen und rufen und mit den Armen fuchteln mögen, sie hätte gern weite, nachdrücklich besitzanzeigende Kreise um die Räume von Hill House gezogen. Ich bin hier, dachte sie, ich bin hier. Schnell schloß sie die Augen vor Entzücken, und dann sagte sie trocken zu dem Doktor, »und was machen wir heute?«

»Immer noch wie eine Horde Kinder«, sagte der Doktor, ebenfalls lächelnd. »Immer müssen Sie *mich* fragen, was Sie heute machen können. Könnt ihr nicht mal allein spielen? Oder euch zusammen vergnügen? *Ich* habe zu arbeiten.«

»Ich will eigentlich nur eins«, sagte Theodora kichernd, »nämlich das Treppengeländer runterrutschen.« Die hektische Lustigkeit hatte sie nun ebenso erfaßt wie Eleanor.

»Versteck spielen«, sagte Luke.

»Achten Sie drauf, daß Sie nicht zu viel einzeln herumlaufen«, sagte der Doktor. »Ich kenne zwar keinen bestimmten Grund, warum nicht, aber es kommt mir vernünftig vor.«

»Weil Bären in den Wäldern sind«, sagte Theodora.

»Und Tiger auf dem Dachboden«, sagte Eleanor.

»Und eine alte Hexe im Turm und ein Drache im Salon.«

»Es ist mein Ernst«, sagte der Doktor und lachte.

»Es ist zehn Uhr. Um zehn –«

»Guten Morgen, Mrs. Dudley«, sagte der Doktor; Eleanor, Theodora und Luke lehnten sich zurück und waren wehrlos gegen das Lachen.

»Um zehn Uhr räume ich ab.«

»Wir werden Sie nicht lange aufhalten. Bitte noch fünfzehn Minuten etwa, dann können Sie den Tisch abräumen.«

»Um zehn Uhr räume ich das Frühstück ab. Um eins richte ich das Mittagessen an. Das Abendessen richte ich um sechs an. Es ist zehn Uhr.«

»Mrs. Dudley«, wollte der Doktor zu einem Protest

ansetzen, aber dann sah er Lukes in stummem Gelächter verkrampftes Gesicht, hielt sich die Serviette vor die Augen und gab nach. »Also, räumen Sie ab, Mrs. Dudley«, sagte er resigniert.

Unter schallendem Gelächter, das durch die Dielen von Hill House widerhallte, bis zu der Marmorgruppe im Salon und dem Kinderzimmer im Obergeschoß, bis hinauf zu der komischen kleinen Zinne auf dem Turm, gingen sie durch den Flur zu ihrem Klubzimmer und warfen sich, immer noch haltlos lachend, in die Sessel. »Wir dürfen uns über Mrs. Dudley nicht lustig machen«, sagte der Doktor und beugte sich vor, das Gesicht in den Händen und mit zuckenden Schultern.

Sie konnten eine ganze Weile nicht aufhören, brachten dann und wann einen Halbsatz hervor, versuchten einander dies und das zu erklären, mußten heftige Armbewegungen zu Hilfe nehmen und lachten, daß Hill House erbebte, bis sie sich erschöpft und mit schmerzenden Bauchmuskeln zurücklehnten und einander ansahen. »Nun –«, wollte der Doktor ansetzen, aber ein erneut aufflackerndes Kichern Theodoras unterbrach ihn.

»Nun«, sagte der Doktor noch einmal in strengerem Ton, und sie blieben still. »Ich möchte noch einen Kaffee«, sagte er, Einwilligung heischend, »Sie nicht auch?«

»Sie meinen, einfach da reingehn und Mrs. Dudley drum bitten?« fragte Eleanor.

»Ihr nahetreten, wenn es weder ein Uhr noch sechs Uhr ist, und sie um Kaffee bitten?« verwunderte sich Theodora.

»Ja, ungefähr so«, sagte der Doktor. »Luke, mein Junge,

ich habe beobachtet, daß Sie schon so etwas wie Mrs. Dudleys besondere Gunst genießen –«

»Und wie«, fragte Luke mit Erstaunen, »wollen Sie etwas so Unglaubliches beobachtet haben? Mrs. Dudley betrachtet mich mit demselben herzlichen Widerwillen, den sie jedem Teller entgegenbringt, der nicht am richtigen Platz in seinem Regal steht; in ihren Augen –«

»Sie sind doch schließlich der Erbe des Hauses«, sagte der Doktor beschwörend. »Mrs. Dudley muß für Sie doch Gefühle haben wie ein altes Familienfaktotum für den jungen Herrn.«

»In Mrs. Dudleys Augen bin ich nicht soviel wert wie eine heruntergefallene Gabel. Ich flehe Sie an, wenn Sie erwägen, die blöde Alte um etwas zu bitten, dann schicken Sie Theo hin oder unsere reizende Nell. Die beiden Damem fürchten sich nicht –«

»Von wegen«, sagte Theodora. »Sie können nicht eine schutzlose Frau hinschicken, um Mrs. Dudley einzuschüchtern. Nell und ich, wir sind hier, um von Ihnen beschützt zu werden, und nicht, um für euch Feiglinge die Kastanien aus dem Feuer zu holen.«

»Der Doktor –«

»Unsinn«, sagte der Doktor von ganzem Herzen. »Es kommt doch wohl nicht in Frage, daß *ich* hingehe, als älterer Herr; außerdem *wissen* Sie doch, wie Sie von ihr verehrt werden.«

»Sie schamloser Graubart«, sagte Luke. »Da opfern Sie mich für eine Tasse Kaffee! Seid nicht überrascht, und ich drücke mich vorsichtig aus, wenn euer Luke von diesem Gang nicht wiederkehrt. Vielleicht hat Mrs. Dudley selbst ihren vormittäglichen Imbiß noch nicht eingenommen, und ein *Filet de Luke à la meunière* oder vielleicht auch *dieppoise*, je nach Stimmung, wäre ihr ohne weiteres zuzutrauen; wenn ich also nicht zurückkehre« – und er schwenkte drohend dem Doktor den Finger vor der Nase – »dann rate ich Ihnen, die Mittagsmahlzeit mit dem größten Argwohn zu betrachten.« Nach einer dramatischen Verbeugung, wie sie einem Mann anstünde, der auszieht, einen Drachen zu töten, schlug er die Tür hinter sich zu.

»Herrlich, dieser Luke!« Theodora streckte sich genüßlich.

»Herrlich, dieses Hill House!« sagte Eleanor. »Theo, im Seitengarten steht eine kleine Sommerlaube, ganz überwachsen; ich habe sie gestern bemerkt. Können wir sie uns heute vormittag ansehen?«

»Mit Vergnügen«, sagte Theodora. »Kein Winkel von Hill House soll mir entgehen. Außerdem ist der Tag viel zu schön, um im Haus zu bleiben.«

»Wir bitten Luke, daß er mitkommt«, sagte Eleanor. »Und Sie, Doktor?«

»Meine Notizen –« begann der Doktor, und dann verstummte er, weil die Tür so plötzlich aufging, daß Eleanor nur das eine zu denken vermochte, nämlich daß Luke sich doch nicht getraut hatte, Mrs. Dudley gegenüberzutreten, sondern hinter der Tür stehend gewartet hatte; dann, als sie sah, wie weiß er im Gesicht war, und den Doktor wütend sagen hörte, »jetzt hab ich selbst meine erste Regel verletzt und ihn allein gehen lassen«, konnte sie nicht anders, als erschrocken zu fragen: »Luke? Luke?«

»Schon gut.« Luke lächelte sogar. »Aber kommen Sie mal hinaus in die lange Diele.«

Erschreckt durch sein Gesicht, seine Stimme und sein Lächeln, standen sie stumm auf und folgten ihm auf die lange, dunkle Diele hinaus, die zur Vorderdiele zurückführte. »Hier«, sagte Luke, und ein kleiner krabbelnder Schauer von Übelkeit lief Eleanor den Rücken hinunter, als er ein brennendes Streichholz an die Wand hielt.

»Das ist – geschrieben?« fragte Eleanor und drängte sich näher heran, um zu sehen.

»Geschrieben«, sagte Luke. »Ich hab es eben erst bemerkt, als ich zurückkam. Mrs. Dudley hat nein gesagt«, fügte er mit gepreßter Stimme hinzu.

»Meine Taschenlampe!« Der Doktor zog sie aus der Tasche, und als er langsam vom einen Ende der Diele zum andern ging, traten die Buchstaben in ihrem Lichtschein deutlich hervor. »Kreide«, sagte der Doktor und trat näher heran, um einen Buchstaben mit der Fingerspitze zu berühren. »Mit Kreide geschrieben.«

Die Schrift war groß und krakelig und hätte aussehen können, dachte Eleanor, wie etwas von bösen Buben an einen Zaun Geschmiertes. Dabei war sie aber unglaublich wirklich und zog sich in brüchigen Strichen über die dicke Täfelung der Diele. Die Buchstaben reichten vom einen Ende der Diele bis zum andern, fast zu groß, als daß man sie lesen konnte, auch als sie bis an die gegenüberliegende Wand zurücktrat.

»Können Sie's lesen?« fragte Luke leise, und der Doktor ließ die Taschenlampe darüber hin wandern und entzifferte langsam: HILF ELEANOR KOMM HEIM.

»Nein!« Und Eleanor spürte, wie ihr die Worte im Hals steckenblieben; sie hatte ihren Namen gesehen, als der Doktor las. Ich bin's, dachte sie. Das ist mein Name, der da steht, ganz deutlich; er darf nicht in diesem Haus an der Wand stehen. »Wischen Sie es weg, *bitte*!« sagte sie und spürte, wie Theodora ihr den Arm um die Schultern legte. »Es ist *verrückt*«, sagte Eleanor bestürzt.

»Verrückt ist das richtige Wort, allerdings«, sagte Theodora mit Nachdruck. »Komm wieder rein, Nell, setz dich hin! Luke wird etwas holen und es abwischen.«

»Aber es ist *verrückt*«, sagte Eleanor und blieb zurück, um ihren Namen an der Wand zu betrachten. »Warum –«

Energisch schob der Doktor sie in das kleine Klubzimmer und machte die Tür zu; Luke hatte sich mit seinem Taschentuch schon ans Abwischen gemacht. »Nun hören Sie mir mal zu«, sagte der Doktor zu Eleanor. »Bloß weil Ihr Name –«

»Das ist es doch«, sagte Eleanor und sah ihn groß an. »Es kennt meinen Namen, nicht? Es kennt *meinen* Namen.«

»Jetzt halt bitte mal den Mund!« Theodora schüttelte sie heftig. »Es hätte jeden von unseren Namen nennen können, es kennt sie *alle*!«

»Hast du es angeschrieben?« sagte Eleanor zu Theodora. »Bitte sag mir's! Ich werde nicht böse sein oder irgendwas, nur damit ich weiß, ob – es war ja vielleicht nur ein Scherz? Um mich zu erschrecken?« Sie schaute flehentlich den Doktor an.

»Sie wissen, daß es keiner von uns geschrieben hat«, sagte der Doktor.

Luke kam herein, sich die Hände am Taschentuch abwischend, und Eleanor drehte sich voll Hoffnung zu ihm um. »Luke«, sagte sie, »Sie haben es geschrieben, nicht? Als Sie rausgegangen sind?«

Luke sah sie groß an, dann kam er und setzte sich auf die Lehne ihres Sessels. »Hören Sie mal«, sagte er, »wollen Sie, daß ich rumlaufe und überall Ihren Namen hinschreibe? Daß ich Ihre Initialen in Bäume ritze? Daß ich ›Eleanor, Eleanor‹ auf kleine Zettel schreibe?« Er zupfte sie sachte an den Haaren. »Ein bißchen mehr Verstand hab ich schon«, sagte er. »Nehmen Sie sich zusammen!«

»Warum dann ich?« sagte Eleanor und blickte vom einen zum andern; ich bin draußen, dachte sie wie von Sinnen, ich bin die Ausersehene. Schnell und fast bettelnd sagte sie: »Hab ich denn etwas getan, um die Aufmerksamkeit auf mich zu lenken, mehr als alle andern?«

»Nicht mehr als das Übliche, Schätzchen«, sagte Theodora. Sie stand am Kamin, lehnte sich an den Sims und klopfte mit den Fingerspitzen dagegen, und als sie sprach, schaute sie Eleanor mit einem strahlenden Lächeln an. »Vielleicht hast du es selber geschrieben.«

Eleanor hätte fast gebrüllt vor Wut. »Du denkst, ich *will* meinen Namen überall in diesem üblen Haus hingeschmiert sehen? Du denkst, *mir* gefällt der Gedanke, im Mittelpunkt der Aufmerksamkeit zu stehen? *Ich* bin schließlich nicht das verwöhnte Baby – ich laß mich nicht gern herausstreichen –«

»Ein Hilferuf, nicht?« sagte Theodora leichthin. »Vielleicht hat der Geist der armen kleinen Gesellschafterin endlich eine Möglichkeit gefunden, sich verständlich zu machen. Vielleicht hat sie nur darauf gewartet, daß mal ein graues, schüchternes –«

»Vielleicht war es nur deshalb an mich gerichtet, weil durch deinen eisernen Egoismus sowieso kein Hilferuf durchdringen könnte; vielleicht, weil ich mehr Verständnis und Mitgefühl in jeder Sekunde aufbringe als –«

»Und vielleicht hast du es dir natürlich auch selber geschrieben«, sagte Theodora noch einmal.

Wie Männer zu tun pflegen, wenn sie Frauen streiten sehen, waren Luke und der Doktor in den Hintergrund getreten und standen in hilflosem Schweigen dicht beisammen. Nun endlich rührte sich Luke und fand die Sprache wieder. »Das reicht, Eleanor!« sagte er, unglaublicherweise, und Eleanor fuhr herum und stampfte mit dem Fuß auf. »Was fällt Ihnen ein?« sagte sie keuchend. »Was *fällt* Ihnen ein?«

Und dann lachte der Doktor, und sie schaute ihn und dann Luke an, der lächelte und sie beobachtete. Was haben sie bloß gegen mich? dachte sie. Dann – aber sie denken, Theodora hat es mit Absicht gemacht, um mich in Wut zu bringen, damit ich nicht in Panik falle; wie schändlich, daß man so manövriert wird. Sie bedeckte sich das Gesicht und setzte sich wieder in ihren Sessel.

»Nell, Schätzchen«, sagte Theodora, »es tut mir leid.«

Ich muß etwas sagen, sagte sich Eleanor; ich muß ihnen zeigen, daß ich ein netter Kerl bin, letzten Endes, ein netter Kerl; sie sollen denken, ich schäme mich. »*Mir* tut's leid«, sagte sie. »Ich bin erschrocken.«

»Natürlich waren Sie das«, sagte der Doktor, und Eleanor dachte, was für ein Simpel, wie durchsichtig, der glaubt jede Dummheit, die er hört! Er denkt sogar, Theodora hätte mich geschockt, um mich aus der Hysterie zu reißen. Sie lächelte ihn an und dachte, jetzt bin ich wieder ein braves Schäfchen.

»Ich dachte wirklich, du schreist gleich los«, sagte Theodora und kniete sich neben Eleanors Sessel hin. »*Ich* hätte geschrien, an deiner Stelle. Aber wir können's nicht zulassen, daß du in Scherben gehst, nicht?«

Wir können nicht zulassen, daß jemand anders als Theodora im Mittelpunkt steht, dachte Eleanor; wenn Eleanor die Außenseiterin sein soll, wird sie es ganz allein sein. Sie streckte die Hand aus, tätschelte Theodora den Kopf und sagte, »Danke. Ich glaube, ich war einen Augenblick etwas durcheinander.«

»Ich hab schon gedacht, Sie gehn beide aufeinander los«, sagte Luke, »bis ich begriffen hab, was Theodora getan hat.«

Theodora in ihre strahlenden, zufriedenen Augen lächelnd, dachte Eleanor, aber das war es nicht, was Theodora getan hat.

2

Die Zeit ging träge dahin in Hill House. Den vier Gästen, nun auf der Hut vor allen Schrecknissen, umgeben von den stattlichen Hügeln und behaglich eingewöhnt in den warmen, dunklen Komfort des Hauses, waren ein ruhiger Tag und eine ruhige Nacht vergönnt – eben genug vielleicht, um sie ein wenig einzulullen. Sie nahmen die Mahlzeiten zusammen ein, und Mrs. Dudleys Küche blieb untadelig. Sie plauderten und spielten Schach; der Doktor las *Pamela* zu Ende und fing mit *Sir Charles Grandison* an. Ein zwingendes Bedürfnis nach zeitweiliger Absonderung ließ sie manche Stunden jeder für sich in seinem Zimmer verbringen, und sie wurden nicht gestört. Theodora, Eleanor und Luke erkundeten das verfilzte Dickicht hinter dem Haus und fanden die kleine Sommerlaube, während der Doktor, in Sicht- und Hörweite, auf der großen Wiese saß und schrieb. Sie fanden einen ummauerten, von Unkraut überwachsenen Rosengarten und einen Gemüsegarten, den die Dudleys liebevoll pflegten. Oft sprachen sie von dem Picknick am Bach, das sie vorbereiten wollten. In der Nähe der Sommerlaube wuchsen Walderdbeeren, und Theodora, Eleanor und Luke brachten ein Taschentuch voll mit und aßen sie, beim Doktor auf dem Rasen liegend, bis sie rotverschmierte Finger und Münder hatten – wie die Kinder, sagte der Doktor, als er belustigt von seinen Notizen aufblickte. Jeder hatten sie schon einen Bericht geschrieben – flüchtig und ohne Sorgfalt in den Einzelheiten – über das, was sie bisher in Hill House gesehen und gehört zu haben glaubten, und der Doktor hatte die Berichte eingesammelt und in seine Mappe gesteckt. Am nächsten Vormittag – ihrem dritten in Hill House – hatte der Doktor eine glückliche und aufregende Stunde mit dem Versuch zugebracht, auf dem Fußboden der oberen Diele mit Kreide und Bandmaß die genauen Maße der kalten Stelle zu bestimmen, wobei Luke ihm assistierte, während Eleanor und Theodora im Schneidersitz auf dem Boden saßen, die Meßwerte notierten und Mensch-ärgere-dich-nicht spielten. Bei seiner Arbeit wurde der Doktor erheblich durch den Umstand behindert, daß seine Hände in der extremen Kälte mehrmals so steif wurden, daß er Kreide und Bandmaß nicht länger als eine Minute lang halten konnte. Luke, der in der Tür zum Kinderzimmer stand, konnte das eine Ende des Maßes halten, bis seine Hand an die kalte Stelle kam, worauf seine Finger alle Kraft verloren und hoffnungslos erschlafften. Ein Thermometer, mitten auf die kalte Stelle gelegt, zeigte überhaupt keine Veränderung, sondern beharrte trotzig auf der Angabe der gleichen Temperatur, die auch anderswo auf der Diele herrschte, was den Doktor zu wilden Ausfällen gegen die Statistiker bewog, die im Pfarrhaus von Borley einen Temperatursturz um elf Grad gemessen haben wollten. Nachdem er die kalte Stelle so gut er konnte eingegrenzt und die Ergebnisse in sein Notizbuch eingetragen hatte, ging er mit ihnen nach unten zum Essen und sprach eine allgemeine Herausforderung aus, ihm in der Kühle des Nachmittags beim Krocket die Stirn zu bieten.

»Es kommt mir verrückt vor«, erklärte er, »einen so schönen Vormittag wie diesen damit zu verbringen, daß man an einer frostigen Stelle auf einem Fußboden herumkriecht. Wir sollten künftig mehr Zeit draußen verbringen« – und war gelinde erstaunt, als sie lachten.

»Gibt es denn anderswo auch noch eine Welt?« fragte Eleanor verwundert. Mrs. Dudley hatte ihnen einen Pfirsichkuchen gebacken, und Eleanor sah auf ihren Teller nieder und sagte, »ich weiß zwar, daß Mrs. Dudley nachts irgendwo anders hingeht, von wo sie jeden Morgen Sahne mitbringt, und daß Dudley jeden Nachmittag mit Lebensmitteln angefahren kommt, aber soweit ich mich erinnern kann, gibt es nichts anderes als dies hier.«

»Wir befinden uns auf einer einsamen Insel«, sagte Luke.

»Ich kann mir eine andere Welt als Hill House nicht vorstellen«, sagte Eleanor.

»Vielleicht sollten wir Kerben in einen Stock schneiden«, sagte Theodora, »oder Kieselsteine auf einen Haufen legen, jeden Tag einen, damit wir wissen, wie lange wir schon verschollen sind.«

»Wie angenehm, nichts von draußen zu hören!« Luke tat sich eine gewaltige Portion Schlagsahne auf den Teller. »Keine Briefe, keine Zeitungen; alles mögliche könnte inzwischen passieren.«

»Bedauerlicherweise –«, sagte der Doktor, dann unterbrach er sich. »Ich bitte um Entschuldigung«, fuhr er fort. »Ich wollte nur sagen, daß uns *doch* Nachrichten von draußen erreichen werden, und das ist natürlich auch nicht weiter bedauerlich. Mrs. Montague – meine Frau, meine ich – wird am Samstag herkommen.«

»Aber wann ist denn Samstag?« fragte Luke. »Natürlich freuen wir uns, Mrs. Montague kennenzulernen.«

»Übermorgen.« Der Doktor mußte überlegen. »Ja«, sagte er nach einer Weile, »ich glaube, übermorgen ist Samstag. Daß tatsächlich Samstag ist«, sagte er mit einem Augenzwinkern, »können wir natürlich daran erkennen, daß Mrs. Montague kommt.«

»Hoffentlich macht sie sich keine falschen Hoffnungen, daß hier nachts die Hölle los ist«, sagte Theodora. »Hill

House ist doch hinter dem, was es anfangs zu versprechen schien, weit zurückgeblieben, finde ich. Aber vielleicht gibt es zur Begrüßung für Mrs. Montague auch eine ganze Salve psychischer Erscheinungen.«

»Mrs. Montague«, sagte der Doktor, »wird vollkommen bereit sein, sie aufzunehmen.«

»Ich möchte wissen«, sagte Theodora zu Eleanor, als sie unter Mrs. Dudleys wachsamen Augen vom Eßtisch aufstanden, »*warum* alles so ruhig geblieben ist. Ich glaube, dieses Warten kostet mehr Nerven, als wenn etwas passieren würde.«

»Wer hier wartet, sind nicht wir«, sagte Eleanor. »Sondern das Haus. Ich glaube, es wartet auf den richtigen Moment.«

»Wartet womöglich, bis wir uns sicher fühlen, und dann schlägt es zu.«

»Ich möchte nur wissen, wie lange es warten kann.« Eleanor erschauerte und begann die große Treppe hinaufzusteigen. »Ich bin fast in Versuchung, meiner Schwester zu schreiben. Weißt du, so mit ›verbringe herrliche Tage hier im gemütlichen alten Hill House...‹«

»›Du mußt wirklich nächsten Sommer mit der ganzen Familie herkommen‹«, setzte Theodora fort. »›Wir schlafen jede Nacht unter Pferdedecken...‹«

»›Man läuft den ganzen Tag herum und freut sich, am Leben zu sein...‹«

»›Jeden Augenblick ist etwas los...‹«

»›Und die Zivilisation scheint in weite Ferne entrückt...‹«

Eleanor lachte. Sie war vor Theodora am oberen Treppenabsatz angelangt. Die Diele war an diesem Nachmittag etwas heller beleuchtet als sonst, denn sie hatten die Tür zum Kinderzimmer offengelassen, und durch die Fenster gegenüber dem Turm schien die Sonne herein; sie fiel auf das Bandmaß und die Kreide, die der Doktor auf dem Boden liegengelassen hatte. Das Licht von dem bunten Glasfenster an der Treppe warf vereinzelte blaue, grüne und orangefarbene Kringel auf das dunkle Holz der Diele.

»Ich leg mich schlafen«, sagte sie. »Ich bin noch nie im Leben so faul gewesen.«

»Ich werde mich aufs Bett legen und von Straßenbahnen träumen«, sagte Theodora.

Für Eleanor war es schon zur Gewohnheit geworden, in der Tür zu ihrem Zimmer einen Moment stehenzubleiben und sich umzuschauen, bevor sie hineinging; der Grund war, sagte sie sich, daß der Raum so übertrieben blau war und man immer erst ein paar Sekunden brauchte, um sich an ihn zu gewöhnen. Als sie hineinkam, ging sie das Fenster aufmachen, das sie wie immer geschlossen vorfand; und heute war sie auf halbem Wege durchs Zimmer, als sie bei Theodora die Tür knallen und Theodora mit erstickter Stimme »Eleanor!« rufen hörte. Sie rannte auf die Diele hinaus und zu Theodoras Tür, blieb ratlos stehen und sah Theodora über die Schulter. »Was *ist* denn?« flüsterte sie.

»Wie sieht das denn *aus*?« Theodoras Stimme schnappte wahnwitzig hoch. »Wie sieht das denn *aus*, du Idiot?«

Und das verzeih ich ihr auch nicht, dachte Eleanor, bei aller Bestürzung ganz sachlich. »Sieht wie Farbe aus«, sagte sie zögernd. »Nur« – wurde ihr klar – »nur der Geruch ist scheußlich.«

»Das ist Blut«, sagte Theodora, jeden Widerspruch ausschließend. Sie hielt sich an der Tür fest, schwankte, als die Tür sich bewegte, und starrte ins Zimmer. »Blut«, sagte sie. »Alles voll Blut. Siehst du's?«

»Natürlich seh ich's. Und es ist nicht *alles* voll. Mach nicht so ein Theater!« Allerdings, um gerecht zu sein, soviel Theater machte Theodora ja gar nicht. Bei so einer Gelegenheit, dachte sie, wird eine von uns den Kopf in den Nacken drücken und wirklich brüllen, hoffentlich nicht ich, denn ich versuche dagegen auf der Hut zu sein; Theodora wird es sein, die... Dann fragte sie trocken, »steht da auch wieder eine Schrift an der Wand?« Sie hörte Theodoras wildes Auflachen und dachte, vielleicht doch ich, und ich kann's mir nicht leisten. Ich muß gefaßt bleiben, und sie machte die Augen zu und merkte, wie sie stumm zu sich sagte, dein Geliebter, bleib und lausche, singen kann er laut und leis. Schatz, du darfst nicht weiterfahren; Reisen enden stets in Paaren...

»Ja, und ob, mein Herzchen«, sagte Theodora. »Ich möchte nur wissen, wie du das geschafft hast.«

Wie das kluge Kind wohl weiß. »Sei doch vernünftig«, sagte Eleanor. »Rufen wir Luke. Und den Doktor.«

»Warum?« fragte Theodora. »War das nicht einfach so eine kleine Privatüberraschung für mich? Ein Geheimnis unter uns beiden?« Dann, sich von Eleanor losreißend, die sie zurückzuhalten versuchte, rannte sie zu dem großen Schrank, riß die Tür auf und begann herzzerreißend zu weinen. »Meine Kleider!« sagte sie. »Meine Kleider!«

Gefaßt drehte Eleanor sich um und ging zum Treppenabsatz. »Luke!« rief sie hinunter, über das Geländer gebeugt. »Doktor!« Ihre Stimme war nicht laut, und sie hatte versucht, sie ruhig zu halten, aber sie hörte das Buch des Doktors zu Boden fallen und dann das Trappeln der Füße, als er und Luke zur Treppe gerannt kamen. Sie sah ihnen zu, sah ihre besorgten Gesichter, wunderte sich über die Bangigkeit, die bei ihnen allen so dicht unter der Oberfläche lag, daß jeder von ihnen immer nur auf einen Hilferuf von einem der andern zu warten schien; Wissen und Intelligenz bieten eigentlich überhaupt keinen Schutz, dachte sie. »Es ist Theo«, sagte sie, als die beiden oben auf der Treppe angelangt waren. »Sie ist hysterisch. Jemand – oder etwas – hat mit roter Farbe in ihrem Zimmer geschmiert, und jetzt weint sie um ihre Kleider.« Na, netter hätte ich das nicht ausdrücken können, dachte sie, als sie sich umwandte, um ihnen zu folgen. Hätte ich das netter ausdrücken können? fragte sie sich und merkte, daß sie lächelte.

In ihrem Zimmer schluchzte Theodora immer noch heftig und trat gegen die Schranktür; ein Wutanfall, der vielleicht lächerlich gewesen wäre, wenn sie dabei nicht ihre zerdrückte und befleckte gelbe Bluse in der Hand gehalten hätte; ihre anderen Kleider waren von den Bügeln gerissen worden und lagen durcheinander auf dem Boden des Schranks, als ob jemand darauf herumgetrampelt hätte; alle waren rot verschmiert. »Was ist das?« fragte Luke den Doktor, und der Doktor, mit einem Kopfschütteln, sagte, »ich könnte schwören, daß es Blut ist, und doch, um soviel Blut zu bekommen, müßte man fast...« und schwieg dann abrupt still.

Alle standen sie einen Moment schweigend vor der

Schrift: HILF ELEANOR KOMM HEIM ELEANOR, in krakeligen roten Buchstaben auf der Tapete über Theodoras Bett.

Diesmal bin ich vorbereitet, dachte Eleanor und sagte, »bleib lieber nicht hier drin – bringen wir sie in mein Zimmer!«

»Meine Kleider sind ruiniert«, sagte Theodora zu dem Doktor. »Sehen Sie doch, meine Kleider!«

Der Geruch war widerlich, und die Schrift an der Wand hatte getropft und Farbe verspritzt. Eine Tropfenspur führte von der Wand zum Schrank – vielleicht hatte sie Theodoras Aufmerksamkeit zuerst in diese Richtung gelenkt –, und auf dem grünen Teppich war ein großer, formloser Fleck. »Ekelhaft«, sagte Eleanor. »Bitte bringen Sie Theo in mein Zimmer.«

Luke und der Doktor nahmen Theodora in die Mitte und brachten sie mit gutem Zureden durchs Badezimmer und in Eleanors Zimmer; und Eleanor, die rote Farbe betrachtend (es kann nur Farbe sein, sagte sie sich, es *muß* einfach Farbe sein, was soll es denn sonst sein?), sagte laut, »aber *warum*?« – und schaute hoch zu der Schrift an der Wand. Hier liegt eine, dachte sie, deren Name mit Blut geschrieben ward; ob es wohl sein kann, daß ich im Augenblick etwas durcheinander bin?

»Ist sie wieder in Ordnung?« fragte sie und drehte sich um, als der Doktor ins Zimmer zurückkam.

»In ein paar Minuten. Wir werden sie eine Weile in Ihrem Zimmer lassen müssen; ich kann mir nicht vorstellen, daß sie noch mal *hier* drinnen schlafen möchte.« Der Doktor lächelte ein wenig matt. »Es wird lange dauern, denke ich, bis sie wieder alleine eine Tür aufmacht.«

»Ich nehme an, sie wird meine Sachen anziehen müssen.«

»Ich glaube auch, wenn es Ihnen nichts ausmacht.« Der Doktor sah sie neugierig an. »Diese Inschrift stört Sie weniger als die vorige?«

»Es ist zu dumm«, sagte Eleanor und versuchte ihre eigenen Gefühle zu verstehen. »Ich bin hier gestanden, habe es mir angesehen und mich nur gefragt, *warum*. Ich meine, das ist wie ein Witz, der nicht ankommt; ich hätte eigentlich *viel* mehr Angst haben müssen, glaub ich, und ich habe keine, weil es einfach *zu* gräßlich ist, um wahr zu sein. Und ich muß immer wieder dran denken, wie Theo den roten Nagellack...« Sie mußte kichern, und der Doktor sah sie scharf an, aber sie redete weiter: »Es könnte ja *ebensogut* auch Farbe sein, meinen Sie nicht?« Ich kann nicht aufhören zu reden, dachte sie; was hab *ich* denn bei all dem zu erklären? »Vielleicht kann ich es nicht ernst nehmen«, sagte sie, »nach dem Anblick, wie die arme Theo um ihre schönen Kleider geweint und mich beschuldigt hat, ich würde meinen Namen überall bei ihr an die Wand schreiben. Vielleicht hab ich mich schon dran gewöhnt, daß sie mir an allem die Schuld gibt.«

»Niemand gibt Ihnen die Schuld an irgend etwas«, sagte der Doktor, und Eleanor fühlte sich zurechtgewiesen.

»Ich hoffe, meine Kleider werden ihr gut genug sein«, sagte sie schnippisch.

Der Doktor wandte sich ab und sah sich im Zimmer um; er berührte die Buchstaben an der Wand behutsam mit einem Finger und schob Theodoras gelbe Bluse mit dem Fuß beiseite. »Später«, sagte er zerstreut. »Vielleicht morgen.« Er warf Eleanor einen Blick zu und lächelte. »Ich kann davon eine genaue Skizze machen«, sagte er.

»Ich kann Ihnen helfen«, sagte Eleanor. »Mir wird ein bißchen schlecht dabei, aber angst macht es mir nicht.«

»Ja«, sagte der Doktor. »Aber ich denke, wir schließen dies Zimmer jetzt lieber ab, sonst kommt Theodora hier womöglich wieder hereingestolpert. Später kann ich es dann in aller Ruhe näher untersuchen. Außerdem«, sagte er mit einem Anflug von Belustigung, »möchte ich nicht so gern, daß Mrs. Dudley hier aufräumen kommt.«

Eleanor sah schweigend zu, wie er die Tür zur Diele von innen abschloß; dann gingen sie durchs Badezimmer, und er schloß auch dort die Tür ab, die in Theodoras grünes Zimmer führte. »Ich werde mich drum kümmern, daß wir ein zweites Bett zu Ihnen hereinstellen lassen«, sagte er, und dann, mit einiger Verlegenheit, fügte er hinzu, »Sie haben sich gut gehalten, Eleanor; das hilft mir sehr.«

»Wie schon gesagt, mir wird ein bißchen schlecht, aber es macht mir keine angst«, sagte sie erfreut und wandte sich zu Theodora hin. Theodora lag auf Eleanors Bett, und Eleanor sah angewidert, daß Theodora Rot an den Händen hatte, das auf Eleanors Kissen abfärbte. »Hör zu!« sagte sie barsch, als sie zu Theodora kam, »du wirst meine Sachen tragen müssen, bis du neue hast oder die andern gereinigt sind.«

»Gereinigt?« Theodora rollte wie in Krämpfen auf dem Bett herum und preßte sich die verschmierten Hände vor die Augen. »*Gereinigt?*«

»Um Himmels willen«, sagte Eleanor, »laß mich das mal abwaschen!« Ohne jeden Versuch, einen Grund zu finden, dachte sie, daß sie noch nie einen so unüberwindlichen Abscheu vor jemandem empfunden habe, und sie ging ins Bad, machte ein Handtuch naß und kam zurück, um Theodoras Hände und Gesicht notdürftig abzuwischen. »Du bist ganz vollgeschmiert mit dem Zeug«, sagte sie und berührte Theodora mit Widerstreben.

Plötzlich lächelte Theodora sie an. »Ich glaub nicht wirklich, daß du es gewesen bist«, sagte sie, und als Eleanor sich umdrehte, sah sie, daß Luke hinter ihr stand und auf sie beide herabsah. »Was bin ich doch für ein Idiot!« sagte Theodora zu ihm, und Luke lachte.

»Sie werden eine Pracht sein in Nells rotem Sweater«, sagte er.

Sie ist böse, dachte Eleanor, viehisch, dreckig und besudelt. Sie ging mit dem Handtuch ins Badezimmer und weichte es in kaltem Wasser ein; als sie wiederkam, sagte Luke gerade, »...ein zweites Bett hier reinstellen – ihr zwei Mädchen müßt euch von jetzt an ein Zimmer teilen.«

»Dasselbe Zimmer und dieselben Kleider«, sagte Theodora. »Wir werden praktisch Zwillinge sein.«

»Cousinen«, sagte Eleanor, aber niemand hörte sie.


3


»Es war Brauch und wurde streng eingehalten«, sagte Luke, den Kognak in seinem Glase schwenkend, »daß der Henker vor einer Vierteilung seine Schnitte mit Kreide auf dem Bauch des Opfers markierte – um Fehler zu vermeiden, Sie verstehen.«

Ich möchte sie mit einem Knüppel schlagen, dachte Eleanor, auf Theodoras Kopf neben ihrem Sessel hinabblickend, ich möchte Steine auf sie schmeißen.

»Eine köstliche Verfeinerung, köstlich! Denn natürlich mußten die Kreidestriche fast unerträglich sein, eine Qual, wenn das Opfer kitzlig war.«

Ich hasse sie, dachte Eleanor, sie macht mich krank; jetzt ist sie sauber und frisch gewaschen und trägt meinen roten Sweater.

»Wenn die Hinrichtung jedoch durch Aufhängen in Ketten geschah, dann nahm der Henker...«

»Nell?« Theodora schaute zu ihr hoch und lächelte. »Es tut mir wirklich leid, weißt du?« sagte sie.

Ich würde sie gern sterben sehen, dachte Eleanor. Sie erwiderte das Lächeln und sagte, »sei nicht kindisch!«

»Unter den Sufis gibt es einen Lehrsatz, der besagt, das Weltall sei nie erschaffen worden und könne folglich nicht vernichtet werden. Ich habe den Nachmittag damit verbracht«, verkündete Luke feierlich, »in unserer kleinen Bibliothek herumzustöbern.«

Der Doktor seufzte. »Keine Schachpartie heute abend, denke ich«, sagte er zu Luke, und Luke nickte. »Es war ein anstrengender Tag«, sagte der Doktor, »und ich denke, die Damen sollten sich früh zurückziehen.«

»Nicht, bevor ich nicht zur Genüge mit Kognak abgefüllt bin«, sagte Theodora entschieden.

»Die Angst«, sagte der Doktor, »ist eine Kapitulation der Logik, ein *freiwilliger* Verzicht auf vernünftiges Verhalten. Wir können uns ihr ergeben oder uns gegen sie wehren, aber nicht ihr den halben Weg entgegenkommen.«

»Ich habe mich vorhin etwas gefragt«, sagte Eleanor in dem Gefühl, sich irgendwie bei den anderen entschuldigen zu müssen. »Ich dachte, ich sei ganz ruhig, und doch weiß ich jetzt, daß ich eine schreckliche Angst hatte.« Sie zog die Stirn kraus, suchte nach Worten, und die andern warteten. »Wenn ich Angst *habe*, sehe ich die vernünftige, schöne, nicht beängstigende Seite der Welt vollkommen klar, ich sehe, daß die Tische, Stühle und Fenster dieselben bleiben und überhaupt nichts damit zu tun haben, und ich sehe Dinge wie das feine Webmuster des Teppichs, in dem sich gar nichts rührt. Aber wenn ich Angst habe, dann stehe ich nicht mehr in irgendeinem Verhältnis zu diesen Dingen. Wahrscheinlich, weil die Dinge *keine* Angst haben.«

»Ich denke, wir haben nur vor uns selbst Angst«, sagte der Doktor langsam.

»Nein«, sagte Luke, »davor, uns selbst klar und unverhüllt zu sehen.«

»Zu wissen, was wir wirklich wollen«, sagte Theodora. Sie schmiegte ihre Wange gegen Eleanors Hand, und Eleanor, aus Abscheu vor ihrer Berührung, zog die Hand schnell weg.

»Ich habe immer Angst, allein zu sein«, sagte Eleanor und dachte, bin *ich* das, die so redet? Sag ich jetzt nicht etwas, das mir morgen bitter leid tun wird? Mache ich wieder etwas, wofür ich mich entschuldigen muß? »In diesen Buchstaben stand *mein* Name, und keiner von Ihnen weiß, wie mir da zumute wird – es ist so *vertraulich*.« Und sie machte eine fast flehende Handbewegung. »*Sehen* Sie doch!« sagte sie. »Es ist mein eigener teurer

Name, er gehört mir, und etwas benutzt ihn, schreibt ihn hin und redet mich damit an, und mein eigener *Name* ...«
Sie unterbrach sich, blickte vom einen zum andern, auch in Theodoras zu ihr hochgewandtes Gesicht, »Sehn Sie«, sagte sie. »Mich gibt es nur einmal, und das ist alles, was ich habe. Ich *hasse* es, wenn ich sehen muß, wie ich mich auflöse, mich vergesse und in Stücke teile, so daß ich nur noch in der einen Hälfte lebe, im Geist, und sehe, wie die andere Seite hilflos und wie gehetzt herumrennt, ohne daß ich etwas dagegen tun kann, aber ich weiß, es wird mir nicht wirklich weh tun – und doch, die Zeit ist so lang, und jede Sekunde dauert und dauert, und ich könnte das alles aushalten, wenn ich mich nur darein ergeben –«

»*Ergeben?*« sagte der Doktor mit Schärfe, und Eleanor schaute vor sich hin.

»Ergeben?« wiederholte Luke.

»Ich weiß nicht«, sagte Eleanor verwirrt. Ich hab einfach so dahergeredet, sagte sie sich, ich hab gerade etwas gesagt, was war das doch gleich?

»Das hat sie schon mal gemacht«, sagte Luke zu dem Doktor.

»Ich weiß«, sagte der Doktor mit ernster Miene, und Eleanor spürte, wie alle sie musterten. »Tut mir leid«, sagte sie. »Hab ich mich lächerlich gemacht? Kommt wohl davon, daß ich müde bin.«

»Überhaupt nicht«, sagte der Doktor, immer noch ernst. »Trinken Sie Ihren Kognak!«

»Kognak?« Und Eleanor sah hinunter, merkte, daß sie ein Glas in der Hand hielt. »Was hab ich *gesagt*?« fragte sie die andern.

Theodora grinste in sich hinein. »Trink!« sagte sie. »Du hast es nötig, Nell.«

Gehorsam nahm Eleanor einen Schluck, spürte das scharfe Brennen im Hals und sagte dann zu dem Doktor: »Ich muß etwas Dummes gesagt haben, danach, wie Sie mich alle anschaun?«

Der Doktor lachte. »Warum müssen Sie immer die Aufmerksamkeit auf sich ziehen?«

»Pure Eitelkeit«, sagte Luke gelassen.

»Immer im Rampenlicht stehn«, sagte Theodora, und alle lächelten sie verständnisvoll und sahen Eleanor an.


4


Aufgesetzt in ihren beiden Betten, Seite an Seite, hielten Eleanor und Theodora sich fest bei der Hand; das Zimmer war brutal kalt und stockdunkel. Aus dem Zimmer nebenan, das bis zum Vormittag Theodoras Zimmer gewesen war, kam das gleichmäßige leise Geräusch einer plappernden Stimme, zu leise, als daß Worte verständlich geworden wären, zu gleichmäßig, als daß man glauben konnte, sich zu täuschen. Die Hände so fest ineinander geklammert, daß jede die Knochen der anderen spürte, horchten sie, und die leise gleichmäßige Stimme plapperte immer weiter, manchmal angehoben, um einem gemurmelten Wort Nachdruck zu geben, manchmal bis zu einem Hauchlaut abfallend, aber immer weiter und weiter. Dann, unversehens, kam ein leises Lachen, ein glucksendes Lachen, das aus dem Geplapper ausbrach und anstieg, immer höher auf der Tonskala, und dann plötzlich in ein leises, schmerzliches Keuchen auslief, und das Geplapper ging weiter.

Theodora lockerte ihren Griff und straffte ihn wieder; Eleanor, durch die Geräusche für einen Moment eingelullt, fuhr auf und starrte durch die Dunkelheit dahin, wo Theodora sein mußte, und dann schrie sie in Gedanken; Warum ist es dunkel? *Warum ist es dunkel?* Sie rollte auf das Nachbarbett hinüber und umklammerte Theodoras Hand mit beiden Händen, sie versuchte zu sprechen und konnte nicht, hielt sich fest, blind und starr, versuchte ihren Geist auf die Beine zu bringen, versuchte die Vernunft wieder anzuknipsen. Wir haben das Licht doch angelassen, sagte sie sich, warum ist es dann dunkel? Theodora, wollte sie flüstern, aber ihr Mund machte keine Bewegung; Theodora, wollte sie fragen, warum ist es dunkel? Die Stimme plapperte weiter, leise und gleichmäßig, mit einem wäßrigen, hämischen Klang. Vielleicht könnte sie einzelne Wörter heraushören, dachte sie, wenn sie ganz still läge, vollkommen still, und horchte, und sie horchte und hörte die Stimme immer weiter plappern, unablässig, und sie klammerte sich verzweifelt an Theodoras Hand und spürte den antwortenden Druck auf ihrer eigenen Hand.

Dann kam wieder das kleine glucksende Lachen, und sein ansteigender, irrer Klang erstickte das Geplapper, und dann plötzlich herrschte vollkommene Stille. Eleanor holte Luft, neugierig, ob sie nun wieder sprechen könnte, und dann hörte sie ein leises, sanftes Weinen, das ihr das Herz zerriß, ein unendlich kummervolles Weinen, eine leise Klage von wilder Traurigkeit. Das ist ein *Kind*, dachte sie fassungslos, ein Kind weint da irgendwo, und dann, bei diesem Gedanken, kam das wilde Kreischen einer Stimme, die sie nie gehört hatte und von der sie dennoch wußte, in ihren Alpträumen hatte sie diese Stimme schon immer gehört. »Geh weg!« schrie die Stimme. »Geh weg, geh weg, tu mir nicht weh!« Und, nach einem Schluchzen, noch einmal: »Bitte, tu mir nicht weh! Bitte, laß mich heimgehn!« Dann wieder das leise, traurige Weinen.

Das halt ich nicht aus, dachte Eleanor ganz sachlich. Das ist ungeheuerlich, das ist grausam, sie haben einem Kind weh getan, und ich laß es nicht zu, daß jemand einem Kind weh tut, und das Geplapper ging weiter, leise und gleichmäßig, weiter und weiter, die Stimme bald steigend, bald fallend, weiter und weiter.

So, dachte Eleanor, merkte, daß sie seitlich auf dem Bett im Stockfinstern lag, mit beiden Händen Theodoras Hand festhaltend, so fest, daß sie Theodoras feine Fingerknochen spürte, so, das mach ich nicht mit! Sie wollen mich einschüchtern. Gut, ist ihnen gelungen. Ich bin eingeschüchtert, aber das ist nicht alles, ich bin jemand, ich bin ein Mensch, ich bin ein leibhaftiges und vernunftbegabtes menschliches Geschöpf, das auch Spaß versteht, und ich lasse mir von diesem widerlichen, wahnsinnigen Haus eine ganze Menge gefallen, aber ich nehm es nicht hin, daß einem Kind weh getan wird, nein, das mach ich nicht; ich werde bei Gott jetzt gleich den Mund aufkriegen und werde brüllen werde brüllen werde brüllen »AUFHÖREN!«, und sie brüllte, und das Licht war an, wie sie es gelassen hatten, und Theodora saß aufrecht in ihrem Bett, erschrocken und zerzaust.

»Was?« sagte Theodora. »Was, Nell? Was ist?«

»Großer Gott!« sagte Eleanor, warf sich aus dem Bett, rannte durchs Zimmer und blieb bebend in einer Ecke stehen. »Großer Gott – wessen Hand habe ich eben gehalten?«

## Sechstes Kapitel

### I

Ich lerne die Pfade des Herzens beschreiten, dachte Eleanor ganz ernsthaft, und dann wunderte sie sich, was sie damit gemeint haben könnte. Es war Nachmittag, und sie saß neben Luke in der Sonne, auf den Stufen vor der Sommerlaube; dies sind die stillen Pfade des Herzens, dachte sie. Sie wußte, daß sie noch blaß und mitgenommen war, mit dunklen Ringen unter den Augen, aber die Sonne schien warm, und über ihnen raschelte das Laub, und neben ihr lag Luke faul gegen die Stufe gelehnt. »Luke«, fragte sie, behutsam anfangend, aus Furcht vor Lächerlichkeit, »warum wollen Menschen miteinander reden? Ich meine, was sind das für Dinge, die Menschen über andere immer erfahren möchten?«

»Was möchten Sie zum Beispiel über mich wissen?« Er lachte. Aber warum soll ich ihn nicht fragen, dachte sie, was *er* über *mich* wissen möchte; er ist so überaus eitel – und dann lachte sie ihrerseits und sagte, »was kann ich je über Sie wissen, bis auf das, was ich sehe?« *Sehe* war das letzte Wort, das sie hätte wählen wollen, aber das sicherste. Sag mir etwas, was niemand außer mir je wissen wird – das war es vielleicht, wonach sie ihn gern gefragt hätte, oder: was gibst du mir zur Erinnerung an dich?, oder auch: mir hat nie etwas gehört, was im geringsten von Bedeutung wäre; kannst du mir helfen? Dann, befremdet über die eigenen Gedanken, fragte sie sich, ob sie albern oder aufdringlich gewesen sei, aber er schaute nur auf das grüne Blatt hinunter, das er in den Händen hielt, und legte ein wenig die Stirn in Falten, wie einer, der ganz und gar von einem Problem gefangengenommen wird.

Er versucht jetzt, alles so zu formulieren, daß es den bestmöglichen Eindruck macht, dachte sie, und daran, wie er mir antwortet, werde ich sehen, was er von mir hält; wie möchte er mir erscheinen? Ob er denkt, ich werde mich mit ein paar kleinen Geheimnissen zufriedengeben, oder wird er sich anstrengen, einzigartig zu wirken? Wird er galant sein? Das wäre demütigend, denn damit würde er zeigen, daß er weiß, daß Galanterie mich bezaubert; ob er rätselhaft sein wird? Verrückt? Und wie soll ich dies aufnehmen, dieses Geständnis, wie ich jetzt schon erkenne, auch wenn es nicht wahr ist? Nehmen wir an, daß Luke mich für das nimmt, was ich wert bin, dachte sie, oder wenigstens will ich den Unterschied nicht bemerken. Mag er nun klug sein, oder möge ich blind sein; doch ich möchte nicht, wünschte sie sich ganz sachlich, ich möchte nicht zu genau wissen, was er von mir denkt.

Dann sah er sie kurz an und setzte, wie sie es nun allmählich an ihm kannte, sein selbstironisches Lächeln auf; ob Theodora, und dies war ein unerwünschter Gedanke, ob Theodora ihn auch so gut kannte?

»Ich habe nie eine Mutter gehabt«, sagte er, und der Schock war gewaltig. Ist *das* alles, was er von mir denkt, schätzt er mich so ein, daß ich dergleichen von ihm hören möchte; soll ich das zu einem Geständnis breittreten, damit ich größerer Vertrauensbeweise würdig werde? Soll ich seufzen? Etwas vor mich hin murmeln? Weggehen? »Keine hat mich je geliebt, weil ich zu ihr gehörte«, sagte er. »Ich denke, Sie können das verstehn?«

Nein, dachte sie, so billig bekommst du mich nicht; Worte versteh ich nicht, und ich nehme sie nicht in Zahlung für meine Gefühle; dieser Mann ist ein Papagei. Ich werde ihm sagen, daß ich so etwas nie verstehen werde, daß weinerliches Selbstmitleid mir nicht gerade zu Herzen geht. Ich werde mich nicht zum Narren machen und ihm gestatten, mich zu verhöhnen. »Ja, ich verstehe«, sagte sie.

»Ich hab mir gedacht, daß Sie es vielleicht verstehen«, sagte er, und sie hätte ihn von Herzen gern geohrfeigt. »Ich glaube, Sie müssen ein sehr feiner Mensch sein, Nell«, sagte er und machte die Wirkung gleich wieder zunichte, indem er hinzufügte, »warmherzig und aufrichtig. Später, wenn Sie heimkommen...« Seine Stimme versandete, und Eleanor dachte, entweder will er mir jetzt etwas äußerst Wichtiges sagen oder er schlägt einfach die Zeit tot, bis er dieses Gespräch unauffällig beenden kann. Er redet doch nicht ohne Grund so; er gibt sich doch nicht willkürlich so preis. Denkt er denn, ein Zeichen menschlicher Zuneigung könnte mich dazu verführen, daß ich mich ihm wie verrückt an den Hals werfe? Befürchtet er, daß ich mich nicht benehmen kann wie eine Dame? Was weiß er denn über mich, darüber, wie ich denke und fühle; hat er Mitleid mit mir? »Reisen enden stets in Paaren«, sagte sie.

»Ja«, sagte er. »Wie schon gesagt, ich habe nie eine Mutter gehabt. Jetzt merke ich, daß alle anderen etwas gehabt haben, das mir fehlte.« Er lächelte sie an. »Ich bin vollkommen egoistisch«, sagte er reumütig, »und hoffe immer, daß mich mal eine zur Ordnung ruft, eine, die mich in die Pflicht nimmt und dafür sorgt, daß ich erwachsen werde.«

Er ist wirklich ganz egoistisch, dachte sie, einigermaßen überrascht, der einzige Mann, mit dem ich je so allein zusammengesessen und geredet habe, und ich werde ungeduldig; er ist einfach nicht sehr interessant. »Warum werden Sie nicht von selbst erwachsen?« fragte sie ihn und hätte gern gewußt, wie viele Menschen – wie viele Frauen – ihm schon dieselbe Frage gestellt hatten.

»Gescheite Frage.« Und wie oft er wohl schon diese Antwort gegeben hatte?

Dieses Gespräch muß weitgehend instinktiv geführt werden, dachte sie belustigt und sagte mit sanfter Stimme, »Sie müssen ein sehr einsamer Mensch sein.« Alles, was ich will, ist geschätzt und geachtet werden, dachte sie, und da rede ich solchen Quatsch mit einem egoistischen Mannsbild. »Sie müssen wirklich sehr einsam sein.«

Er berührte sie an der Hand und lächelte wieder. »Sie haben Glück gehabt«, sagte er ihr. »Sie hatten eine Mutter.«


2


»Ich habe es in der Bibliothek gefunden«, sagte Luke. »Ich schwöre, ich habe es in der Bibliothek gefunden.«

»Unglaublich!« sagte der Doktor.

»Sehn Sie!« sagte Luke. Er legte das dicke Buch auf den Tisch und schlug die Titelseite auf. »Das hat er selbst gemacht, sehn Sie, der Titel ist mit Tinte geschrieben: ERINNERUNGEN, *für* SOPHIA ANNE LESTER CRAIN; *ein Vermächtnis zu ihrer Erziehung und Aufklärung für das ganze Leben, von ihrem liebenden und treusorgenden Vater* HUGH DESMOND LESTER CRAIN, *den einundzwanzigsten Juni 1881*.«

Sie drängten sich um den Tisch, Theodora, Eleanor und der Doktor, während Luke die erste Textseite aufschlug. »Da, sehn Sie«, sagte er, »Bescheidenheit soll das kleine Mädchen lernen. Offensichtlich hat er eine Anzahl schöner alter Bücher zerschnitten, um dieses Album zu machen, denn etliche von den Bildern kommen mir bekannt vor, und sie sind alle hier eingeklebt.«

»Die Vergeblichkeit menschlichen Mühens«, sagte der Doktor. »Wenn man sich vorstellt, was für Bücher Hugh Crain zerfetzt hat, um das hier zustande zu bringen! Das da ist eine Radierung von Goya; eine fürchterliche Sache, wenn ein kleines Mädchen darüber nachsinnen soll.«

»Darunter hat er geschrieben«, sagte Luke, »unter dieses gräßliche Bild: ›Du sollst Vater und Mutter ehren, meine Tochter, die Urheber deines Daseins, denen eine schwere Bürde auferlegt ward, auf daß sie ihr Kind in Unschuld und Rechtschaffenheit den ach so schmalen Weg zur ewigen Seligkeit führen, wo es endlich als fromme und tugendhafte Seele zu seinem Gotte emporgehoben werde; besinne dich, Tochter, auf die Freuden im Himmel, wohin die Seelen dieser kleinen Geschöpfe auffliegen, die erlöst wurden, ehe sie von Sünde oder Unglaube irgend angerührt waren, und mach es dir zur nimmer endenden Pflicht, rein zu bleiben wie diese.‹«

»Die arme Kleine!« sagte Eleanor und stöhnte auf, als Luke umblätterte. Hugh Crains zweite moralische Lektion stützte sich auf die Farbtafel einer Schlangengrube; deutlich gezeichnete Schlangen wanden und bogen sich über die ganze Seite. Darüber stand die Moral in klaren, goldverzierten Druckbuchstaben: »Ewige Verdammnis ist des Menschen Los; keine Tränen und keine Buße können dem Menschen die ererbte Last der Sünde abnehmen. Tochter, halte dich fern von dieser Welt, auf daß ihre Begierden und ihr Undank dich nicht verderben; Hüte dich, Tochter!«

»Als nächstes kommt die Hölle«, sagte Luke. »Nicht hinsehen, wenn Sie empfindlich sind!«

»Ich glaube, die Hölle laß ich aus«, sagte Eleanor, »aber lesen Sie mal vor!«

»Sehr klug von Ihnen«, sagte der Doktor. »Eine Illustration von Foxe, eine der weniger angenehmen Todesarten, hab ich immer gedacht, aber wer wollte ergründen, wie es die Märtyrer auffaßten?«

»Aber sehn Sie mal, hier!« sagte Luke. »Er hat eine Ecke der Seite verbrannt, und dazu heißt es: ›Tochter, könntest du nur für einen Augenblick die Schmerzensschreie hören, das entsetzliche Gebrüll und die Reue dieser armen Seelen, die zum ewigen Feuer verdammt sind! Könnten deine Augen nur für einen Moment von der roten Glut der immerfort brennenden Einöde versengt werden! Weh, ihr Elenden in unsterblicher Pein! Tochter, in dieser Sekunde hat dein Vater die Ecke dieser Seite in die Kerzenflamme gehalten und das Papier welk und kraus werden sehen; bedenke, Tochter, daß die Hitze dieser Kerze gegen das ewige Höllenfeuer wie das Sandkorn gegen die unabsehbare Wüste ist, und so wie dies Papier in dem kleinen Flämmchen, so soll deine Seele auf ewig brennen, in einem tausendmal heißeren Feuer.‹«

»Ich wette, das hat er ihr jeden Abend vor dem Schlafengehn vorgelesen«, sagte Theodora.

»Moment«, sagte Luke. »Den Himmel haben Sie noch nicht gesehn – das hier können sogar *Sie* anschaun, Nell. Es ist von Blake, ein bißchen streng, finde ich, aber immerhin besser als die Hölle. Hören Sie: ›Heilig, heilig, heilig! Im reinen Lichte des Himmels preisen die Engel IHN und preisen einander ohn Unterlaß. Hier, Tochter, werde ich deiner harren.‹«

»Was er sich für eine Mühe gegeben hat!« sagte der Doktor. »Die Vorbereitung muß Stunden gedauert haben, die Schrift ist so zierlich, und der Goldschnitt –«

»Jetzt kommen die sieben Todsünden«, sagte Luke, »und die, glaube ich, hat der alte Knabe selber gezeichnet.«

»Bei der Völlerei ist er wirklich von ganzem Herzen bei der Sache«, sagte Theodora. »Ich weiß nicht, ob ich je wieder Hunger haben werde.«

»Warten Sie erst mal die Unkeuschheit ab«, erklärte ihr Luke. »Da hat der Meister sich selbst übertroffen.«

»Ich glaube, ich möchte eigentlich nichts mehr davon sehen«, sagte Theodora. »Ich setze mich mit Nell da drüben hin, und wenn Sie irgendwelche besonders erbaulichen moralischen Maximen finden, die Sie mir nahebringen möchten, dann lesen Sie vor.«

»*Hier*, die Unkeuschheit«, sagte Luke. »Ob wohl je einer Frau in diesem Stil der Hof gemacht wurde?«

»Du lieber Himmel!« sagte der Doktor. »Du lieber Himmel!«

»Das *muß* er selbst gezeichnet haben«, sagte Luke.

»Und für ein *Kind*!« Der Doktor war entrüstet.

»Ihr ganz persönliches Album. Sehn Sie, der Stolz, ganz unsere Nellie.«

»Was?« sagte Eleanor und wollte aufstehen.

»Nur ein Spaß«, sagte der Doktor beschwichtigend. »Sie müssen es nicht ansehn, er will Sie nur aufziehen.«

»Da, die Trägheit«, sagte Luke.

»Neid«, sagte der Doktor. »Wie konnte das arme Kind nur wagen...«

»Die letzte Seite ist am hübschesten, finde ich. Dies, meine Damen, ist Hugh Crains Blut. Nell, möchten Sie nicht Hugh Crains Blut sehen?«

»Nein, danke.«

»Theo? Nein? Jedenfalls, Ihren beiden Seelen zuliebe besteh ich drauf, Ihnen vorzulesen, was Hugh Crain zum Schluß dieses Buches zu sagen hat: ›Tochter: ein heiliger Pakt wird mit Blut unterzeichnet, und hier habe ich nun aus meinem Handgelenk etwas von dem Lebenssaft entnommen, mit dem ich dir eine bindende Pflicht auferlege. Lebe tugendhaft, sei demütig, vertraue auf deinen Erlöser und auf mich, deinen Vater, und ich schwöre dir, daß wir hernach in nimmer endender Seligkeit vereint sein werden. Nimm diese Lehren von deinem treusorgenden Vater an, der in schlichtem Geiste dies Buch gemacht hat. Möge es seinen Zweck erfüllen, mein schwaches Werk, und mein

Kind vor den Fallstricken dieser Welt bewahren und es sicher in seines Vaters Arme im Himmel geleiten.‹ Und die Unterschrift: ›Dein dich ewig liebender Vater, in dieser Welt und in der nächsten, Urheber deines Daseins und Hüter deiner Tugend; in demütiger Liebe, Hugh Crain.‹«

Theodora erschauerte. »Wie er das genossen haben muß«, sagte sie, »mit dem eigenen Blut seinen Namen drunterzusetzen; ich kann mir vorstellen, wie er sich gebogen hat vor Lachen.«

»Gar nicht gesund, keine gesunde Arbeit für einen Mann«, sagte der Doktor.

»Aber sie muß noch sehr klein gewesen sein, als ihr Vater das Haus verlassen hat«, sagte Eleanor. »Ich möchte wissen, ob er ihr das jemals vorgelesen hat.«

»Sicher hat er das – sich über die Wiege gebeugt und die Worte so ausgespuckt, daß sie in ihrem kleinen Hirn Wurzel schlagen mußten. Hugh Crain«, sagte Theodora, »du warst ein alter Dreckskerl und hast ein scheußliches altes Haus gebaut, und wenn du mich irgendwo noch hören kannst, dann möchte ich dir ins Gesicht sagen, daß ich aufrichtig hoffe, du verbringst die Ewigkeit in der Hölle, so wie sie auf diesem gräßlichen Bild zu sehen ist, und hörst keine Minute auf zu brennen.« Sie deutete mit einer heftigen, geringschätzigen Geste ringsum durchs Zimmer, und etwa eine Minute lang waren sie alle still, als ob sie auf Antwort warteten, und dann fielen die Kohlen im Feuer mit einem leisen Poltern zusammen, der Doktor sah auf seine Uhr, und Luke stand auf.

»Die Sonne ist hinter den Bergen«, sagte der Doktor zufrieden.

# 3

Theodora, die am Feuer kauerte, blickte boshaft zu Eleanor hoch; am andern Ende des Zimmers bewegten die Schachfiguren sich bedächtig, mit leisen Geräuschen über den Tisch schlurfend, und Theodora sprach leise, behutsam stichelnd. »Möchtest du ihn in deiner kleinen Wohnung empfangen, Nell, und ihm aus deiner Sterntasse zu trinken anbieten?«

Eleanor sah ins Feuer, ohne zu antworten. Ich bin ja so blöd gewesen, dachte sie, ich Idiot!

»Hast du denn genug Platz für zwei? Würde er kommen, wenn du ihn einlädst?«

Nichts könnte schlimmer sein als das, dachte Eleanor; ich bin so blöd gewesen.

»Vielleicht sehnt er sich schon lange nach einem engen, trauten Heim – kleiner jedenfalls als Hill House; vielleicht kommt er gleich mit.«

Blöd, lachhaft blöd.

»Deine weißen Gardinen, deine kleinen steinernen Löwen...«

Eleanor blickte fast gutmütig zu ihr hinab. »Aber ich mußte doch kommen«, sagte sie und stand auf, wandte sich blindlings zum Fortgehen. Ohne die erschrockenen Stimmen hinter sich zu hören, ohne zu sehen, wie oder wohin sie ging, stolperte sie irgendwie zur großen Vordertür und hinaus in die linde, warme Nacht. »Ich *mußte* doch kommen«, sagte sie zu der Welt da draußen.

Angst und Schuld sind Schwestern; auf dem Rasen holte Theodora sie ein. Stumm, wütend, verletzt gingen sie vom

Hause fort, Seite an Seite, Schritt für Schritt, jede voll Mitleid für die andere. Wer wütend, erheitert, verängstigt oder eifersüchtig ist, wird sich stur in extreme Handlungen hineinsteigern, die ihm zu anderer Zeit nicht möglich wären; und weder Eleanor noch Theodora bedachten auch nur eine Sekunde lang, daß es unvorsichtig war, sich im Dunkeln so weit vom Haus zu entfernen. Beide waren sie so verbissen in die eigene Verzweiflung, daß es ihnen nur noch auf die Flucht in die Dunkelheit ankam, und eingehüllt in den engen, verwundbaren, unmöglichen Schutz ihrer Wut, stapften sie nebeneinander her, jede der anderen schmerzhaft deutlich bewußt, jede entschlossen, das Schweigen nicht als erste zu brechen.

Schließlich war es Eleanor, die wieder etwas sagte. Sie hatte sich an einem Stein den Fuß angeschlagen und wollte zuerst aus Stolz nicht darauf achten, aber nach einer Weile, als der Fuß immer noch weh tat, sagte sie mit einer Stimme, die vor angestrengter Gleichgültigkeit ganz gepreßt klang, »ich kann mir nicht vorstellen, warum du ein Recht zu haben glaubst, dich in meine Angelegenheiten zu mischen« – in förmlicher Rede, um einen Schwall von Klagen oder ungerechten Vorwürfen zu unterdrükken (waren sie nicht Fremde füreinander? oder Cousinen?). »Ich bin mir sicher, daß nichts, was ich tue, dich irgend etwas angeht.«

»Sehr richtig«, sagte Theodora ingrimmig. »Nichts, was du tust, geht mich irgend etwas an.«

Wir gehen zu beiden Seiten eines Zauns, dachte Eleanor, aber ich habe auch ein Recht zu leben, und bei dem Versuch, das zu beweisen, habe ich mit Luke eine Stunde an der Sommerlaube vergeudet. »Ich habe mir den Fuß angeschlagen«, sagte sie.

»Das tut mir leid«, sagte Theodora, und es hörte sich aufrichtig bedauernd an. »Du weißt doch, was für ein Viech er ist.« Sie zögerte. »Ein Wüstling«, sagte sie schließlich mit einem belustigten Unterton.

»Ich bin mir sicher, daß es mir egal ist, *was* er für einer ist.« Und dann, weil es nun einmal ein Streit unter Frauen war: »Als ob *dich* das überhaupt kümmerte!«

»Man sollte ihm das nicht durchgehen lassen«, sagte Theodora.

»Ihm *was* nicht durchgehen lassen?« fragte Eleanor geziert.

»Du machst dich lächerlich«, sagte Theodora.

»Und wenn nun aber nicht? Würde es dir viel ausmachen, wenn sich herausstellen sollte, daß du dich diesmal irrst?«

Theodoras Stimme klang verdrossen, zynisch. »Wenn ich mich irre, hast du meinen Segen, von ganzem Herzen. Du Dummchen!«

»Etwas anderes kannst du kaum sagen.«

Sie waren nun auf dem Pfad, der zum Bach führte. Im Dunkeln spürten sie mit den Füßen, daß es bergab ging, und jede für sich warf absurderweise der anderen vor, absichtlich einen Weg einzuschlagen, den sie zusammen schon einmal an einem glücklicheren Tag zurückgelegt hatten.

»Jedenfalls«, sagte Eleanor in verständigem Ton, »dir bedeutet es doch gar nichts, egal was passiert. Warum sollte dich's kümmern, ob ich mich lächerlich mache?«

Theodora schwieg eine Weile still. Sie gingen im Dunkeln, und Eleanor spürte plötzlich eine absurde Gewißheit, daß Theodora, ohne daß sie es sehen konnte, eine Hand nach ihr ausgestreckt hatte. »Theo«, sagte Eleanor verlegen, »ich bin nicht gut darin, mit Leuten zu reden und Sachen zu sagen.«

Theodora lachte. »Wo *bist* du denn gut drin?« wollte sie wissen. »Im Weglaufen?«

Nichts Unwiderrufliches war noch ausgesprochen, aber beide, fast ohne Sicherheitsabstand, tasteten sich an den Rändern einer offenen Frage entlang, und wenn sie einmal ausgesprochen wäre, ließe sich eine solche Frage – »liebst du mich?« zum Beispiel – weder beantworten noch vergessen. Sie gingen langsam, nachdenklich, verwundert, folgten dem Weg, der unter ihren Füßen abfiel, Seite an Seite in der engen, intimen Gemeinsamkeit der Erwartung; nun, nachdem das Fintieren und Zögern vorüber war, konnten sie nur noch passiv die Lösung sich ergeben lassen. Beide wußten sie, fast in einem Atemzug, was die andere dachte und sagen wollte; beide hätten sie fast um die andere geweint. Im gleichen Moment bemerkten sie, wie der Weg sich änderte, und jede bemerkte, wie es die andere bemerkte. Theodora nahm Eleanors Arm, und aus Angst, stehenzubleiben, gingen sie langsam weiter, dicht beisammen, und vor ihnen wurde der Weg breiter und schwärzer und machte eine Biegung.

Eleanor hielt den Atem an, und Theodoras Hand drückte fester, als Zeichen, daß sie still sein sollte. Beiderseits von ihnen gaben die Bäume stumm ihre bisher dunkle Farbe ab, wurden fahl und durchscheinend und standen weiß und gespenstisch vor dem schwarzen Himmel. Das Gras war farblos, der Weg breit und schwarz; nichts anderes war zu sehen. Eleanor klapperten die Zähne, ihr wurde fast übel vor Angst, ihr Arm zitterte unter Theodoras nun fast klammerndem Griff, und jeder langsame Schritt kostete sie eine Willensanstrengung, ein präzises, verrücktes Beharren darauf, daß es das einzig Vernünftige sei, einen Fuß vor den andern zu setzen. Die Augen taten ihr weh vor Tränen in der grellen Schwärze des Pfades und dem zittrigen Weiß der Bäume, und sie dachte, in Worten, die sie klar und in flammenden Buchstaben vor sich sah, jetzt hab ich wirklich Angst.

Sie gingen weiter, der Weg kam ihnen entgegen, unverändert mit den weißen Bäumen zu beiden Seiten, und über allem der dicke, schwarze, drückende Himmel. Ihre Füße schimmerten weiß, wo sie den Weg berührten; Theodoras Hand war bleich und schien zu leuchten. Vor ihnen bog der Weg außer Sicht, und sie gingen langsam weiter, bedachtsam die Füße setzend, denn dies war das einzige, was sie körperlich tun konnten, das einzige, was sie davon abhielt, in die furchtbare Schwärze, in das Weiß und das böse Schimmern einzusinken. Jetzt hab ich wirklich Angst, dachte Eleanor in Flammenschrift; ein wenig spürte sie immer noch Theodoras Hand auf ihrem Arm, aber Theodora war weit weg und wie hinter Glas; es war bitter kalt, keine menschliche Körperwärme weit und breit. Jetzt hab ich wirklich Angst, dachte Eleanor und setzte die Füße einen vor den andern, und die Füße, wenn sie den Boden berührten, zitterten in der betäubenden Kälte.

Der Weg kam ihnen entgegen; vielleicht brachte er sie irgendwohin, nach seinem Willen, denn beide vermochten sie nicht beiseite zu treten, wissentlich in die weiße Vernichtung hineinzulaufen, mit der das Gras sie zu beiden Seiten bedrohte. Der Weg machte eine Biegung, schwarz und glänzend, und sie folgten ihm. Theodoras Hand drückte fester, und Eleanor hielt den Atem an, um ein schwaches Schluchzen nicht herauszulassen – hatte sich da vor ihnen nicht etwas bewegt, etwas, das noch weißer war als die weißen Bäume, hatte es gewinkt? Gewinkt, zwischen den Bäumen verschwunden, beobachtend? Bewegte sich etwas neben ihnen, unwahrnehmbar in der tonlosen Nacht; gingen Schritte unsichtbar neben ihnen her durchs weiße Gras? Wo waren sie?

Der Weg führte sie zu seinem vorbestimmten Ende und verschwand unter ihren Füßen. Eleanor und Theodora blickten in einen Garten, die Augen geblendet vom Sonnenschein und den kräftigen Farben. Unglaublich, eine Gruppe beim Picknick auf der Wiese. Sie konnten das Lachen der Kinder hören und die herzlichen, belustigten Stimmen der Mutter und des Vaters; das Gras war dicht und sattgrün, die Blumen rot, gelb und orange, der Himmel blau und golden, und eines der Kinder, in scharlachrotem Sweater erhob noch einmal lachend die Stimme und stolperte hinter einem Hündchen her durchs Gras. Ein kariertes Tischtuch war auf den Boden gebreitet, und die Mutter beugte sich lächelnd darüber, um eine Schale mit bunten Früchten aufzuheben; dann schrie Theodora.

»Schau nicht zurück«, rief sie mit vor Angst schriller Stimme, »schau nicht zurück – schau nicht hin – lauf!«

Als sie losrannte, ohne zu wissen, warum sie rannte, befürchtete Eleanor, sich mit dem Fuß in dem karierten Tischtuch zu verfangen; sie war besorgt, nicht über das Hündchen zu stolpern; aber als sie durch den Garten rannten, war nichts mehr da als schwarzes Unkraut im Dunkeln, und Theodora, immer noch schreiend, trampelte in Büsche hinein, wo Blumen gewesen waren, stolperte schluchzend über halb aus dem Boden aufragende Steine und über etwas, das eine zerbrochene Tasse sein mochte. Dann hämmerten sie und kratzten wie verrückt an der weißen Steinmauer, wo schwarze Weinranken wuchsen, schrien und flehten, daß man sie hinausließe, bis eine rostige eiserne Pforte nachgab, und dann rannten sie schreiend und keuchend und sich irgendwie bei den Händen haltend durch den Küchengarten von Hill House, polterten durch eine Hintertür in die Küche und sahen Luke und den Doktor herbeieilen. »Was ist passiert?« sagte Luke und hielt Theodora fest. »Seid ihr wohlbehalten?«

»Wir sind fast verrückt geworden«, sagte der Doktor abgehetzt. »Seit Stunden suchen wir nach Ihnen.«

»Es war ein Picknick«, sagte Eleanor. Sie hatte sich auf einen Küchenstuhl fallen lassen und blickte auf ihre Hände hinab, die zerkratzt und blutig waren und zitterten, ohne daß sie es bemerkte. »Wir haben versucht hinauszukommen«, erklärte sie ihnen und streckte die Hände aus, damit sie es sehen könnten. »Es war ein Picknick. Die Kinder...«

Theodora lachte, daß es klang wie ein leiser, anhaltender Schrei, ein dünnes Lachen, das nicht aufhören wollte, und durch dieses Lachen hindurch sagte sie, »ich hab mich umgesehn – ich hab hinter uns geschaut...«, und lachte weiter.

»Die Kinder... und ein Hündchen...«

»Eleanor.« Theodora fuhr heftig herum und lehnte sich mit dem Kopf an Eleanor. »Eleanor«, sagte sie. »Eleanor.«

Und Theodora im Arm haltend, blickte Eleanor auf zu Luke und dem Doktor, spürte, daß der Raum wahnwitzig schaukelte und die Zeit, wie sie es von der Zeit nicht anders kannte, stehenblieb.

*Siebtes Kapitel*

I

Am Nachmittag des Tages, an dem Mrs. Montague erwartet wurde, ging Eleanor allein in die Hügel über Hill House hinauf, ohne bestimmtes Ziel und ohne sich viel um den Weg zu kümmern, nur um für sich und versteckt und nicht mehr unter dem schweren dunklen Holz des Hauses zu sein. Sie fand ein Fleckchen, wo das Gras weich und trocken war, legte sich nieder und staunte, wie viele Jahre es her war, daß sie sich zuletzt ins weiche Gras gelegt hatte, um allein nachdenken zu können. Die Bäume und Wiesenblumen ringsum, mit der seltsamen Artigkeit natürlicher Geschöpfe, die sich plötzlich in ihren dringlichen Geschäften des Wachsens und Sterbens unterbrochen sehen, wandten sich ihr mit Aufmerksamkeit zu, als ob sie es nötig hätten, sich auch gegen ein so fades, stumpfsinniges Wesen wie sie noch freundlich zu erweisen, gegen eine Kreatur, die das Unglück hatte, nicht im Boden verwurzelt und zu ständigem Herumlaufen gezwungen zu sein, herzzerreißend mobil. Träge pflückte Eleanor ein Gänseblümchen, das zwischen ihren Fingern starb, und blickte, im Grase liegend, in sein totes Gesicht hinauf. Nichts ging ihr durch den Sinn als eine wilde, stürmische Freude. Sie zupfte an dem Blümchen und dachte, sich selbst zulächelnd: Was werde ich tun? Was *werde* ich tun?

2

»Stell die Taschen in die Diele, Arthur!« sagte Mrs. Montague. »Sollte man nicht denken, daß jemand hier ist, der uns diese Tür aufhält? Es *muß* doch jemand kommen, der uns die Taschen hochträgt. John? John?«

»Meine Beste, meine Beste!« Dr. Montague eilte, die Serviette mitnehmend, auf die Diele hinaus und küßte seine Gattin gehorsam auf die hingehaltene Wange. »Wie schön, daß du da bist, wir hatten dich schon aufgegeben.«

»Ich hab doch *gesagt*, ich komme heute, oder nicht? Hast du denn je erlebt, daß ich *nicht* komme, wenn ich gesagt hab, ich komme? Ich hab Arthur mitgebracht.«

»Arthur«, sagte der Doktor ohne Begeisterung.

»Na, *jemand* mußte doch fahren«, sagte Mrs. Montague. »Hast du vielleicht gedacht, ich fahre den ganzen Weg hier heraus allein? Du weißt ja sehr gut, daß ich davon müde werde. Guten Tag.«

Der Doktor drehte sich um und lächelte zu Eleanor und Theodora hin, die mit Luke hinter ihnen unsicher in der Tür standen. »Meine Beste«, sagte er, »das sind meine Freunde, die in den letzten paar Tagen mit mir in Hill House gewohnt haben. Theodora. Eleanor Vance. Luke Sanderson.«

Theodora, Eleanor und Luke murmelten Höflichkeitsworte, und Mrs. Montague nickte und sagte, »ich sehe, Sie haben sich nicht den Umstand gemacht, mit dem Abendessen auf uns zu warten.«

»Wir hatten dich schon aufgegeben«, sagte der Doktor.

»Ich glaube dir gesagt zu haben, daß ich heute kommen würde. Natürlich ist es *gut* möglich, daß ich mich irre, aber nach *meiner* Erinnerung hab ich gesagt, ich komme heute. Ich werde mir Ihre Namen sicher alle bald merken können. Dieser Herr hier ist Arthur Parker; er hat mich hergefahren, weil ich nicht gern selbst fahre. Arthur, das hier sind Johns Freunde. Kann sich jemand um unsere Koffer kümmern?«

Der Doktor und Luke traten murmelnd herbei, und Mrs. Montague fuhr fort: »Ich wohne natürlich in dem Zimmer, wo es maximal spukt. Arthur kann überall unterkommen. Der blaue Koffer da gehört mir, junger Mann, und der kleine Aktenkoffer; beides kommt in das Zimmer mit dem maximalen Spuk.«

»Das Kinderzimmer, glaub ich«, sagte Dr. Montague, als Luke ihn fragend anblickte. »Ich glaube, das Kinderzimmer ist ein Unruheherd«, sagte er zu seiner Frau, und sie seufzte ungeduldig.

»Mir scheint doch, du könntest methodischer vorgehen«, sagte sie. »Jetzt bist du schon fast eine Woche hier und hast vermutlich noch rein *gar* nichts mit Planchette angefangen? Automatisch geschrieben? Ich kann mir auch nicht vorstellen, daß von diesen beiden jungen Frauen eine medial begabt sein soll. Das da sind Arthurs Koffer. Er hat seine Golfschläger mitgebracht, nur für den Fall, daß.«

»Für den Fall, daß was?« fragte Theodora mit neutraler

Miene, und Mrs. Montague wandte sich ihr zu und musterte sie kalt.

»Bitte lassen Sie sich beim Essen nicht stören«, sagte sie schließlich.

»Dicht vor der Tür zum Kinderzimmer ist eine ganz eindeutig kalte Stelle«, erzählte der Doktor frohgemut seiner Frau.

»Ja, mein Guter, sehr schön. Wollte der junge Mann da nicht Arthurs Koffer raufbringen? Du scheinst doch noch allerhand Konfusion hier zu haben, nicht? Nach fast einer Woche, würde ich meinen, könntest du die Dinge doch schon ein bißchen auf die Reihe gebracht haben. Schon Gestalten materialisiert?«

»Wir hatten einige sehr deutliche Erscheinungen –«

»Na, jetzt bin ich ja da, und wir werden schon alles richtig auf Trab bringen. Wo soll Arthur den Wagen hinstellen?«

»Hinter dem Haus ist ein leerer Stall, da haben wir unsere Wagen abgestellt. Er kann ihn morgen früh da hinfahren.«

»Unsinn, ich bin nicht fürs Aufschieben, John, das weißt du doch sehr gut. Morgen hat Arthur schon genug zu tun, ohne daß noch das Unerledigte von heute abend hinzukommt. Er muß den Wagen gleich hinfahren.«

»Es ist dunkel draußen«, sagte der Doktor zögernd.

»John! Ich staune über dich. Bist du der Meinung, ich wüßte nicht, daß es nachts draußen dunkel ist? Der Wagen hat Scheinwerfer, John, und dieser junge Mann kann mit Arthur gehen und ihm den Weg zeigen.«

»Danke«, sagte Luke grimmig, »aber wir haben es uns

ganz entschieden zur Regel gemacht, im Dunkeln nicht aus dem Haus zu gehn. Arthur kann es natürlich tun, wenn ihm daran liegt, aber ohne mich.«

»Die jungen Damen«, sagte der Doktor, »hatten nämlich ein schockierendes –«

»Feigling, der junge Mann«, sagte Arthur. Er hatte nun alle Koffer, Körbe und Golftaschen aus dem Wagen geholt, stand neben Mrs. Montague und sah auf Luke hinab. Arthur hatte ein rotes Gesicht und weißes Haar, und jetzt, wo er Luke seine Verachtung bezeigte, strotzte er vor Männlichkeit. »Sollten sich was schämen, Mann, vor den Frauen!«

»Die Frauen sind nicht weniger ängstlich als ich«, sagte Luke pikiert.

»Schon gut, schon gut!« Dr. Montague legte Arthur besänftigend eine Hand auf den Arm. »Wenn du erst mal eine Weile hier bist, Arthur, wirst du verstehen, daß Luke nur vernünftig ist, nicht feige. Wir legen Wert darauf, nach Einbruch der Dunkelheit zusammenzubleiben.«

»Ich muß sagen, John, ich hatte nicht erwartet, euch alle so *nervös* vorzufinden«, sagte Mrs. Montague. »Ich finde Furchtsamkeit in diesen Dingen überaus störend.« Sie stampfte gereizt mit dem Fuß auf. »Du weißt sehr gut, John, daß die Hinübergegangenen *erwarten*, uns strahlend und glücklich zu sehen; sie *wollen* erfahren, daß wir in Liebe an sie denken. Die Geister, die in diesem Haus wohnen, *leiden* vielleicht schon darunter, zu wissen, daß ihr vor ihnen Angst habt.«

»Wir können später noch darüber reden«, sagte der Doktor müde. »Wie wär's nun mit dem Abendessen?«

»Natürlich.« Mrs. Montague warf einen Blick auf Theodora und Eleanor. »Wie schade, daß wir Sie stören mußten«, sagte sie.

»Habt ihr denn schon gegessen?«

»Selbstverständlich haben wir noch nicht gegessen, John. Ich hatte *gesagt*, wir würden zum Abendessen hier sein, nicht? Oder irre ich mich schon wieder?«

»Jedenfalls, ich habe Mrs. Dudley gesagt, daß ihr kommen würdet«, sagte der Doktor und machte die Tür auf, die in den Spielsalon und dann weiter zum Speisezimmer führte. »Sie hat uns ein wahres Festmahl hingestellt.«

Der arme Dr. Montague, dachte Eleanor, als sie beiseite trat, um den Doktor mit seiner Frau zum Speisezimmer durchzulassen; er fühlt sich gar nicht wohl in seiner Haut; ich möchte nur wissen, wie lange sie bleibt.

»Ich möchte nur wissen, wie lange sie bleibt«, flüsterte ihr Theodora ins Ohr.

»Vielleicht hat sie den Koffer voller Ektoplasma«, sagte Eleanor erwartungsvoll.

»Und wie lange wirst du denn bleiben können?« fragte Dr. Montague und setzte sich an den Kopf des Eßtischs, seine Gattin traulich zur Seite.

»Na, mein Guter«, sagte Mrs. Montague, argwöhnisch Mrs. Dudleys Kapernsauce kostend, »hast du eine ordentliche Köchin gefunden, nein? Du *weißt* doch, daß Arthur wieder in seine Schule muß. Arthur ist Lehrer«, erklärte sie den andern am Tisch, »und hat großzügigerweise seine Termine für Montag abgesagt. Also müssen wir wohl am Montagnachmittag abfahren, damit Arthur am Dienstag zum Unterricht wieder da ist.«

»Die glücklichen Schuljungen, die Arthur zweifellos zurückgelassen hat!« sagte Luke leise zu Theodora, und Theodora sagte, »aber heute ist doch erst Samstag!«

»Aus dieser Art Küche mach ich mir gar nichts«, sagte Mrs. Montague. »John, ich rede morgen früh mal mit deiner Köchin.«

»Mrs. Dudley ist eine erstaunliche Frau«, sagte der Doktor vorsichtig.

»Bißchen aufgedonnert, für *meinen* Geschmack«, sagte Arthur. »Fleisch-und-Kartoffeln-Mann, ich«, erklärte er Theodora. »Trinke nicht, rauche nicht, les keinen Schund. Schlechtes Beispiel sonst für die Jungs in der Schule. Die schaun doch ein bißchen zu einem auf, was?«

»Ich bin sicher, die müssen Sie alle zum Vorbild nehmen«, sagte Theodora bedächtig.

»Ab und zu so ein Jammerlappen dabei«, sagte Arthur kopfschüttelnd. »Keine Lust zum Sport, drücken sich in den Ecken rum. Heulsusen. *Das* treibt man ihnen schnellstens aus.« Er langte nach der Butter.

Mrs. Montague beugte sich vor, um Arthur über den Tisch hin anzusehen. »Iß nur leicht, Arthur«, empfahl sie. »Wir haben viel vor für diese Nacht.«

»Was in aller Welt willst du denn tun?« fragte der Doktor.

»Ich weiß ja, daß *du* nicht im Traum daran denkst, diese Dinge ein bißchen mit System anzufassen, aber du wirst zugeben müssen, John, daß ich auf diesem Gebiet einfach mehr Intuition habe; die haben Frauen nun mal, wie du weißt, John, wenigstens *manche* Frauen.« Sie machte eine Pause und musterte Eleanor und Theodora abwägend.

»Von *denen*, getrau ich mich zu sagen, hat keine etwas davon. Aber natürlich, vielleicht bin ich mal wieder im Irrtum? Du zeigst mir doch so gern meine Irrtümer auf, John?«

»Meine Beste –«

»Ich *kann* nun mal keine Schlamperei ertragen. Arthur wird Wache halten, natürlich, dazu hab ich ihn mitgebracht. Es ist ja so selten«, erklärte sie Luke, der rechts neben ihr saß, »daß man im pädagogischen Bereich jemanden findet, der sich für die andere Welt interessiert; Sie werden sich noch wundern, wie gut Arthur über alles Bescheid weiß. Ich werde mich in eurem Spukzimmer hinlegen und nur ein Nachtlämpchen brennen lassen; ich versuche mit den Elementen, die dieses Haus beunruhigen, Kontakt aufzunehmen. Ich kann nie schlafen, wenn unruhige Geister in der Nähe sind«, sagte sie zu Luke, der sprachlos nickte.

»Alles bißchen zur Räson bringen«, sagte Arthur. »So was gleich richtig anpacken. Latte zu niedrig legen lohnt nicht. Sag ich auch meinen Jungs.«

»Ich denke, nach dem Essen machen wir vielleicht eine kleine Sitzung mit Planchette«, sagte Mrs. Montague. »Nur Arthur und ich natürlich; ihr andern seid noch nicht soweit, das kann ich sehn; ihr würdet die Geister nur vertreiben. Wir brauchen ein ruhiges Zimmer –«

»Die Bibliothek«, schlug Luke höflich vor.

»Bibliothek? Doch, das könnte gehn, Bücher sind oft sehr gute Träger, müssen Sie wissen. Materialisierungen lassen sich oft am besten in Räumen erzielen, wo Bücher sind. Ich kann mich an keinen Fall erinnern, wo eine

Materialisierung durch Vorhandensein von Büchern irgend behindert worden wäre. In der Bibliothek ist doch hoffentlich Staub gewischt? Arthur muß manchmal niesen.«

»Mrs. Dudley hält das ganze Haus untadelig in Ordnung«, sagte der Doktor.

»Ich muß morgen wirklich mal mit Mrs. Dudley reden. Du zeigst uns die Bibliothek, John, und der junge Mann hier holt mir meinen Koffer herunter; nicht den großen, bitte, sondern den kleinen Aktenkoffer. Bringen Sie ihn mir in die Bibliothek. Wir kommen später zu euch; nach einer Sitzung mit Planchette benötige ich ein Glas Milch und vielleicht ein Stück Kuchen; Salzstangen gehn auch, wenn nicht zu stark gesalzen. Ein paar Minuten ruhiges Gespräch mit gleichgestimmten Menschen sind sehr hilfreich, besonders wenn ich in der Nacht aufnahmebereit sein soll. Der Geist ist ein Präzisionsinstrument, man kann ihn gar nicht gut genug pflegen. Arthur?« Sie machte eine distanzierte Verbeugung gegen Eleanor und Theodora und ging hinaus, eskortiert von Arthur, Luke und ihrem Gatten.

Nach einer Weile sagte Theodora: »Ich glaub, ich dreh noch durch, mit dieser Mrs. Montague.«

»Ich weiß nicht«, sagte Eleanor. »Arthur ist schon eher nach meinem Geschmack. Und Luke ist tatsächlich ein Feigling, glaub ich.«

»Der arme Luke!« sagte Theodora. »Er hat nie eine Mutter gehabt.«

Als sie aufblickte, sah Eleanor, daß Theodora sie mit einem merkwürdigen Lächeln musterte, und sie stand so hastig vom Tisch auf, daß ein Glas umfiel.

»Wir sollten nicht allein bleiben«, sagte sie seltsam atemlos. »Wir müssen die andern finden.« Sie ging fort vom Tisch und rannte fast aus dem Zimmer, und Theodora rannte ihr nach, lachend, den Flur entlang und ins kleine Klubzimmer, wo Luke und der Doktor vor dem Feuer standen.

»Bitte, Meister«, sagte Luke gerade unterwürfig, »wer ist Planchette?«

Der Doktor seufzte gereizt. »Schwachsinn!« sagte er. »Entschuldigung. Die ganze Idee ärgert mich, aber wenn *sie* es so will...« Er drehte sich um und stocherte wütend im Feuer. »Planchette«, redete er nach einem Augenblick weiter, »ist eine ähnliche Technik wie das Ouidja-Brett, oder vielleicht sollte ich zur Erklärung besser sagen, es ist eine Form der automatischen Schreibweise; eine Methode der Kommunikation mit – äh – ungreifbaren Wesen, wenn auch, aus *meiner* Sicht, die einzigen ungreifbaren Wesen, die durch so ein Ding miteinander in Kontakt treten, die Einbildungen der Leute sind, die so etwas machen. Na ja. Planchette ist ein kleines Stück leichtes Holz, meist herzförmig oder dreieckig. Ins schmale Ende wird ein Bleistift gesteckt, am andern Ende ist ein Paar Räder oder Füße, die leicht über Papier gleiten. Zwei Personen legen die Finger darauf, stellen dem Objekt Fragen, und unter Einwirkung von Kräften, über die wir hier nicht reden müssen, bewegt es sich und schreibt Antworten auf. Das Ouidja-Brett, wie schon gesagt, ist ganz ähnlich, nur daß sich das Objekt dort auf einem Brett bewegt und verschiedene Buchstaben anzeigt. Ein gewöhnliches Weinglas kann denselben Zweck erfüllen. Ich habe schon gesehn, wie man es mit einem Spielzeugauto gemacht hat, was allerdings zugegebenermaßen töricht aussah. Jeder Beteiligte legt die Fingerspitzen der einen Hand auf und hat die andere Hand frei, um sich Fragen und Antworten zu notieren. Die Antworten sind unweigerlich unsinnig, meine ich, allerdings wird meine Frau Ihnen natürlich das Gegenteil sagen. Humbug!« Und er trat wieder ans Feuer. »Schulmädchenideen«, sagte er. »Aberglaube!«

3

»Planchette war sehr freundlich heute abend«, sagte Mrs. Montague. »John, in diesem Haus sind eindeutig fremde Elemente anwesend.«

»Ganz prima Sitzung, Tatsache!« sagte Arthur. Er schwenkte stolz einen Stoß Zettel.

»Wir haben einiges an Informationen für dich bekommen«, sagte Mrs. Montague. »Also. Planchette war sehr bestimmt wegen einer Nonne. Hast du etwas von einer Nonne gehört, John?«

»In Hill House? Unwahrscheinlich.«

»Planchette hatte sehr entschiedene Ansichten über eine Nonne, John. Vielleicht ist etwas Ähnliches – eine verschwommene dunkle Gestalt, meinetwegen – in der Nachbarschaft gesehen worden? Wurden Leute aus dem Dorf erschreckt, wenn sie spät in der Nacht nach Hause kamen?«

»Die Gestalt einer Nonne ist eine ganz gewöhnliche –«

»John, *bitte!* Ich nehme an, du willst sagen, daß ich mich

irre. Oder hast du vielleicht vor zu behaupten, daß *Planchette* sich irren könnte? Ich kann dir versichern – und Planchette mußt du ja wohl glauben, auch wenn *mein* Wort dir nicht genügt –, daß ganz speziell auf eine Nonne hingewiesen wurde.«

»Ich versuche doch nur zu sagen, meine Beste, daß der Geist einer Nonne die bei weitem häufigste Form von Erscheinungen ist. Im Zusammenhang mit Hill House hat es dergleichen nie gegeben, aber in nahezu jedem –«

»John, *bitte!* Ich darf doch wohl fortfahren? Oder soll Planchette ohne Anhörung beiseite geschoben werden? Danke.« Mrs. Montague setzte sich zurecht. »Also denn! Auch ein Name ist gefallen, in verschiedenen Schreibweisen, mal als Helen, mal als Helene oder Elena. Wer könnte das sein?«

»Meine Beste, viele Menschen haben hier gewohnt –«

»Helen hat uns vor einem geheimnisvollen Mönch gewarnt. Wenn nun ein Mönch und eine Nonne *beide* in einem Haus auftauchen –«

»Nehme an, Ort war früher bewohnt«, sagte Arthur. »Ureinflüsse, was? Ältere Einflüsse hängen rum«, erklärte er ausführlicher.

»Es klingt mir sehr nach gebrochenen Gelübden, nicht? Sehr deutlich.«

»Gab es jede Menge, damals, nicht? Versuchung, wahrscheinlich.«

»Ich glaube kaum –«, begann der Doktor.

»Ich darf wohl sagen, sie wurde lebendig eingemauert«, sagte Mrs. Montague. »Die Nonne, meine ich. So machte man das damals immer, nicht? Du ahnst ja nicht, was ich schon für Botschaften von lebendig eingemauerten Nonnen bekommen habe.«

»Es gibt *nicht einen* dokumentierten Fall, in dem *jemals* eine Nonne –«

»John! Darf ich dir noch mal sagen, daß *ich selbst* Botschaften von lebendig eingemauerten Nonnen empfangen habe? Denkst du, ich flunkere dir was vor, John? Oder denkst du, eine Nonne würde behaupten, sie sei lebendig eingemauert worden, wenn es nicht stimmte? Ist es möglich, daß ich mich schon wieder irre, John?«

»Natürlich nicht, meine Beste.« Dr. Montague seufzte resigniert.

»Mit einer Kerze und einer Brotkruste«, sagte Arthur zu Theodora. »Furchtbar, wenn man sich's überlegt.«

»Keine Nonne wurde je lebendig eingemauert«, sagte der Doktor mürrisch. Er erhob ein wenig die Stimme. »Das sind Legenden, Geschichten. Solche Verleumdungen wurden in Umlauf gebracht –«

»Schon gut, John. Wir wollen darüber nicht streiten. Du kannst glauben, was du willst. Aber versteh bitte, daß solche rein materialistischen Ansichten manchmal den *Tatsachen* Platz machen müssen. Es ist nun mal eine erwiesene Tatsache, daß zu den Heimsuchungen, die dieses Haus beunruhigen, eine Nonne und ein –«

»Was gab es denn sonst noch?« fragte Luke hastig dazwischen. »Ich würde *so* gern hören, was – äh – Planchette alles zu sagen hatte.«

Mrs. Montague drohte ihm schelmisch mit dem Finger. »Nichts über Sie, junger Mann. Aber von den anwesenden Damen wird vielleicht eine etwas Interessantes hören.«

Unmöglich, dieses Weib, dachte Eleanor; unmöglich, ordinär, herrschsüchtig. »Helen möchte nun«, fuhr Mrs. Montague fort, »daß wir im Keller nach einem alten Brunnen suchen.«

»Erzähl mir bloß nicht, *Helen* wurde lebendig begraben«, sagte der Doktor.

»Das glaub ich kaum, John. Ich bin sicher, sonst hätte sie's erwähnt. Tatsächlich hat Helen sich sogar sehr unbestimmt dazu geäußert, was wir in dem Brunnen finden werden. Ich bezweifle jedoch, daß es ein Schatz sein wird. In dergleichen Fällen geht es nur ganz selten um *echte* Schätze. Wahrscheinlich geht es um Hinweise auf die fehlende Nonne.«

»Noch wahrscheinlicher um den Müll von achtzig Jahren.«

»John, ich *kann* diese Skepsis nicht verstehen, ausgerechnet bei dir! Schließlich bist du doch in dieses Haus gekommen, um Belege für übernatürliche Aktivität zu suchen, und jetzt, wo ich dir eine ausführliche Erklärung der *Ursachen* und einen Hinweis bringe, wo man anfangen sollte zu suchen, da bist du geradezu geringschätzig.«

»Wir haben keine Befugnis, den Keller aufzugraben.«

»Arthur könnte –«, begann Mrs. Montague verheißungsvoll, aber der Doktor sagte mit Entschiedenheit, »nein, mein Mietvertrag verbietet mir ganz ausdrücklich jede Veränderung am Haus selbst. In den Kellern wird nicht gegraben, die Holztäfelung wird nicht abgenommen, die Fußböden werden nicht aufgerissen. Hill House ist immer noch ein wertvoller Besitz, und wir sind Forscher, keine Vandalen.«

»Ich dachte, du willst die *Wahrheit* wissen, John?«

»Nichts wüßte ich lieber.« Dr. Montague stampfte durchs Zimmer zum Schachbrett, nahm einen Springer zur Hand und betrachtete ihn wütend. Es sah aus, als ob er beharrlich bis hundert zählte.

»Meine Güte, was man doch manchmal für eine Geduld haben muß!« Mrs. Montague seufzte. »Trotzdem möchte ich Ihnen die kleine Passage vorlesen, die wir gegen Ende empfangen haben. Arthur, hast du's?«

Arthur blätterte seine Zettel durch. »Es war kurz nach der Botschaft über die Blumen, die du deiner Tante schikken sollst«, sagte Mrs. Montague. »Planchette hat eine Kontrollfigur namens Merrigot«, erklärte sie, »und Merrigot nimmt aufrichtig persönlichen Anteil an Arthur; sie bringt ihm Nachricht von Verwandten und so weiter.«

»Keine tödliche Krankheit, verstehn Sie?« sagte Arthur ernst. »Muß ihr Blumen schicken, natürlich, aber Merrigot war sehr beruhigend.«

»Also.« Mrs. Montague suchte mehrere Seiten heraus und blätterte sie rasch durch; sie waren mit großer, krakeliger Bleistiftschrift bedeckt, und Mrs. Montague zog die Stirn kraus, als sie die Seiten mit dem Finger durchging. »Hier«, sagte sie. »Arthur, du liest die Fragen und ich die Antworten; auf die Weise klingt es natürlicher.«

»Also los!« sagte Arthur munter und lehnte sich über Mrs. Montagues Schulter. »Na – laß mal sehn –, fangen wir gleich hier an?«

»Bei ›Wer bist du?‹.«

»Richtig. Wer bist du?«

»Nell«, las Mrs. Montague mit ihrer scharfen Stimme,

und Eleanor, Theodora, Luke und der Doktor wandten sich zu ihr hin und hörten zu.

»Nell wer?«

»Eleanor Nellie Nell Nell. Das machen sie manchmal so«, unterbrach Mrs. Montague, um zu erklären. »Sie wiederholen ein Wort viele Male, damit es auch sicher rüberkommt.«

Arthur räusperte sich. »Was willst du?« las er vor.

»Heim.«

»Willst du heimkehren?« Und Theodora sah Eleanor belustigt an und zuckte die Achseln.

»Will daheim sein.«

»Was machst du hier?«

»Warten.«

»Warten worauf?«

»Heim.« Arthur unterbrach sich und nickte in tiefem Verständnis. »Da haben wir's wieder«, sagte er. »Mögen ein Wort und benutzen's immer wieder, bloß wegen dem Klang.«

»Gewöhnlich fragen wir nie, *warum*«, sagte Mrs. Montague, »weil es Planchette leicht verwirren kann. Aber diesmal haben wir es riskiert und direkt gefragt. Arthur?«

»Warum?« las Arthur vor.

»Mutter«, las Mrs. Montague. »Da sehn Sie, diesmal hatten wir recht zu fragen, denn Planchette hatte die Antwort parat.«

»Bist du in Hill House daheim?« las Arthur mit neutraler Stimme.

»Heim«, antwortete Mrs. Montague, und der Doktor seufzte.

»Hast du zu leiden?« las Arthur.

»Keine Antwort hier.« Mrs. Montague nickte beruhigend. »Manchmal geben sie Leiden nicht gern zu; es entmutigt oft uns Hinterbliebene, nicht? Genau wie Arthurs Tante zum Beispiel *nie* verraten würde, daß sie krank ist, aber Merrigot sagt uns immer Bescheid, und wenn sie hinübergegangen sind, ist es noch schlimmer.«

»Stoisch«, bekräftigte Arthur und las weiter: »Können wir dir helfen?«

»Nein«, las Mrs. Montague.

»Können wir überhaupt etwas für dich tun?«

»Nein. Verloren, Verloren. Verloren.« Mrs. Montague blickte auf. »Sehn Sie?« fragte sie. »Ein Wort, immer und immer wieder. Sie wiederholen sich *liebend* gern. Manchmal ging das schon so mit einem Wort über eine ganze Seite.«

»Was willst du?« las Arthur.

»Mutter«, las Mrs. Montague.

»Warum?«

»Kind.«

»Wo ist deine Mutter?«

»Daheim.«

»Wo ist daheim?«

»Verloren. Verloren. Verloren. Und danach«, sagte Mrs. Montague, »kam nur noch unverständliches Geplapper.«

»Planchette noch *nie* so kooperativ erlebt«, sagte Arthur vertraulich zu Theodora. »Ist schon ein Erlebnis, was?«

»Aber warum immer Nell damit anöden?« fragte Theodora wütend. »Ihre blöde Planchette hat kein Recht, Leuten unaufgefordert Botschaften zu schicken oder –«

»Kommt nie was bei raus, wenn Sie Planchette beschimpfen«, setzte Arthur an, aber Mrs. Montague, sich zu Eleanor wendend und sie anstarrend, unterbrach ihn. »*Sie* sind Nell?« wollte sie wissen, und dann nahm sie sich Theodora vor. »Wir dachten, *Sie* sind Nell«, sagte sie.

»So?« sagte Theodora herausfordernd.

»Die Botschaften werden dadurch natürlich nicht beeinträchtigt«, sagte Mrs. Montague, gereizt auf ihre Papiere trommelnd, »aber ich hatte *doch* gedacht, wir wären uns richtig vorgestellt worden. Ich bin zwar sicher, daß *Planchette* wußte, wer von Ihnen wer war, aber ich lasse mich jedenfalls nicht gern irreführen.«

»Fühlen Sie sich nicht zu kurz gekommen«, sagte Luke zu Theodora. »Wir werden Sie lebendig begraben.«

»Wenn ich mal eine Botschaft von diesem Dingsda kriegen sollte«, sagte Theodora, »dann bitte über einen verborgenen Schatz. Nicht solchen Quatsch von wegen Blumen für meine Tante.«

Alle vermeiden es sorgfältig, mich anzusehen, dachte Eleanor; ich bin wieder einzeln herausgegriffen worden, und sie alle sind so nett, so zu tun, als hätte es nichts zu bedeuten. »Warum, glauben Sie, ist das alles an mich gerichtet worden?« fragte sie hilflos.

»Also, Kind«, sagte Mrs. Montague und ließ ihre Papiere auf den niedrigen Tisch fallen, »ich habe nicht die *geringste* Ahnung. Allerdings sind Sie ja wohl kein Kind mehr, oder? Vielleicht sind Sie psychisch empfänglicher, als Ihnen selber klar ist, obwohl –«, und sie wandte sich uninteressiert wieder ab, »– wie *könnten* Sie dann seit einer Woche in diesem Haus sein, ohne die einfachste Botschaft von drüben aufgenommen zu haben... Das Feuer da müßte man mal schüren.«

»Nell will keine Botschaften von drüben«, sagte Theodora tröstend und rückte näher, um Eleanors kalte Hand in ihre Hand zu nehmen. »Nell will nur in ihr warmes Bett und ein bißchen schlafen.«

Ruhe, dachte Eleanor sachlich; alles, was ich will auf der Welt, ist Ruhe, ein stilles Fleckchen, wo ich mich hinlegen und nachdenken kann, ein stilles Fleckchen zwischen den Blumen, wo ich träumen und mir schöne Geschichten erzählen kann.

4

»Ich«, sagte Arthur gewichtig, »habe mein Hauptquartier in dem kleinen Zimmer, kurz vor dem Kinderzimmer, gut in Rufweite. Schußbereiten Revolver hab ich dabei – keine Sorge, die Damen, exzellenter Schütze –, Taschenlampe und Trillerpfeife, sehr durchdringend. Wird mir nicht schwerfallen, Sie alle herbeizurufen, falls ich etwas bemerke, das Ihre Beachtung verdient, oder Ihre – äh – Gesellschaft brauche. Versichere Ihnen, Sie können alle ruhig schlafen.«

»Arthur«, erklärte Mrs. Montague, »wird im Haus Wache halten. Regelmäßig einmal in der Stunde wird er um die oberen Räume die Runde machen. Um die unteren Räume, glaube ich, wird er sich kaum zu kümmern brauchen, denn hier werde *ich* aufbleiben. Wir haben das schon öfter gemacht, viele Male. Kommen Sie alle mit!« Stumm folgten sie ihr die Treppe hinauf, sahen, wie sie dem Geländer und den Schnitzarbeiten an den Wänden liebevolle Klapse gab. »Es ist ja so ein Glück«, sagte sie einmal, »zu wissen, daß die Wesen in diesem Haus nur auf die Gelegenheit warten, ihre Geschichten einmal erzählen zu können und sich von der Last ihres Kummers zu befreien. So. Arthur wird zunächst mal alle Schlafzimmer inspizieren. Arthur?«

»Bitte um Entschuldigung, die Damen, Entschuldigung«, sagte Arthur, als er die Tür zum blauen Zimmer aufmachte, das Eleanor und Theodora miteinander teilten. »Hübsches Zimmerchen«, sagte er jovial, »wie geschaffen für zwei so reizende Damen; werde Ihnen die Mühe abnehmen, wenn es Ihnen recht ist, in den Schrank und unter die Betten zu gucken.« Andächtig schauten sie zu, wie Arthur sich auf Hände und Knie niederließ und unter die Betten spähte. Dann stand er auf, klopfte sich den Staub von den Händen und sagte, »keine Gefahr.«

»Und wo soll ich nun hin?« fragte Mrs. Montague. »Wo hat dieser junge Mann meine Koffer hingebracht?«

»Grad am Ende der Diele«, sagte der Doktor. »Wir nennen es das Kinderzimmer.«

Gefolgt von Arthur schritt Mrs. Montague zielstrebig die Diele entlang, kam über die kalte Stelle und erschauerte. »Ich werde ein paar Decken extra brauchen«, sagte sie. »Laß diesen jungen Mann noch ein paar Decken aus den andern Zimmern holen.« Als sie die Tür zum Kinderzimmer aufgemacht hatte, nickte sie und sagte, »die Betten sehn einigermaßen frisch aus, zugegeben, aber wann ist der Raum das letzte Mal gelüftet worden?«

»Ich hab es Mrs. Dudley gesagt«, sagte der Doktor.

»Es riecht muffig. Arthur, du wirst das Fenster da aufmachen müssen, trotz der Kälte.«

Trübsinnig sahen die Tiere von der Wand auf Mrs. Montague herab. »Bist du dir sicher...« Der Doktor zögerte und blickte scheu zu den grinsenden Gesichtern über der Tür des Zimmers hinauf. »Ich frage mich, ob du hier nicht jemanden bei dir haben solltest«, sagte er.

»Mein Guter!« Mrs. Montague, von der Nähe der Hinübergegangenen nun mit guter Laune erfüllt, war belustigt. »Wie viele Stunden, wie viele, viele Stunden habe ich nicht schon voll reinster Liebe und voll Verständnis allein in einem Raum gesessen und bin doch nicht allein gewesen? Wie kann ich dir nur begreiflich machen, mein Guter, daß keine Gefahr besteht, wo nur Liebe ist und mitfühlendes Verständnis? Ich bin hier, um diesen unglückseligen Wesen zu *helfen* – ich bin hier, um ihnen die Hand herzenswarmer Zuneigung hinzustrecken und sie wissen zu lassen, daß es immer noch *manche* gibt, die ihrer gedenken, die auf sie hören und um sie weinen; ihre Einsamkeit ist vorüber, und ich –«

»Ja gut«, sagte der Doktor, »aber laß die Tür offen.«

»Ich schließe nicht ab, wenn es dich beruhigt.« Mrs. Montague kam ihm großmütig entgegen.

»Ich bin nur ein Stück weit weg am andern Ende der Diele«, sagte der Doktor. »Ich kann mich kaum als Wachtposten anbieten, denn das ist Arthurs Beschäftigung, aber wenn dir irgendwas fehlt, kann ich dich hören.«

Mrs. Montague lachte und winkte ihm zu. »Diese andern haben deinen Schutz so viel nötiger als ich«, sagte sie. »Ich werde natürlich tun, was ich kann. Aber sie sind sehr, sehr verwundbar mit ihren harten Herzen und ihren blinden Augen.«

Arthur, gefolgt von einem Luke, der sich gut zu amüsieren schien, kam von der Inspektion der anderen Schlafzimmer auf dem Flur zurück und nickte dem Doktor aufgeräumt zu. »Alles klar«, sagte er. »Jetzt können Sie völlig unbesorgt zu Bett gehn.«

»Danke«, sagte der Doktor trocken. Dann sagte er zu seiner Frau: »Gute Nacht. Sei vorsichtig!«

»Gute Nacht«, sagte Mrs. Montague und lächelte sie alle ringsum an. »Bitte haben Sie keine Angst!« sagte sie. »Was auch passieren mag, ich bin da.«

»Gute Nacht«, sagte Theodora, und »gute Nacht«, sagte Luke, und Arthur hinter sich lassend, der ihnen noch einmal versicherte, daß sie ruhig schlafen könnten, daß sie sich nicht zu sorgen brauchten, wenn sie Schüsse hörten, und daß er seinen ersten Rundgang um Mitternacht beginnen würde, gingen Eleanor und Theodora in ihr Zimmer, und Luke ging auf der Diele weiter zu seinem. Nach einem Moment folgte ihnen auch der Doktor, der sich nur widerstrebend von der geschlossenen Tür seiner Frau wegwenden konnte.

»Warte noch«, sagte Theodora, sobald sie mit Eleanor allein im Zimmer war. »Luke hat gesagt, wir sollen zu ihnen über die Diele kommen; zieh dich nicht aus und sei leise!« Sie öffnete die Tür einen Spalt weit und flüsterte über die Schulter zurück, »ich könnte schwören, die Ziege sprengt uns noch das Haus in die Luft mit ihrer reinsten Liebe; wenn ich je ein Haus gesehn habe, wo die reinste Liebe nichts zu suchen hat, dann dieses. Komm, Arthur hat seine Tür zugemacht. Schnell. Sei leise!«

»So ungefährlich ist das nicht«, sagte Luke, lehnte die Tür an, kam zurück ins Zimmer und setzte sich auf den Boden, »dieser Kerl wird noch jemanden erschießen.«

»Mir gefällt das gar nicht«, sagte der Doktor besorgt. »Luke und ich werden aufbleiben und Wache halten, und ich möchte die beiden Damen hier bei uns haben, wo wir sie im Auge behalten können. Heute passiert etwas. Mir gefällt das gar nicht.«

»Ich hoffe nur, sie hat nicht alles verrückt gemacht, mit ihrer Planchette«, sagte Theodora. »Entschuldigung, Dr. Montague, ich wollte nichts Schlechtes über Ihre Frau sagen.«

Der Doktor lachte, ohne die Augen von der Tür zu wenden. »Anfangs wollte sie die ganze Zeit hierbleiben«, sagte er, »aber sie hatte sich für einen Yoga-Kurs angemeldet und konnte die Sitzungen nicht versäumen. Sie ist eine vortreffliche Frau, in den meisten Belangen«, fügte er ernst reihum blickend hinzu. »Sie ist eine gute Hausfrau und versorgt mich sehr gut. Eigentlich macht sie alles ganz prächtig. Knöpfe annähen und so weiter.« Er lächelte gefaßt. »Das hier« – und er deutete in Richtung Diele – »ist praktisch ihr einziges Laster.«

»Vielleicht meint sie, sie hilft Ihnen bei Ihrer Arbeit«, sagte Eleanor.

Der Doktor schnitt eine Grimasse und schüttelte sich; im gleichen Moment schwang die Tür weit auf und fiel dann krachend zu, und in der Stille draußen hörten sie langsame, strömende Bewegungen, wie wenn ein Sturmwind ganz gleichmäßig die Diele entlang fegte. Einander anblickend, versuchten sie zu lächeln, versuchten jeder ein mutiges Gesicht zu dem langsamen Heranwehen der unwirklichen Kälte zu machen, und dann, durch das Brausen des Windes hörten sie das Klopfen an den Türen im Untergeschoß. Ohne ein Wort nahm Theodora die Steppdecke, die am Fußende auf dem Bett des Doktors lag, und breitete sie um Eleanor und sich selbst, und sie rückten dicht zusammen, langsam, um kein Geräusch zu machen. Eleanor, eng an Theodora geschmiegt und erbärmlich frierend, obwohl Theodora die Arme um sie gelegt hatte, dachte, es kennt meinen Namen, diesmal kennt es meinen Namen. Das Gehämmer kam die Treppe herauf, mit einem Schlag auf jede Stufe. Der Doktor stand sprungbereit an der Tür, und Luke kam hinzu und stellte sich neben ihn. »Es ist weit weg vom Kinderzimmer«, sagte er zu dem Doktor und streckte eine Hand aus, um den Doktor davon abzuhalten, daß er die Tür aufmachte.

»Wie man dieses ewige Gehämmer satt bekommt!« sagte Theodora blödelnd. »Nächsten Sommer fahre ich woanders hin.«

»Alles hat seine Nachteile«, sagte Luke zu ihr. »An den großen Seen stechen einen die Mücken.«

»Ob wir das Repertoire von Hill House vielleicht schon erschöpft haben?« fragte Theodora, mit flatternder Stimme trotz des unbekümmerten Tons. »Diese Polternummer kommt mir bekannt vor; ob das nun alles noch mal von vorn anfängt?« Das Krachen hallte längs der Diele wider und schien nun vom andern Ende, dem vom Kinderzimmer entferntesten, herzukommen, und der Doktor, immer noch gespannt an der Tür stehend, schüttelte besorgt den Kopf. »Ich muß gleich hinaus«, sagte er. »Vielleicht hat sie doch Angst«, erklärte er ihnen.

Eleanor wiegte sich im Takt des Gehämmers, das in ihrem Kopf ebenso laut zu sein schien wie auf der Diele, hielt sich eng an Theodora geschmiegt und sagte, »sie wissen, wo wir sind«, und die anderen, in der Annahme, daß sie Arthur und Mrs. Montague meinte, nickten und horchten. Das Pochen, sagte sich Eleanor, die Hände vor die Augen drückend und ein wenig mit dem Lärm hin und her schwankend, wird die Diele entlang weitergehen, immer weiter, bis ans Ende, und dann macht es kehrt und kommt zurück, es wird immer weitergehen, wie beim vorigen Mal, und dann wird es aufhören, und wir werden uns ansehen und lachen und uns zu erinnern versuchen, wie wir gefroren haben und wie uns die Angst in kleinen feuchten Kringeln den Rücken hinabgelaufen ist; nach einer Weile wird es aufhören.

»Es tut *uns* nichts«, sagte Theodora durch das laute Gehämmer hindurch zu dem Doktor, »und es wird *ihnen* auch nichts tun.«

»Ich hoffe nur, *sie* versucht nicht, etwas dagegen zu tun«, sagte der Doktor finster; er stand immer noch an der Tür, war aber anscheinend nicht imstande, sie gegen den Lärmpegel draußen zu öffnen.

»Ich komme mir dabei schon richtig wie ein alter Hase vor«, sagte Theodora zu Eleanor. »Rück näher, Nell, halt dich warm!« Und sie zog Eleanor unter der Decke noch näher an sich, und die betäubende, stumme Kälte umgab sie.

Dann, ganz plötzlich, wurde es still – die lauernde, schleichende Stille, an die sie sich nur allzu gut erinnerten. Mit angehaltenem Atem sahen sie einander an. Der Doktor hatte beide Hände am Türknauf, und Luke, obwohl weiß im Gesicht und mit flatternder Stimme, sagte leichthin, »jemand einen Kognak? Mein Hang zu Spirituosen –«

»Nein!« Theodora kicherte hektisch. »Nicht noch mal diesen Witz!« sagte sie.

»Entschuldigung. Sie werden's nicht glauben«, sagte Luke, und die Karaffe klirrte gegen das Glas, als er einzuschenken versuchte, »aber ich merke gar nicht mehr, daß es ein Witz ist. Das kommt dabei heraus, wenn man in einem Spukhaus wohnt: der Sinn für Humor nimmt Schaden.« Mit beiden Händen das Glas haltend, kam er ans Bett, wo Theodora und Eleanor unter der Decke hockten, und Theodora streckte eine Hand heraus und nahm ihm das Glas ab. »Da«, sagte sie und hielt es Eleanor an den Mund, »trink!«

Einen Schluck nehmend, der sie nicht wärmte, dachte Eleanor, wir sind im Zentrum des Orkans; viel Zeit bleibt nicht mehr. Sie sah zu, wie Luke vorsichtig ein Glas Kognak zu dem Doktor brachte und ihm hinhielt, und dann, ohne zu verstehen, sah sie das Glas Luke durch die Finger gleiten und zu Boden fallen, als es an der Tür stumm und heftig zu rütteln begann. Luke zog den Doktor zurück, und die Tür, lautlos gerammt, schien fast aus den Angeln gerissen zu werden, konnte jeden Augenblick umknicken und sie preisgeben. Luke und der Doktor wichen zurück und warteten, angespannt und hilflos.

»Es kann nicht rein«, flüsterte Theodora immer wieder, die Augen auf die Tür gerichtet, »es kann nicht rein, laßt es nicht rein, es kann nicht rein –« Das Rütteln hörte auf, und eine leichte, streichelnde Bewegung am Türknauf fing an, ein behutsames, intimes Abtasten, und dann, weil die Tür verschlossen war, wurde der Türrahmen getätschelt, als ob der Einlaß mit Liebkosungen zu erlangen wäre.

»Es weiß, daß wir hier sind«, flüsterte Eleanor, und Luke sah über die Schulter zu ihr zurück, mit einer wütenden Geste, daß sie still sein sollte.

Es ist so kalt, dachte Eleanor wie ein Kind; ich kann doch nie mehr schlafen, wenn all der Lärm aus meinem Kopf kommt; wie die andern den Lärm nur hören können, wenn er aus meinem Kopf kommt? Ich gehe zentimeterweise in diesem Haus unter, immer wieder bricht ein Stück von mir ab, weil dieser Lärm mich kaputtmacht; warum sind die *andern* so erschrocken?

Trüb war ihr bewußt, daß das Hämmern wieder angefangen hatte; der metallisch dröhnende Lärm schwemmte über sie hin wie Wellen; sie legte die kalten Hände an den Mund, um zu fühlen, ob ihr Gesicht noch da war. Ich habe genug, dachte sie, mir ist zu kalt.

»Beim Kinderzimmer, an der Tür«, sagte Luke angespannt, doch mit klarer Stimme durch den Lärm hindurch. »Beim Kinderzimmer, nicht!« Und er streckte eine Hand aus, um den Doktor zurückzuhalten.

»Reinste Liebe«, sagte Theodora mit irrem Kichern, »reinste Liebe!«

»Wenn sie die Türen nicht aufmachen –«, sagte Luke zu dem Doktor. Der Doktor hatte nun den Kopf an die Tür gelegt und horchte, während Luke ihn am Arm festhielt, damit er nicht hinausrannte.

Jetzt kommt gleich ein anderes Geräusch, dachte Eleanor, in ihren Kopf hinein lauschend; es wechselt. Das Hämmern hatte aufgehört, als ob es sich nun als unwirksam erwiesen hätte, und dafür hörte man eine rasche, streifende Bewegung die Diele entlang und wieder zurück, wie von einem hin und her rennenden Tier, das ungeduldig erst die eine Tür und dann eine andere musterte, auf jedes Geräusch von drinnen horchend, und dann kam wieder das leise plappernde Gemurmel, an das Eleanor sich erinnerte; mache ich das selbst? fragte sie sich plötzlich, bin ich das? Und sie hörte das dünne Lachen vor der Tür, als ob sie ausgelacht würde.

»Ich rieche Menschenfleisch«, sagte Theodora leise, und das Lachen schwoll an bis zu einem Brüllen; es ist in meinem Kopf, dachte Eleanor und legte die Hände vors Gesicht, es ist in meinem Kopf und kommt heraus, kommt heraus, kommt heraus –

Das Haus zitterte und bebte nun, die Gardinen peitschten gegen die Fenster, die Möbel wackelten, und der Lärm auf der Diele schien die Wände eindrücken zu wollen; sie hörten Glas splittern – vielleicht Fenster oder herunterfallende Bilder auf der Diele. Luke und der Doktor stemmten sich gegen die Tür, als ob man sie mit aller Kraft zuhalten müßte, und der Boden bewegte sich unter ihren Füßen. Wir gehn ja, wir gehn ja, dachte Eleanor, und wie aus weiter Ferne hörte sie Theodora sagen, »das Haus stürzt ein« – mit ruhiger Stimme, als ob sie über alle Furcht hinaus wäre. Sich ans Bett klammernd, das wackelte und rüttelte, legte Eleanor den Kopf flach, schloß die Augen, biß sich auf die Lippen gegen die Kälte und ergab sich dem Schwindel des Sturzes, als der Raum unter ihr wegsackte, sich wieder aufrichtete und dann langsam schaukelnd drehte. »Allmächtiger Himmel!« sagte Theodora, und an der Tür, meilenweit entfernt, packte Luke den Doktor und hielt ihn aufrecht.

»Alles in Ordnung?« rief Luke, mit dem Rücken gegen die Tür gestemmt und den Doktor an den Schultern festhaltend. »Theo, alles in Ordnung?«

»Geht so«, sagte Theodora. »Weiß nicht, ob auch bei Nell.«

»Halten Sie sie warm!« sagte Luke, aus weiter Ferne. »Das war noch nicht alles.« Seine Stimme verhallte; Eleanor sah und hörte ihn nur noch von weitem, aus dem fernen Zimmer, wo er, Theodora und der Doktor immer noch warteten; in der bodenlosen Dunkelheit, in die sie hineinstürzte, gab es nichts mehr, bis auf ihre eigenen weißen Hände um den Bettpfosten. Sie konnte sie sehen, ganz klein, wie sie sich festklammerten, wenn das Bett schwankte, die Wand sich vorbeugte und die Tür weit weg zur Seite klappte. Irgendwo dort gab es ein lautes, durchschüttelndes Krachen, und ein riesiges Ding kam kopfüber herangestürzt; das muß der Turm sein, dachte Eleanor, und ich hatte geglaubt, er bliebe noch viele Jahre lang stehen; wir sind verloren, verloren; das Haus zerstört sich selbst. Überall hörte sie Gelächter, dünn und wahnwitzig in einer kleinen, irren Melodie, und sie dachte, nein, für mich ist es aus. Das ist zuviel, dachte sie, ich leiste Verzicht auf dieses Selbst, danke ab, gebe freiwillig ab, was ich sowieso nie haben wollte; was es auch von mir will, kann es haben.

»Ich komme«, sagte sie laut zu Theodora hinauf, die sich über sie beugte. Im Zimmer war es vollkommen still, und zwischen den unbewegten Vorhängen am Fenster konnte sie das Sonnenlicht sehen. Luke saß auf einem Stuhl am Fenster, das Gesicht zerschrammt und das Hemd zerrissen; er trank immer noch Kognak. Der Doktor saß zurückgelehnt auf einem anderen Stuhl, mit frisch gekämmtem Haar, sauber, adrett und gefaßt. Theodora, über Eleanor gebeugt, sagte, »ich glaube, ihr geht's wieder gut«, und Eleanor setzte sich auf, schüttelte den Kopf und machte große Augen. Still und korrekt umstand sie das Haus, und nichts war von seinem Platz verrückt worden.

»Wie...« sagte Eleanor, und die drei andern lachten.

»Ein neuer Tag«, sagte der Doktor, und trotz seines frischen Aussehens klang seine Stimme matt. »Bis zur neuen Nacht«, sagte er.

»Wie ich schon mal sagen wollte«, bemerkte Luke, »das Leben in einem Spukhaus spielt dem Sinn für Humor übel mit; ich hatte wirklich nicht die Absicht, einen unerlaubten Wortwitz zu reißen«, sagte er zu Theodora.

»Wie – geht's ihnen?« fragte Eleanor. Die Worte kamen ihr fremd vor, und ihr Mund war ungelenk.

»Schlafen beide wie die Kinder«, sagte der Doktor. »Eigentlich«, sagte er, als ob er ein Gespräch fortsetzte, das schon begonnen hatte, als Eleanor noch schlief, »kann ich nicht glauben, daß meine Frau diesen Sturm aufgerührt haben soll, aber ich muß zugeben, wenn sie noch ein Wort von reinster Liebe sagt...«

»Was ist passiert?« fragte Eleanor; ich muß die ganze Nacht mit den Zähnen geknirscht haben, dachte sie, mein Mund fühlt sich so an.

»Hill House ist tanzen gegangen«, sagte Theodora, »und hat uns mitgenommen auf eine wüste Mitternachtsparty. Zumindest *denke* ich, das war ein Tanz. Es können auch Purzelbäume gewesen sein.«

»Es ist gleich neun«, sagte der Doktor. »Wenn Eleanor fertig ist...«

»Komm mit, Baby«, sagte Theodora. »Theo wird dir das Gesicht waschen und dich zurechtmachen fürs Frühstück.«

## Achtes Kapitel

### I

»Hat ihnen jemand gesagt, daß Mrs. Dudley um zehn abräumt?« Theodora sah abwägend in die Kaffeekanne.

Der Doktor zögerte. »Nach solch einer Nacht möchte ich sie nicht gern wecken.«

»Aber Mrs. Dudley räumt um zehn ab.«

»Sie kommen«, sagte Eleanor. »Ich kann sie auf der Treppe hören.« Ich kann alles hören, im ganzen Haus, hätte sie ihnen gern gesagt.

Dann, von weitem, konnten sie alle Mrs. Montagues vor Ärger erhobene Stimme hören, und Luke hatte zuerst begriffen und sagte, »o mein Gott – sie finden das Speisezimmer nicht«, und eilte hinaus, um die Türen aufzumachen.

»– richtig gelüftet.« Mrs. Montagues Stimme eilte ihr voraus, und dann kam sie selbst hereingerauscht, gab dem Doktor zur Begrüßung einen kurzen Klaps auf die Schulter und setzte sich mit einem vagen Hinnicken zu den anderen. »Ich muß sagen«, begann sie sofort, »ich finde, ihr hättet uns zum Frühstück rufen können. Nun ist vermutlich alles schon kalt? Ist der Kaffee trinkbar?«

»Morgen«, sagte Arthur brummig und setzte sich seinerseits; er wirkte mürrisch und übellaunig. Theodora warf fast die Kanne um in ihrer Eile, Mrs. Montague eine Tasse Kaffee hinzustellen.

»Einigermaßen heiß *scheint* er ja noch zu sein«, sagte Mrs. Montague. »Ich spreche auf jeden Fall heute vormittag gleich mit deiner Mrs. Dudley. Dieses Zimmer muß durchgelüftet werden.«

»Und wie war's?« fragte der Doktor schüchtern. »Hattest du eine – äh – ergiebige Nacht?«

»Wenn du mit ergiebig meinst, ob ich gut geschlafen habe, John, dann wünschte ich, du würdest es sagen. Nein, um deine überaus höfliche Erkundigung zu beantworten, ich habe *nicht* gut geschlafen. Ich habe kein Auge zugetan. Dieses Zimmer ist unerträglich.«

»Laut, dieses alte Haus, was?« sagte Arthur. »Ast gegen mein Fenster geklopft, ganze Nacht durch; ich fast verrückt geworden, hat geklopft und geklopft.«

»Sogar bei offenen Fenstern ist das Zimmer noch muffig. Mrs. Dudleys Kaffee ist nicht so schlecht wie ihre Hauspflege. Noch eine Tasse bitte. Es erstaunt mich, John, daß du mir ein Zimmer gibst, das nicht richtig gelüftet ist; bei jeder Kommunikation mit denen von drüben muß die Luftzirkulation wenigstens ausreichend sein. Die ganze Nacht hab ich den Staub gerochen.«

»Kann *dich* nicht verstehn«, sagte Arthur zu dem Doktor, »warum läßt du dich so nervös machen von diesem Haus. Ich die ganze Nacht dagesessen mit meinem Revolver, und keine Maus hat sich gerührt. Bis auf diesen teuflischen Ast, der ans Fenster geklopft hat. Mich fast verrückt gemacht«, vertraute er Theodora an.

»Natürlich geben wir die Hoffnung noch nicht auf.« Mrs. Montague blickte finster auf ihren Gatten. »Vielleicht haben wir heute nacht ein paar Erscheinungen.«

2

»Theo?« Eleanor legte ihr Notizheft weg, und Theodora, die eifrig kritzelte, sah stirnrunzelnd auf. »Ich habe mir etwas überlegt.«

»Ich *hasse* diese Notizen; ich komme mir blöd vor, wenn ich versuche, dies verrückte Zeug aufzuschreiben.«

»Ich hab mich was gefragt.«

»Und?« Theodora lächelte ein wenig. »Du siehst so ernst aus«, sagte sie. »Hast du einen großen Entschluß gefaßt?«

»Ja«, sagte Eleanor und faßte ihn. »Was ich danach machen werde. Wenn wir alle aus Hill House abgereist sind.«

»Und?«

»Ich komme mit dir«, sagte Eleanor.

»Kommst mit mir wohin?«

»Wieder nach Hause, heim. Ich –« und Eleanor lächelte krampfig »– fahre mit zu dir nach Hause.«

Theodora blickte vor sich hin. »Warum?« fragte sie tonlos.

»Ich hab niemanden, an dem mir etwas liegt«, sagte Eleanor und überlegte, wo sie so etwas schon mal von jemandem gehört hatte. »Ich möchte irgendwo sein, wo ich hingehöre.«

»Ich bringe gewöhnlich keine streunenden Katzen mit nach Hause«, sagte Theodora lachend.

Eleanor lachte auch. »Ich *bin* so was wie eine streunende Katze, nicht?«

»Na.« Theodora nahm ihren Stift wieder zur Hand. »Du hast dein eigenes Zuhause«, sagte sie. »Du wirst mehr als froh sein, daß du wieder da bist, wenn es soweit ist, Nell, meine Nellie! Ich glaube, wir werden alle froh sein, wieder heimzukommen. Was sagst du zu diesen Geräuschen letzte Nacht? Ich kann sie einfach nicht beschreiben.«

»Ich komme mit, weißt du?« sagte Eleanor. »Ich komme einfach mit.«

»Nellie, ach Nellie!« Theodora lachte wieder. »Schau!« sagte sie. »Dies ist nur ein Sommer, nur ein paar Wochen Sommerfrische in einem netten alten Haus auf dem Lande. Du hast daheim dein Leben, ich habe *meines*. Wenn der Sommer vorüber ist, fahren wir jeder heim. Wir werden uns schreiben, natürlich, und uns vielleicht auch mal besuchen, aber Hill House ist nicht für immer, das weißt du.«

»Ich kann mir einen Job suchen; ich werde dir nicht im Weg sein.«

»Ich versteh dich nicht.« Theodora schmiß ärgerlich ihren Stift hin. »Gehst du *immer* dahin, wo du nicht erwünscht bist?«

Eleanor lächelte friedfertig. »Ich bin noch *nirgendwo* erwünscht gewesen«, sagte sie.

# 3

»Alles ist so mütterlich«, sagte Luke. »Alles so weich, alles gepolstert. Große einladende Sessel und Sofas, die sich als hart und unbequem erweisen, sobald man sich draufsetzt, und einen sofort abstoßen –«

»Theo?« sagte Eleanor leise, und Theodora sah sie an und schüttelte bestürzt den Kopf.

»– und überall Hände. Kleine runde Glashände, die sich einem entgegenbiegen, winken –«

»Theo?« sagte Eleanor.

»Nein«, sagte Theodora. »Ich will dich nicht bei mir haben. Und ich möchte nicht mehr darüber reden.«

»Der wohl abstoßendste Aspekt«, sagte Luke, der sie beobachtete, »ist die Betonung der Rundungen. Bitte betrachtet nur mal unparteiisch diesen Lampenschirm aus winzigen zusammengeleimten Glasscherben, die großen Kugellampen auf der Treppe oder das geriffelte irisierende Bonbonglas neben Theo. Im Speisezimmer ist eine Schale aus besonders abscheulichem gelbem Glas, die in den hohlen Händen eines Kindes ruht, und ein Osterei aus Zucker mit einer Ansicht von tanzenden Schäfern darin. Eine vollbusige Dame trägt das Treppengeländer mit dem Kopf, und im Salon unter Glas –«

»Nellie, laß mich in Ruh! Gehn wir zum Bach runter oder irgendwas.«

»– ist ein Kindergesicht in Kreuzstickerei. Nell, schaun Sie nicht so verbiestert drein; Theo hat doch vorgeschlagen, zum Bach zu gehen. Wenn Sie wollen, komme ich mit.«

»Mir ist alles recht«, sagte Theodora.

»Um die Kaninchen zu verscheuchen. Wenn Sie wollen, nehme ich einen Stock mit. Wenn Sie wollen, komme ich auch nicht mit. Theo muß es nur sagen.«

Theodora lachte. »Vielleicht möchte Nell lieber hierbleiben und Sachen an die Wände schreiben.«

»Das war nicht nett«, sagte Luke. »Gemein von Ihnen, Theo.«

»Ich möchte mehr über die tanzenden Schäfer in dem Osterei hören«, sagte Theodora.

»Eine ganze Welt in Zucker eingeschlossen. Sechs winzig kleine tanzende Schäfer und eine Schäferin in Blau und Rosa, auf einem moosigen Hang hingelagert und ihnen vergnügt zusehend; ringsum Blumen, Bäume und Schafe, ein alter Ziegenhirt spielt Flöte. Ich glaube, ich wäre auch gern ein Ziegenhirt gewesen.«

»Wenn Sie nicht schon Stierkämpfer wären«, sagte Theodora.

»Wenn ich nicht schon Stierkämpfer wäre. Nellies Affären sind das Gespräch aller Cafés – Sie erinnern sich.«

»Pan«, sagte Theodora. »Sie sollten in einem hohlen Baum wohnen, Luke.«

»Nell«, sagte Luke, »Sie hören ja gar nicht zu.«

»Ich glaube, Sie machen ihr angst, Luke.«

»Weil Hill House eines Tages mir gehören wird, mit seinen ungezählten Schätzen und Polstern? Ich werde nicht gut zu dem Haus sein, Nell; vielleicht überkommt mich so eine Unruhe, daß ich das Zuckerosterei zerschmeiße, oder ich haue dem kleinen Kind die Hände ab, trampele brüllend die Treppe rauf und runter, schlage mit dem Spazierstock nach den geleimten Glaslampen oder verdresche die vollbusige Dame mit dem Geländer auf dem Kopf; vielleicht werde ich –«

»Sehn Sie? Sie machen ihr wirklich angst.«

»Ich glaube auch«, sagte Luke. »Nell, ich rede nur Unsinn.«

»Ich glaube, er besitzt nicht mal einen Spazierstock«, sagte Theodora.

»Tatsache, doch! Nell, ich rede *nur* Unsinn. Über was grübelt sie denn, Theo?«

Theodora sagte bedächtig, »sie will, daß ich sie mit zu mir nach Hause nehme, wenn wir hier abreisen, und ich mach es nicht.«

Luke lachte. »Arme dumme Nellie«, sagte er. »Reisen enden stets in Paaren. Gehn wir zum Bach runter.«


»Ein Mutterhaus«, sagte Luke, als sie die Stufen von der Veranda herab auf den Rasen kamen, »eine Hausmutter, eine Schulmeisterin, eine Hausmeisterin. Ich werde sicher ein sehr schlechter Hausmeister sein, wie unser Freund Arthur, wenn Hill House erst mir gehört.«

»Ich kann nicht verstehen, daß überhaupt jemand Hill House besitzen möchte«, sagte Theodora, und Luke drehte sich um und schaute belustigt zum Haus zurück.

»Man weiß nie, was man will, bis man es deutlich vor sich sieht«, sagte er. »Wenn ich nie eine Aussicht gehabt hätte, das Haus zu besitzen, dächte ich wohl ganz anders darüber. Was wollen die Menschen wirklich miteinander anfangen, hat Nell mich einmal gefragt; wozu sind andere Menschen gut?«

»Es war meine Schuld, daß meine Mutter gestorben ist«, sagte Eleanor. »Sie hat an die Wand geklopft und mich gerufen und gerufen, und ich bin nicht aufgewacht. Ich hätte ihr ihre Medizin bringen sollen; sonst hatte ich das immer getan. Aber das eine Mal hat sie mich gerufen, und ich bin nicht aufgewacht.«

»Das solltest du inzwischen alles vergessen haben«, sagte Theodora.

»Seither frag ich mich immer, ob ich nicht doch aufgewacht bin. Ob ich nicht aufgewacht bin und sie gehört habe und ob ich nicht einfach wieder eingeschlafen bin. Es wäre leicht gewesen, und ich habe drüber nachgedacht.«

»Zum Bach geht's hier lang!« sagte Luke.

»Du machst dir zuviel Gedanken, Nell. Wahrscheinlich *gefällt* dir einfach die Idee, daß es deine Schuld war.«

»Früher oder später mußte es ohnehin passieren«, sagte Eleanor. »Aber wenn es passierte, und egal wann, mußte es meine Schuld sein.«

»Wäre es nicht passiert, wärst du nie nach Hill House gekommen.«

»Hier müssen wir hintereinander gehen«, sagte Luke. »Nell, gehn Sie voran!«

Lächelnd ging sie voran, den Pfad entlang mit weiten, lässigen Schritten. Jetzt weiß ich, wo ich hingehe, dachte sie; ich habe ihr vom Tod meiner Mutter erzählt, also ist *das* erledigt; ich werde mir ein kleines Haus suchen oder vielleicht auch eine Wohnung wie ihre. Ich werde sie jeden Tag sehen, und wir gehn zusammen nach hübschen Sachen stöbern – nach goldgeränderten Tellern, einer weißen Katze, einem Osterei aus Zucker und einer Sterntasse. Ich werde keine Angst mehr haben und nicht mehr allein sein; ich werde mich nur noch *Eleanor* nennen. »Redet ihr beide über mich?« fragte sie über die Schulter.

Nach einem Moment antwortete Luke höflich: »Ein Kampf zwischen Gut und Böse um Nellies Seele. Ich nehme an, ich werde den Herrgott spielen müssen.«

»Aber sie kann uns natürlich beiden nicht trauen«, sagte Theodora belustigt.

»Mir jedenfalls nicht«, sagte Luke.

»Außerdem, Nell«, sagte Theodora, »haben wir gar nicht über dich gesprochen. Als ob ich die Zwischenträgerin wäre«, sagte sie halb ärgerlich zu Luke.

Ich habe so lange gewartet, dachte Eleanor; ich habe mir mein Glück verdient. Sie kam als erste auf die Hügelkuppe und sah hinunter zu der schmalen Baumreihe, die sie noch durchqueren mußten, um an den Bach zu gelangen. Sie stehen prächtig vor dem Himmel, dachte sie, so frei und gerade; es stimmt nicht, was Luke sagt, daß hier alles wie gepolstert wäre, denn die Bäume sind hart, wie aus Holz geschnitzt. Sie reden immer noch über mich, wie ich nach Hill House gekommen bin, wie ich Theodora gefunden habe und sie nun nicht mehr fortlassen will. Hinter sich hörte sie das Murmeln ihrer Stimmen, manchmal mit Ecken und Kanten von Boshaftigkeit, manchmal lauter werdend im Spott, manchmal durchflochten von einem Lachen, fast wie unter nahen Verwandten, und sie ging träumend weiter und hörte sie hinter sich herkommen. Ohne sich umzudrehen, wußte sie, wann sie, einen Moment nach ihr, ins hohe Gras kamen, denn das Gras zischelte um ihre Füße, und ein aufgeschreckter Grashüpfer sprang eiligst davon.

Ich könnte ihr in ihrem Laden helfen, dachte Eleanor; sie mag schöne Sachen, und ich könnte mit ihr welche suchen gehn. Wir könnten überall hinfahren, wohin wir wollen, bis ans Ende der Welt, und zurückkommen, wann es uns paßt. Jetzt erzählt er mir, was er über mich weiß: daß ich nicht leicht zu beeindrucken bin, daß ich eine Oleanderhecke um mich hatte, und sie lacht jetzt, weil ich nicht mehr allein sein werde. Sie sind sich sehr ähnlich, und sie sind sehr nett; so viel, wie sie mir jetzt geben, hätte ich gar nicht von ihnen erwartet; ich hatte doch recht, herzukommen, denn Reisen enden stets in Paaren.

Sie kam unter die harten Äste der Bäume, und nach der heißen Sonne auf dem Weg war der Schatten angenehm kühl; sie mußte nun vorsichtiger gehen, denn es ging bergab, und manchmal waren Wurzeln und große Steine im Weg. Die Stimmen hinter ihr kamen mit, schnell und scharf, dann langsamer und mit Gelächter; ich will nicht zurückblicken, dachte sie glücklich, denn dann wüßten sie, was ich denke; irgendwann werden wir mal drüber reden, Theodora und ich, wenn wir viel Zeit haben. Wie sonderbar mir zumute ist, dachte sie, als sie aus den Bäumen heraus auf das letzte, steile Stück des Pfades kam, das zum Bach hinunterführte; ich bin wie benommen vor Staunen, ganz still vor Freude. Ich schaue mich erst um, wenn ich am Bach bin, da, wo sie fast reingefallen wäre an dem Tag, als wir angekommen sind; ich werde sie an die goldenen Fische im Bach und an unser Picknick erinnern.

Sie setzte sich auf die schmale grüne Uferböschung und legte das Kinn auf die Knie; diesen Augenblick vergeß ich mein Leben lang nicht, versprach sie sich und hörte zu, wie ihre Stimmen und Schritte langsam den Hügel herab kamen. »Beeilt euch!« sagte sie und wandte den Kopf, um nach Theodora zu sehen. »Ich –« Sie verstummte. Niemand war auf dem Hügel, nur die Schritte kamen unverkennbar den Pfad herab und ein leises spöttisches Lachen.

»Wer –?« flüsterte sie. »Wer?«

Sie konnte das Gras sich unter dem Gewicht der Füße biegen sehen. Sie sah noch einen Grashüpfer davonhasten, sie sah, wie ein Kiesel angestoßen wurde und wegrollte. Sie hörte deutlich die Füße durchs Gras streifen, und dann, hart am Rande der Böschung stehend, hörte sie das Lachen dicht bei sich: »Eleanor, Eleanor!« Sie hörte es in ihrem Kopf, und sie hörte es von außen; dies war ein Ruf, auf den sie ihr Leben lang gehört hatte. Die Schritte machten halt, und sie spürte einen Luftstrom von solcher Kraft, daß sie taumelte und festgehalten wurde. »Eleanor, Eleanor!« hörte sie durch den Wind, der ihr um die Ohren brauste, »Eleanor, Eleanor!«, und sie wurde fest und sicher gehalten. Es ist gar nicht kalt, dachte sie, es ist gar nicht kalt. Sie machte die Augen zu, lehnte sich mit dem Rücken gegen die Böschung und dachte, laß nur nicht los!, und dann dachte sie, bleib doch, bleib!, als das Feste, das sie hielt, sich von ihr löste und langsam verschwand; »Eleanor, Eleanor!« hörte sie noch einmal, und dann stand sie am Bach, bibberte, als ob die Sonne nicht mehr da wäre, und sah ohne Erstaunen die leeren Fußtapfen, kleine Wellen und Spritzer machend, durchs Wasser des Baches waten dann auf der andern Seite, langsam und zärtlich das Gras streichelnd, den Hügel hinauf und hinüber.

Komm zurück, hätte sie beinah gesagt, und stand zitternd am Bach; dann drehte sie sich um und rannte verzweifelt den Hügel hinauf zurück, weinend und rufend: »Theo? Luke?«

Sie fand sie in der kleinen Baumreihe, an einen Baumstamm gelehnt, leise miteinander redend und lachend; als sie angerannt kam, fuhren sie erschrocken herum, und Theodora war beinah wütend. »Was in aller Welt willst du denn nun schon wieder?« sagte sie.

»Ich habe am Bach auf euch gewartet –«

»Wir wollten hier bleiben, weil es hier kühl ist«, sagte Theodora. »Wir dachten, du hast uns rufen gehört. Nicht, Luke?«

»O ja«, sagte Luke verlegen. »Wir waren sicher, du müßtest uns gehört haben.«

»Außerdem«, sagte Theodora, »wollten wir sowieso gleich nachkommen. Nicht, Luke?«

»Ja«, sagte Luke grinsend. »O ja.«


4


»Unterirdische Gewässer«, sagte der Doktor, die Gabel schwenkend.

»Unsinn. Macht Mrs. Dudley die Küche ganz allein? Der Spargel ist mehr als genießbar. Arthur, laß dir von diesem jungen Mann noch Spargel auftun!«

»Meine Beste!« Der Doktor sah seine Frau zärtlich an.

»Du hast es dir doch zur Gewohnheit gemacht, dich nach dem Mittagessen eine Stunde hinzulegen; wenn du –«

»Auf keinen Fall. Ich habe viel zu viel zu tun, solange ich hier bin. Ich muß mit deiner Köchin reden, ich muß dafür sorgen, daß mein Zimmer durchgelüftet wird, ich muß Planchette auf die nächste Sitzung heute abend vorbereiten. Arthur muß seinen Revolver reinigen.«

»Daran erkennt man wehrhafte Männer«, bestätigte Arthur. »Schußwaffen immer gut geölt.«

»*Du* und diese jungen Leute, *ihr* könnt euch natürlich hinlegen. Vielleicht spürt ihr nicht so die furchtbare Not dieser armen Seelen, die hier rastlos umherirren, vielleicht fühlt ihr euch nicht so gedrängt wie ich, ihnen zu helfen; womöglich findet ihr mein Mitgefühl für sie sogar närrisch, womöglich bin ich in euren Augen lächerlich, weil ich eine Träne für eine verlassene Seele übrig habe, der niemand mehr beisteht; die reine Liebe –«

»Krocket?« sagte Luke hastig. »Krocket vielleicht?« Er blickte eifrig vom einen zum andern. »Oder Badminton?« schlug er vor. »Krocket?«

»Unterirdische Gewässer?« fügte Theodora hilfsbereit hinzu.

»Keine aufgedonnerten Soßen für *mich*!« sagte Arthur energisch. »Sag meinen Jungs immer, daran erkennt man den Schnösel.« Er blickte nachdenklich Luke an. »Ja, der Schnösel. Gourmetsoßen, läßt sich von Frauen bedienen *Meine* Jungs bedienen sich selber. Wie richtige Männer« sagte er zu Theodora.

»Und was lernen sie denn sonst noch bei Ihnen?« fragte Theodora mit höflichem Interesse.

»Lernen? Sie meinen – ob sie was lernen, meine Jungs? Sie meinen, Algebra, Latein und so was? Sicher.« Arthur lehnte sich zufrieden zurück. »Solches Zeug überlaß ich alles den Lehrern«, erklärte er.

»Und wie viele Jungs sind denn auf Ihrer Schule?« Theodora beugte sich vor, neugierig auf alles, was aus dieser Konversation mit einem Gast zu erfahren wäre, und Arthur sonnte sich in ihrem Interesse. Am Kopf des Tisches machte Mrs. Montague ein finsteres Gesicht und trommelte ungeduldig mit den Fingern.

»Wie viele? Na, wie viele? Ein Tennisteam, Spitze, müssen Sie wissen!« Er strahlte Theodora an. »Absolut Spitze! Muttersöhnchen nicht mitgezählt?«

»Muttersöhnchen«, sagte Theodora, »nicht mitgezählt.«

»Also. Tennis. Golf. Baseball. Leichtathletik. Kricket.« Er lächelte pfiffig. »Hätten Sie nicht gedacht, was, daß wir auch Kricket spielen? Dann gibt es noch Schwimmen und Volleyball. Aber manche Jungs machen alles mit«, erklärte er, angestrengt rechnend. »Die Allround-Typen. Vielleicht siebzig, alles in allem.«

»Arthur?« Mrs. Montague konnte nicht mehr an sich halten. »Laß jetzt die Fachsimpeleien! Du bist im Urlaub, denk dran!«

»Ja, wie dumm von mir.« Arthur lächelte nachsichtig. »Muß noch die Waffen ölen«, sagte er erklärend.

»Es ist zwei Uhr«, sagte Mrs. Dudley, die in der Tür stand. »Um zwei räume ich ab.«

# 5

Theodora lachte, und Eleanor, tief im Schatten hinter der Sommerlaube verborgen, legte sich die Hände vor den Mund, damit sie nichts sagen konnte, denn sie sollten nicht wissen, daß sie da war. Ich muß es herausbekommen, dachte sie, ich muß es herausbekommen.

»Es heißt ›Die Grattan-Morde‹«, sagte Luke. »Hübsche Sache. Ich kann es sogar singen, wenn Ihnen das lieber ist.«

»Daran erkennt man den Schnösel!« Theodora lachte schon wieder. »Ich hätte ›Spitzbube‹ gesagt.«

»Wenn Sie diese ach so kurze Stunde lieber mit Arthur verbringen möchten...«

»Natürlich wäre ich lieber bei Arthur. Ein Mann mit Bildung ist immer sehr anregend als Partner.«

»Kricket«, sagte Luke. »Hätten Sie nie gedacht, was, daß wir auch Kricket spielen?«

»Singen Sie, singen Sie!« sagte Theodora lachend.

Luke sang, mit einer näselnd monotonen Stimme, jedes Wort einzeln betonend:

> Da war die Jungfer Grattan,
> Die ließ ihn erst nicht ran.
> Da stach er mit dem Bratspieß zu,
> Und so fing alles an.

> Die nächste war Oma Grattan,
> Die kühnen Mut bewies.
> Sie wehrte ihren Mörder ab,
> Bis sie die Kraft verließ.

Dann ging's zum Opa Grattan,
Der saß am Feuer grad.
Von hinten schlich er sich heran
Und würgte ihn mit Draht.

Zuletzt kam Baby Grattan,
Das war noch nicht ein Jahr.
Dem trat er kurz die Rippen ein,
Bis es verröchelt war.

Und spuckte ihm noch Tabaksaft
Auf all sein goldnes Haar.

Als er aufhörte, wurde es einen Moment still, dann sagte Theodora matt, »das ist herrlich, Luke. Wunderschön! Ich werde es nie wieder hören können, ohne an Sie zu denken.«

»Ich denke, ich werde es Arthur mal vorsingen«, sagte Luke. Wann reden sie endlich über mich? dachte Eleanor in ihrem schattigen Versteck. Nach einer Weile fuhr Luke träge fort, »ich frage mich, was das für ein Buch werden wird, wenn der Doktor eines schreibt? Meinen Sie, wir werden drin vorkommen?«

»Sie wahrscheinlich als ein ernster junger Parapsychologe. Und ich als eine Dame von unzweifelhafter Begabung und zweifelhaftem Leumund.«

»Ich frage mich, ob Mrs. Montague ein Kapitel für sich bekommt.«

»Und Arthur auch, und Mrs. Dudley? Ich hoffe, er verkleinert uns nicht alle zu Figürchen in einem Diagramm.«

»Ich frage mich, ich frage mich!« sagte Luke. »Das ist ein warmer Nachmittag heute«, sagte er. »Was könnten wir machen, wobei es kühl wird?«

»Wir könnten Mrs. Dudley bitten, Limonade zu machen.«

»Wissen Sie, was ich gern täte?« sagte Luke. »Die Gegend auskundschaften. Gehen wir doch am Bach entlang in die Hügel hinauf und sehn wir, wo der Bach herkommt; vielleicht ist da irgendwo ein Teich, in dem wir schwimmen können.«

»Oder ein Wasserfall; er sieht aus wie ein Bach, der von einem Wasserfall herkommt.«

»Dann gehn wir doch los!« Hinter der Sommerlaube horchend, hörte Eleanor ihr Gelächter und das Trappeln ihrer Füße, wie sie auf dem Pfad zum Haus davonrannten.

6

»Steht was Interessantes hier«, sagte Arthurs Stimme, in einem Ton wie jemand, der sich wacker bemühte, unterhaltsam zu sein, »hier in diesem Buch. Da steht, wie man aus gewöhnlichen Malstiften Kerzen macht.«

»Interessant.« Der Doktor hörte sich müde an. »Wenn du entschuldigst, Arthur, ich muß all diese Notizen hier zusammenschreiben.«

»Klar, Doktor. Jeder hat seine Arbeit. Keinen Mucks mehr.« Eleanor stand horchend hinter der Tür zum Klubzimmer, hörte die leisen, aufreizenden Geräusche, mit denen Arthur anzeigte, daß er nun gleich ganz still sein würde. »Gibt nicht viel zu tun hier, nicht?« sagte Arthur. »Wie verbringst du denn so die Zeit, im allgemeinen?«

»Arbeit«, sagte der Doktor knapp.

»Schreibst auf, was im Haus so alles passiert?«

»Ja.«

»Komm ich auch drin vor?«

»Nein.«

»Finde aber, du solltest unsere Notizen von Planchette mit aufnehmen. Was schreibst du denn jetzt gerade?«

»Arthur! Kannst du nicht lesen oder irgendwas?«

»Klar. Wollte ja nicht stören.«

Eleanor hörte, wie Arthur ein Buch zur Hand nahm und wieder weglegte, wie er sich eine Zigarette ansteckte, seufzte, auf seinem Stuhl hin und her rückte und dann schließlich sagte, »hör mal, kann man denn *gar* nichts tun, hier in der Gegend? Wo sind die andern denn alle?«

Der Doktor antwortete ihm geduldig, aber ohne Interesse. »Theodora und Luke wollen, glaube ich, den Bach auskundschaften. Und die andern sind sicher irgendwo hier. Ja, ich glaube, meine Frau hat nach Mrs. Dudley gesucht.«

»Oh.« Arthur seufzte schon wieder. »Kann ich ebensogut lesen, glaub ich«, sagte er. Dann, nach einem Weilchen fing er wieder an: »Sag mal, Doktor, ich will dich ja nicht stören, aber hör doch mal, was hier in diesem Buch steht...«

## 7

»Nein«, sagte Mrs. Montague, »ich halte *gar* nichts davon, die jungen Leute so unbewacht aufeinander loszulassen, Mrs. Dudley. Wenn mein Mann *mich* gefragt hätte, bevor er sich auf diese phantastische Hausparty einließ –«

»Na ja.« Es war Mrs. Dudleys Stimme, und Eleanor, die hinter der Speisezimmertür stand, machte große Augen und drückte sich mit offenem Mund gegen die Holztäfelung der Tür. »Ich sag immer, man ist nur einmal jung, Mrs. Montague. Diese jungen Leute wollen sich vergnügen, und das ist ja auch nur natürlich.«

»Aber wenn man unter einem Dach zusammenwohnt –«

»So jung sind sie ja nun auch nicht mehr, daß sie nicht wissen müßten, was recht ist und was nicht. Diese hübsche Theodora ist alt genug, um auf sich selbst aufzupassen, würd ich meinen, egal, was Mr. Luke für ein Schlawiner ist.«

»Ich brauche ein trockenes Geschirrtuch, Mrs. Dudley, für das Silberzeug. Es ist eine Schande, finde ich, wie die Kinder heutzutage schon über alles Bescheid wissen, wenn sie erwachsen werden. Es müßte mehr Geheimnisse für sie geben, mehr Dinge, die den Erwachsenen vorbehalten bleiben und die man erst allmählich herausfindet.«

»Dann findet man sie auf unangenehme Weise heraus.« Mrs. Dudleys Stimme klang begütigend und gelassen. »Dudley hat mir heute morgen diese Tomaten aus dem Garten gebracht«, sagte sie. »Sie machen sich gut, dieses Jahr.«

»Soll ich mit denen anfangen?«

»Nein, o nein! Setzen Sie sich drüben hin und ruhn Sie sich aus; Sie haben schon genug getan. Ich setze Wasser auf, und wir machen uns eine anständige Tasse Tee.«


8


»Reisen enden stets in Paaren«, sagte Luke und lächelte durchs Zimmer zu Eleanor herüber. »Gehört Theos blaues Kleid wirklich Ihnen? Ich habe es noch nie gesehen.«

»Ich bin Eleanor«, sagte Theodora boshaft, »weil ich einen Bart habe.«

»Klug von Ihnen, daß Sie Kleider für zwei mitgebracht haben«, sagte Luke zu Eleanor. »In meinem alten Blazer hätte Theo nicht halb so gut ausgesehen.«

»Ich bin Eleanor«, sagte Theodora, »weil ich Blau trage. Mein Liebstes muß ein E haben, weil sie elegisch ist. Sie heißt Eleanor und lebt in der Erwartung.«

Sie ist gehässig, dachte Eleanor, nur flüchtig interessiert; aus einer großen Entfernung, so kam es ihr vor, konnte sie diese Menschen beobachten und ihnen zuhören. Nun dachte sie, Theo ist gehässig und Luke versucht nett zu sein; Luke schämt sich, daß sie über mich lachen, und er schämt sich für Theo, weil sie so gehässig ist. »Luke«, sagte Theodora mit einem halben Blick auf Eleanor, »komm und sing es mir noch mal vor!«

»Später«, sagte Luke verlegen. »Der Doktor hat schon die Schachfiguren aufgestellt.« Ein wenig hastig wendete er sich fort.

Theodora lehnte pikiert den Kopf gegen die Sessellehne und machte die Augen zu, offenbar entschlossen, kein Wort mehr zu reden. Eleanor saß da und betrachtete ihre Hände; sie lauschte auf die Geräusche des Hauses. Irgendwo im Obergeschoß fiel eine Tür leise zu; ein Vogel streifte den Turm und flog davon. In der Küche erlosch das Feuer, und der Herd kühlte sich ab, mit leisen, knarrenden Tönen. Bei der Sommerlaube streifte ein Tier durchs Gebüsch, vielleicht ein Kaninchen. Mit ihrem neuen Gewahrsein für das Haus konnte sie sogar den Staub sachte durch die Dachkammern treiben und das Holz altern hören. Nur die Bibliothek blieb ihr verschlossen; Mrs. Montagues und Arthurs tiefes Atmen über ihrer Planchette und ihre kleinen, aufgeregten Fragen konnte sie nicht hören, auch nicht, wie die Bücher moderten oder wie der Rost sich in die eiserne Wendeltreppe des Turms fraß. In dem kleinen Klubzimmer konnte sie, ohne den Blick zu heben, Theodoras gereiztes Fingergetrommel und die leisen Geräusche der Schachfiguren hören, wenn sie niedergestellt wurden. Sie hörte, wie die Bibliothekstür aufgerissen wurde, dann die scharfen, zornigen Schritte, die zum kleinen Klubzimmer kamen, und dann, wie sie alle sich umdrehten, als Mrs. Montague die Tür aufmachte und hereinmarschiert kam.

»Ich muß schon sagen«, sagte Mrs. Montague in einem verhalten scharfen, explosiven Ton, »ich muß doch *sagen*, dies ist das *empörendste* –«

»Meine Beste!« Der Doktor stand auf, aber Mrs. Montague wischte ihn mit einer wütenden Handbewegung beiseite. »Wenn du wenigstens soviel *Anstand* hättest –«, sagte sie.

Arthur, der ganz betreten hinter ihr kam, ging an ihr vorbei und ließ sich, fast als ob er Deckung suchte, in einem Sessel am Feuer nieder. Er schüttelte bedenklich den Kopf, als Theodora sich zu ihm hinwendete.

»Den ganz gewöhnlichen *Anstand!* Schließlich bin ich doch den ganzen Weg hierhergekommen, John, und Arthur auch, nur um auszuhelfen, und ich muß sagen, daß ich nicht erwartet hatte, auf soviel Zynismus und soviel Unglauben zu stoßen, und das ausgerechnet bei *dir* und bei *diesen* –« Sie bezeichnete Eleanor, Theodora und Luke nur mit einer Geste. »Alles, was ich verlange, alles, was ich *verlange*, ist doch nur ein kleines Minimum an Vertrauen, nur ein kleines bißchen Verständnis für alles, was ich hier zu leisten versuche, und statt dessen ernte ich nur Unglauben und Geringschätzung; du höhnst und lästerst.« Tief atmend und rot im Gesicht drohte sie dem Doktor mit dem Finger. »Planchette«, sagte sie bitter, »will heute abend nicht mit mir reden. *Nicht ein Wort* habe ich von Planchette gehört; das ist die direkte Folge deines Gelästers und deiner Skepsis. Sehr gut möglich, daß Planchette jetzt wochenlang nicht mehr mit mir spricht – das ist schon vorgekommen, kann ich Ihnen sagen; es ist schon vorgekommen, wenn ich Planchette dem Spott der Ungläubigen ausgesetzt habe; ich hab es schon erlebt, daß Planchette wochenlang stumm geblieben ist, und das mindeste, was ich erwarten durfte, als ich mit den allerbesten Absichten hergekommen bin, war ein bißchen Respekt.« Sie drohte dem Doktor wieder mit dem Finger, im Moment sprachlos.

»Meine Beste«, sagte der Doktor, »ich bin ganz sicher, daß niemand von uns wissentlich gestört hat.«

»Gespottet und gelästert, hast du das etwa nicht? Skeptisch bist du gewesen, sogar mit Planchettes eigenen Worten vor Augen. Und erst diese frechen, neunmalklugen jungen Leute!«

»Mrs. Montague, bitte...«, sagte Luke, aber Mrs. Montague schob sich an ihm vorüber und setzte sich, mit zusammengepreßten Lippen und blitzenden Augen. Der Doktor seufzte, setzte zum Sprechen an, ließ es dann aber sein. Sich von seiner Frau abwendend, winkte er Luke zum Schachtisch zurück. Scheu leistete Luke ihm Folge, und Arthur, der in seinen Sessel fast hineingekrochen war, sagte mit leiser Stimme zu Theodora, »so wütend hab ich sie noch nie gesehn. Jämmerliche Sache, wenn man auf Planchette warten muß. Furchtbar schnell beleidigt natürlich. So sensibel für die Atmosphäre.« Anscheinend in dem Glauben, die Situation hinreichend erklärt zu haben, lehnte er sich zurück und lächelte schüchtern.

Eleanor hörte kaum zu, wunderte sich ein wenig über die Bewegung im Raum. Jemand läuft herum, dachte sie, ohne viel Interesse; Luke ging im Zimmer auf und ab, redete leise mit sich selbst – eine merkwürdige Art, Schach zu spielen? Summte oder sang er? Ein- oder zweimal hätte sie fast einen Wortfetzen verstanden, und dann sprach Luke ganz ruhig; er saß am Schachtisch, wo er hingehörte, und Eleanor drehte sich um und sah in die leere Mitte des Zimmers, wo jemand herumlief und leise sang, und dann hörte sie es deutlich:

Durchwandere die Täler,
Durchwandere die Täler,

> Durchwandere die Täler,
> Wie wir vordem getan...

Na, das kenne ich, dachte sie, und hörte lächelnd die dünne Melodie; das war ein Spiel, das wir gemacht haben, ich erinnere mich.

»Es ist eben einfach ein sehr kompliziertes und empfindliches Instrument«, sagte Mrs. Montague gerade zu Theodora; sie war immer noch wütend, aber Theodoras mitfühlendes Interesse versöhnte sie sichtlich. »Jede Spur von Unglauben ist für Planchette kränkend – ganz natürlich; wie wäre *Ihnen* zumute, wenn Ihnen Menschen den Glauben verweigern würden?«

> Geh aus und ein durchs Fenster,
> Geh aus und ein durchs Fenster,
> Geh aus und ein durchs Fenster,
> Wie wir vordem getan...

Die Stimme war hell, vielleicht eine Kinderstimme, zart und hauchdünn. Eleanor lächelte und erinnerte sich, und sie hörte das kleine Lied deutlicher als Mrs. Montagues Stimme mit ihren weiteren Ausführungen über Planchette.

> Tritt hin vor deinen Liebsten,
> Tritt hin vor deinen Liebsten,
> Tritt hin vor deinen Liebsten,
> Wie wir vordem getan...

Sie hörte das Liedchen verklingen und spürte die schwache Luftbewegung, als die Schritte nahe zu ihr kamen, und fast wäre etwas ihr übers Gesicht gestreift; ihr war, als hörte sie einen schwachen Seufzer gegen ihre Wange, und fuhr erstaunt herum. Luke und der Doktor saßen über das Schachbrett gebeugt, Arthur lehnte sich vertraulich zu Theodora hinüber, und Mrs. Montague redete.

Keiner von ihnen hat es gehört, dachte sie voll Freude; niemand außer mir hat es gehört.

*Neuntes Kapitel*

I

Leise, um Theodora nicht zu wecken, machte Eleanor die Schlafzimmertür hinter sich zu, obwohl auch das Geräusch einer zufallenden Tür, dachte sie, jemanden, der so fest schlief wie Theodora, kaum stören würde; ich habe sehr leicht zu schlafen gelernt, sagte sie sich zufrieden, als ich nach meiner Mutter horchen mußte. Die Diele war schummrig, nur von dem kleinen Nachtlämpchen an der Treppe beleuchtet, und alle Türen waren zu. Komisch, dachte Eleanor, als sie geräuschlos mit bloßen Füßen über den Dielenteppich ging, dies ist das einzige Haus, das ich kenne, wo ich keine Sorgen haben muß, nachts Lärm zu machen, oder wenigstens nicht befürchten muß, daß jemand wissen könnte, daß ich es bin. Sie war mit dem Gedanken aufgewacht, in die Bibliothek hinunterzugehen, und der Verstand hatte ihr einen Grund gegeben: Ich kann nicht schlafen, erklärte sie sich, und darum gehe ich runter, mir ein Buch holen. Wenn mich jemand fragt, wo ich hin will, sag ich, in die Bibliothek, mir ein Buch holen, weil ich nicht schlafen kann.

Es war warm, wohlig, schlafwandlerisch warm. Sie stieg barfuß und in aller Stille die große Treppe hinunter und war schon an der Tür zur Bibliothek, bevor sie dachte, aber ich kann da ja nicht rein, ich habe da keinen Zutritt – und in der Tür schreckte sie der Modergeruch zurück, von dem ihr übel wurde. »Mutter!« sagte sie laut und trat rasch ein paar Schritte zurück. »Komm mit!« antwortete ganz deutlich eine Stimme aus dem Obergeschoß, und Eleanor drehte sich um, folgsam, und eilte zur Treppe. »Mutter?« sagte sie leise, und dann noch einmal: »Mutter?« Ein leises, weiches Lachen wehte zu ihr herab, und sie rannte atemlos die Treppe hinauf, blieb oben stehen und blickte nach rechts und links die Diele mit den geschlossenen Türen entlang.

»Du bist hier irgendwo«, sagte sie, und das schwache Echo flog durch die Diele und huschte flüsternd über die winzigen Luftströme. »Irgendwo«, sagte es. »Irgendwo.«

Lachend lief Eleanor ihm nach, rannte lautlos über die Diele bis vor die Tür zum Kinderzimmer; die kalte Stelle war fort, und sie lachte die beiden grinsenden Gesichter an, die zu ihr herabsahen. »Bist du da drin?« flüsterte sie vor der Tür, »bist du da drin?« und klopfte und hämmerte mit den Fäusten dagegen.

»Ja?« Es war Mrs. Montagues Stimme, von drinnen; offenbar war Mrs. Montague eben erst wach geworden. »Ja? Komm herein, egal, was du bist!«

Nein, nein, dachte Eleanor, mit sich zufrieden und stumm in sich hineinlachend, da geh ich nicht rein, nicht zu Mrs. Montague. Sie huschte wieder fort von der Tür und hörte noch, wie Mrs. Montague ihr nachrief, »ich bin deine Freundin, ich will dir nichts Böses tun. Komm herein und sag mir, was dich bekümmert!«

Sie wird ihre Tür nicht aufmachen, dachte Eleanor verständig; sie hat keine Angst, aber sie wird die Tür nicht aufmachen, und dann klopfte sie hämmernd an Arthurs Tür und hörte Arthurs keuchenden Atem beim Erwachen.

Tänzelnd, den weichen Teppich unter den Füßen, kam sie an die Tür, hinter der Theodora schlief; du treulose Theo, dachte sie, du grausame, lachende Theo, wach auf, wach auf, wach auf!, und sie pochte und drosch mit der flachen Hand gegen die Tür, lachte, rüttelte am Türknopf, dann rannte sie schnell zu Lukes Tür und pochte dort; wach auf, dachte sie, wach auf und sei treulos! Keiner von ihnen wird die Tür aufmachen, dachte sie; sie werden jetzt da drinnen sitzen, die Decken um sich geschlagen, werden bibbern und sich fragen, was ihnen als nächstes passiert; wach auf! dachte sie und hämmerte an die Tür des Doktors; wag es doch, deine Tür aufzumachen, komm heraus und sieh mich durch die Diele von Hill House tanzen!

Dann erschreckte Theodora sie, die gellend rief: »Nell! Nell! Doktor, Luke, Nell ist nicht da!«

Armes Haus, dachte Eleanor, ich habe Eleanor vergessen; jetzt werden sie ihre Türen aufmachen müssen, und sie rannte schnell die Treppe hinunter, hörte, wie der Doktor hinter ihr besorgt die Stimme erhob, und hörte Theodora rufen, »Nell? Eleanor?« Wie dumm sie sind, dachte sie; jetzt werde ich doch in die Bibliothek gehen müssen. »Mutter, Mutter«, flüsterte sie, »Mutter!«, und machte an der Bibliothekstür halt; ihr war elend. Hinter sich konnte sie hören, wie sie oben auf der Diele redeten; komisch, dachte sie, ich kann das ganze Haus spüren;

und sie hörte sogar, wie Mrs. Montague sich beschwerte, sie hörte Arthur und dann, ganz deutlich, den Doktor, wie er sagte, »wir müssen nach ihr suchen, alle bitte beeilen!«

Na, beeilen kann ich mich auch, dachte sie und rannte durch den Flur zu dem kleinen Klubzimmer, wo das Feuer ihr kurz entgegenflackerte, als sie die Tür aufmachte, und die Schachfiguren noch da standen, wo der Doktor und Luke sie stehengelassen hatten. Das Halstuch, das Theodora getragen hatte, lag auf der Lehne ihres Sessels; *damit* werde ich auch noch fertig, dachte Eleanor, der erbärmliche Sonntagsstaat ihrer Zofe, und sie steckte sich ein Ende zwischen die Zähne und zog und riß daran; sie ließ es fallen, als sie die andern hinter sich auf der Treppe hörte. Sie kamen alle zusammen herunter, sehr aufgeregt, sagten einer dem andern, wo man zuerst nachsehen sollte, und riefen ab und zu, »Eleanor? Nell?«

»Kommst du? Kommst du?« hörte sie von weitem, von irgendwo anders im Haus her; sie hörte die Treppe unter ihren Tritten beben, und sie hörte das Zirpen einer Grille draußen auf dem Rasen. Verwegen, übermütig rannte sie wieder über den Flur bis zur Diele und spähte von der Tür her nach ihnen aus. Sie gingen zielstrebig, alle bemüht, dicht beisammen zu bleiben, und die Taschenlampe des Doktors streifte durch die Diele und kam an der großen Vordertür zum Halt, die weit offenstand. Dann, wie ein Mann, rannten sie alle zusammen »Eleanor, Eleanor!« rufend durch die Diele und zur Vordertür hinaus, riefen weiter, suchten, und die Taschenlampe eilte hin und her. Eleanor hielt sich am Türrahmen fest und lachte, daß ihr die Tränen kamen; wie dumm sie sind, dachte sie; so leicht legen wir sie herein! Sie sind so langsam, so taub, so *schwerfällig*; sie poltern durchs Haus, grob und glotzäugig. Dann rannte sie über die Diele, durch den Spielsalon und ins Speisezimmer und von da in die Küche mit ihren vielen Türen. Das ist gut hier, dachte sie, ich kann in jeder Richtung verschwinden, wenn ich sie kommen höre. Als sie wieder in die Vorderdiele kamen, unter Lärmen und Rufen, huschte sie schnell auf die Veranda hinaus, in die Kühle der Nacht. Sie stellte sich mit dem Rücken gegen die Tür, die kleinen Nebelwölkchen von Hill House kringelten sich um ihre Fußknöchel, und über sich sah sie die schweren, lastenden Hügel. Eingekuschelt zwischen den Hügeln, dachte sie, warm und behütet; Hill House ist ein Glück.

»Eleanor?« Sie waren ganz nah, und Eleanor rannte über die Veranda und flitzte in den Salon. »Hugh Crain«, sagte sie, »möchten Sie mit mir tanzen?« Sie machte einen Knicks vor dem riesigen, vorgebeugten Standbild, und seine Augen blitzten und flackerten ihr entgegen; kleine Lichtreflexe spielten auf den Figürchen und den vergoldeten Stühlen, und sie tanzte feierlich vor Hugh Crain, der ihr mit schimmernden Augen zusah. »Geh aus und ein durchs Fenster«, sang sie und spürte, wie beim Tanzen ihre Hände ergriffen wurden. »Geh aus und ein durchs Fenster«, und sie tanzte auf die Veranda hinaus und ums Haus herum. Rings und rings und rings ums Haus, dachte sie, und keiner von ihnen kann mich sehn. Im Vorübertanzen berührte sie eine Küchentür, und in sechs Meilen Entfernung erschauerte Mrs. Dudley im Schlaf. Sie kam zum Turm, den das Haus so eng an sich drückte, so angespannt im Griff hielt, und ging langsam an seinen grauen Steinmauern vorüber, denn es war ihr nicht erlaubt, ihn auch nur von außen zu berühren. Dann machte sie kehrt und trat vor die große Vordertür, die wieder zu war, und sie streckte eine Hand aus und öffnete sie mühelos. Und nun betrete ich Hill House, sagte sie sich und trat ein, als ob es ihr Haus wäre. »Da bin ich«, sagte sie laut. »Ich bin durchs ganze Haus gelaufen, aus und ein durchs Fenster, und habe getanzt –«

»Eleanor?« Es war Lukes Stimme, und sie dachte, Luke wäre der letzte von allen, von dem ich mich fangen lassen möchte; laß ihn mich nicht sehen, dachte sie flehentlich, drehte sich um und rannte, ohne anzuhalten, in die Bibliothek.

So, da bin ich, dachte sie. Nun bin ich hier drin. Es war überhaupt nicht kalt, sondern herrlich, behaglich warm. Es war hell genug, daß sie die eiserne Treppe sehen konnte, die sich immer höher und höher den Turm hinaufwand, und die kleine Tür ganz oben. Der Steinboden unter ihren Füßen kam ihr streichelnd entgegen, rieb sich an ihren Sohlen, und von allen Seiten rührte die laue Luft sie an, strich ihr durchs Haar, streifte ihre Finger, fuhr ihr als zarter Hauch über den Mund, und sie tanzte im Kreise. Mit den steinernen Löwen wird es nichts, dachte sie, mit den Oleanderhecken auch nicht; ich habe den Bann von Hill House gebrochen und bin irgendwie hereingekommen. Ich bin daheim, dachte sie und wunderte sich einen Augenblick über diesen Gedanken. Ich bin daheim, ich bin daheim, dachte sie; jetzt da hinaufsteigen.

Die schmale Eisentreppe hinaufzusteigen war berauschend – immer höher und höher, um und um, hinabsehen und sich an der dünnen Geländerstange festhalten, tief hinabsehen bis auf den Steinfußboden ganz unten. Steigen, hinabsehen, sie dachte an das weiche grüne Gras vor dem Haus und die wogenden Hügel und die dichten Bäume. Hinaufblickend dachte sie sich den Turm von Hill House, wie er triumphal zwischen den Bäumen aufragte, hoch über der Straße, die sich durch Hillsdale wand, die an einem weißen Haus zwischen Blumen vorüberkam, vorüber an den magischen Oleanderbäumen und an den steinernen Löwen, und die ganz weit in der Ferne zu einer kleinen alten Dame hinführte, die für sie beten würde. Nun ist die Zeit am Ende, dachte sie, all *das* ist hin und liegt hinter mir, und diese arme alte Dame betet immer noch für mich.

»Eleanor!«

Einen Moment lang konnte sie sich gar nicht erinnern, wer die Leute waren (Gäste von ihr, die sie in ihrem Haus mit den steinernen Löwen besucht hatten? Hatten sie bei Kerzenlicht an dem langen Tisch mit ihr zu Abend gegessen? War sie ihnen in dem Gasthaus über dem Wildbach begegnet? War einer von ihnen mit flatternden Wimpeln einen grünen Hügel hinabgeritten gekommen? War eine von ihnen im Dunkeln neben ihr hergerannt? Und dann erinnerte sie sich, und jeder kam dahin, wo er hingehörte), und sie zögerte und klammerte sich ans Geländer. Sie waren so klein, so unnütz. Sie standen tief unten auf dem Steinboden und zeigten zu ihr herauf; sie riefen sie, und ihre Stimmen klangen drängend und kamen von weit her.

»Luke«, sagte sie, an den erinnerte sie sich. Die unten

konnten sie hören, denn sie wurden still, wenn sie etwas sagte. »Dr. Montague«, sagte sie. »Mrs. Montague. Arthur.« An die andere, die stumm ein wenig abseits stand, konnte sie sich nicht erinnern.

»Eleanor!« rief Dr. Montague, »drehen Sie sich ganz vorsichtig um und kommen Sie ganz langsam die Treppe wieder herunter. Ganz, ganz langsam, Eleanor. Halten Sie sich die ganze Zeit gut fest am Geländer. Jetzt drehn Sie sich um und kommen Sie runter.«

»Was in aller Welt macht diese Person da oben?« wollte Mrs. Montague wissen. Sie hatte Lockenwickler im Haar, und auf der Brust ihres Bademantels war ein Drache. »Sie soll sofort da runter kommen, damit wir wieder zu Bett gehn können. Arthur, hol sie sofort da runter!«

»Mal sehn«, begann Arthur, und Luke trat an den Fuß der Treppe und begann hinaufzusteigen.

»Um Gottes willen, Vorsicht!« sagte der Doktor, als Luke immer weiter stieg. »Das Ding ist von der Mauer weg durchgerostet.«

»Das kann Sie gar nicht beide tragen«, sagte Mrs. Montague. »Und wir kriegen das dann auf den Kopf. Arthur, komm hier herüber, zur Tür!«

»Eleanor«, rief der Doktor, »können Sie sich umdrehen und langsam wieder runterkommen?«

Über ihr war nur noch die kleine Falltür, die auf die Zinne hinausführte; sie stand auf der kleinen, schmalen Plattform ganz oben und drückte gegen die Falltür, aber die wollte nicht nachgeben. Vergeblich hämmerte sie mit den Fäusten dagegen und dachte hektisch, mach, daß sie aufgeht, mach, daß sie aufgeht, oder sie kriegen mich!

Über die Schulter zurückblickend, sah sie Luke die Treppe heraufkommen, gleichmäßig um und um. »Eleanor«, sagte er, »stehn Sie still! Nicht bewegen!«, und man hörte, daß er Angst hatte.

Ich kann nicht fort, dachte sie und blickte hinunter; sie sah eines von den Gesichtern deutlich, und der Name dazu fiel ihr ein. »Theodora«, sagte sie.

»Nell, tu, was sie dir sagen! Bitte!«

»Theodora? Ich kann nicht raus, die Tür ist zugenagelt.«

»Verdammt richtig, daß sie zugenagelt ist«, sagte Luke. »Und ein Glück für Sie, meine Kleine!« Sehr langsam aufsteigend, hatte er die schmale Plattform nun fast erreicht. »Stehn Sie vollkommen still!« sagte er.

»Stehn Sie vollkommen still, Eleanor!« sagte der Doktor.

»Nell«, sagte Theodora. »*Bitte*, tu, was sie dir sagen!«

»Warum?« Eleanor blickte hinab und sah die schwindelerregende Fallhöhe unter sich, die an die Turmwände geschmiegte eiserne Treppe, die unter Lukes Füßen knirschte und wackelte, den kalten Steinfußboden, die bleichen, von weit unten hochstarrenden Gesichter. »Wie kann ich wieder runter?« fragte sie hilflos. »Doktor – wie kann ich runter?«

»Ganz langsam bewegen!« sagte er. »Tun Sie, was Luke Ihnen sagt!«

»Nell«, sagte Theodora, »hab keine Angst! Es wird alles gut, wirklich.«

»Natürlich wird alles gut«, sagte Luke grimmig. »Wahrscheinlich breche nur *ich* mir den Hals. Durchhalten, Nell;

ich komme jetzt auf die Plattform. Ich will an Ihnen vorbei, damit Sie vor mir runtergehn können.« Er schien trotz des Aufstiegs kaum außer Atem zu sein, aber die Hand zitterte ihm, als er sie nach dem Geländer ausstreckte, und sein Gesicht war naß. »Los!« sagte er scharf.

Eleanor sträubte sich. »Letztes Mal, als Sie mir sagten, ich soll vorgehn, sind Sie nicht nachgekommen«, sagte sie.

»Vielleicht sollte ich Sie einfach über den Rand schubsen«, sagte Luke. »Mal sehn, wie Sie da unten ankommen. Jetzt nehmen Sie sich zusammen und bewegen Sie sich langsam; kommen Sie an mir vorbei und dann die ersten Stufen treppab. Und hoffen Sie bloß«, fügte er wütend hinzu, »daß ich der Versuchung widerstehn kann, Ihnen einen Schubs zu geben.«

Kleinlaut kam sie die Plattform entlang und drückte sich an die harte Mauer, während Luke vorsichtig an ihr vorbei rückte. »Und jetzt runter!« sagte er. »Ich bleibe dicht hinter Ihnen.«

Fuß für Fuß, denn die Treppe wackelte und ächzte auf jeder Stufe, tastete sie sich voran. Sie blickte auf ihre Hand am Geländer, die ganz weiß war, weil sie sich so festklammerte, und auf ihre bloßen Füße, die sich immer einer vor den anderen schoben, Stufe für Stufe mit äußerster Behutsamkeit; aber auf den Steinfußboden unten blickte sie nicht mehr. Ganz langsam runter, sagte sie sich wieder und wieder, dachte an nichts mehr als an die Stufen, die sich unter ihren Füßen fast zu biegen und zu verziehen schienen, ganz, ganz langsam runter! »Immer eine nach der andern«, sagte Luke hinter ihr. »Nehmen Sie's locker, Nell, nichts mehr zu befürchten, jetzt, wir sind fast unten.«

Unwillkürlich streckten unter ihr der Doktor und Theodora die Arme aus, wie um sie aufzufangen, wenn sie fiele, und einmal, als Eleanor stolperte und eine Stufe verfehlte, während das Geländer wackelte, als sie sich schwer dagegen stemmte, stöhnte Theodora auf und rannte zum Fuß der Treppe, um es festzuhalten. »Es ist alles gut, meine Nellie«, sagte sie immer wieder, »es ist alles gut, alles gut.«

»Nur noch ein kleines Stückchen!« sagte der Doktor.

Fast schleichend tasteten sich ihre Füße hinunter, Stufe für Stufe, und schließlich, fast bevor sie es glauben konnte, trat sie von der Leiter auf den Steinfußboden. Hinter ihr schaukelte und schepperte die Treppe, als Luke die letzten paar Stufen hinuntersprang; dann ging er mit ruhigen Schritten durch den Raum, ließ sich auf einen Stuhl fallen und blieb dort sitzen, den Kopf gesenkt und immer noch zitternd. Eleanor drehte sich um und schaute noch zu dem unendlich hohen kleinen Fleck, wo sie gestanden hatte, und zu der verbogenen Treppe, die immer noch schwankend an der Turmwand hing. »Da bin ich raufgerannt«, sagte sie mit schwacher Stimme. »Ich bin die ganze Treppe raufgerannt.«

Mrs. Montague trat entschlossen aus der Tür vor, unter der sie mit Arthur vor dem wahrscheinlichen Einsturz der Treppe Schutz gesucht hatte. »Ist noch jemand mit mir der Meinung«, fragte sie zartfühlend, »daß diese junge Frau uns für heute genug Ärger gemacht hat? *Ich* für mein Teil würde gern wieder zu Bett gehn, und Arthur auch.«

»Hill House –« begann der Doktor.

»Dieser kindische Unfug hat fast mit Sicherheit für *heute nacht* jede Aussicht auf Erscheinungen zunichte gemacht, das kann ich dir sagen! Ich jedenfalls erwarte nach dieser lächerlichen Vorstellung nicht mehr, noch einen unserer Freunde von drüben zu sehen. Wenn Sie mich jetzt entschuldigen würden – und wenn Sie *sicher* sind, daß Sie mit Ihrem Theater fertig sind und Leute, die zu tun haben, nicht länger um den Schlaf bringen müssen, dann möchte ich jetzt gute Nacht sagen. Arthur!« Und bebend vor Entrüstung, den Drachen auf der Brust drohend hochgereckt, rauschte Mrs. Montague hinaus.

»Luke hatte Angst«, sagte Eleanor, den Doktor und Theodora ansehend.

»Und ob Luke Angst hatte!« pflichtete er hinter ihrem Rücken bei. »So sehr, daß er sich beinah nicht mehr herunter getraut hätte. Nell, was bist du doch für ein Idiot!«

»Ich wäre geneigt, ihm darin zuzustimmen.« Der Doktor war ärgerlich, und Eleanor sah weg, sah Theodora an, und Theodora sagte, »ich nehme an, du *mußtest* das machen, Nell?«

»Mir fehlt nichts«, sagte Eleanor und konnte keinen von ihnen mehr ansehen. Mit Überraschung sah sie auf ihre bloßen Füße hinab und begriff plötzlich, daß sie auf ihnen, die nichts von allem gespürt hatten, die eiserne Treppe hinuntergelangt war. Sie betrachtete sie nachdenklich, dann hob sie den Kopf. »Ich kam herunter in die Bibliothek, um mir ein Buch zu holen«, sagte sie.

## 2

Es war demütigend, eine Katastrophe. Beim Frühstück wurde nichts gesagt, und Eleanor bekam ihren Kaffee, Eier und Brötchen wie alle anderen. Sie durfte in Ruhe den Kaffee austrinken, sie konnte sehen, daß draußen die Sonne schien, konnte Bemerkungen über den schönen Tag machen, der es wohl werden würde; ein paar Minuten lang hätte man ihr weismachen können, es sei nichts geschehen. Luke reichte ihr die Marmelade herüber, Theodora lächelte sie an, und der Doktor wünschte ihr einen guten Morgen. Dann, nach dem Frühstück, nach Mrs. Dudleys Auftritt um zehn kamen sie alle, ohne jede Absprache, einer nach dem andern stumm in das kleine Klubzimmer, und der Doktor nahm seine Position vor dem Kamin ein. Theodora trug Eleanors roten Sweater.

»Luke wird Ihnen den Wagen vor die Tür bringen«, sagte der Doktor schonend. Trotz allem, was er sagte, waren seine Augen verständnisvoll und freundlich. »Theodora wird nach oben gehn und Ihre Sachen packen.«

Eleanor kicherte. »Kann sie gar nicht. Sie hat dann nichts mehr anzuziehn.«

»Nell –«, begann Theodora, unterbrach sich und sah Mrs. Montague an, die achselzuckend sagte, »ich habe mir das Zimmer angesehn. *Natürlich!* Ich verstehe nicht, warum von *Ihnen* niemand auf die Idee gekommen ist.«

»Ich hatte es vor«, sagte der Doktor, Entschuldigung heischend. »Aber ich dachte –«

»Du *denkst* immer, John, und das ist dein Problem. *Natürlich* habe ich das Zimmer sofort untersucht.«

»Theodoras Zimmer?« fragte Luke. »Ich würde da nicht gern noch mal hineingehen.«

Mrs. Montague schien erstaunt. »Ich kann mir nicht vorstellen, warum nicht«, sagte sie. »Da ist nichts Schlimmes.«

»Ich bin hineingegangen und habe nach meinen Kleidern gesehn«, sagte Theodora zu dem Doktor. »Sie sind völlig in Ordnung.«

»In dem Zimmer müßte mal Staub gewischt werden, *natürlich*, aber was soll man erwarten, wenn du die Tür abschließt, und Mrs. Dudley kann nicht –«

Der Doktor hob die Stimme, bis er seine Frau übertönte. »– kann Ihnen gar nicht sagen, wie leid es mir tut«, sagte er gerade. »Wenn ich irgend etwas tun kann...«

Eleanor lachte. »Aber ich kann nicht abreisen«, sagte sie und wußte nicht, wo sie die Worte finden sollte, um es zu erklären.

»Sie sind lange genug hiergewesen«, sagte der Doktor.

Theodora schaute sie an. »Ich brauche deine Kleider nicht«, sagte sie geduldig. »Hast du nicht gehört, was Mrs Montague eben sagte? Ich brauche deine Kleider nicht und selbst *wenn* ich sie brauchte, würde ich sie jetzt nicht tragen; Nell, du mußt hier wegfahren.«

»Aber ich kann nicht abfahren«, sagte Eleanor, immer noch lachend, weil es so völlig unmöglich zu erklären war.

»Madam«, sagte Luke finster, »Sie sind mir als Gast nicht mehr willkommen.«

»Vielleicht sollte Arthur sie lieber in die Stadt zurück fahren. Arthur könnte dafür sorgen, daß sie sicher dor ankommt.«

»Wo ankommt?« Eleanor schüttelte heftig den Kopf und spürte ihr schönes volles Haar ums Gesicht. »Wo ankommt?« fragte sie vergnügt.

»Na, zu Hause natürlich«, sagte der Doktor, und Theodora sagte, »bei dir, Nell, in deiner kleinen Wohnung, wo du all deine Sachen hast«, und Eleanor lachte.

»Ich habe keine Wohnung«, sagte sie zu Theodora. »Das habe ich erfunden. Ich schlafe auf einem Klappbett bei meiner Schwester, im Babyzimmer. Ich habe kein Zuhause, nirgendwo einen Platz für mich. Und zu meiner Schwester kann ich nicht zurück, weil ich ihren Wagen gestohlen habe.« Sie lachte über die eigenen Worte, so unzulänglich waren sie, und das Ganze so lachhaft traurig. »Ich habe kein Zuhause«, sagte sie und sah die andern erwartungsvoll an. »Kein Zuhause. Alles auf der Welt, das mir gehört, befindet sich in einem Pappkarton auf dem Rücksitz meines Wagens. Das ist alles, was ich habe, ein paar Bücher und Sachen, die ich als kleines Mädchen schon hatte, und eine Uhr, die meine Mutter mir geschenkt hat. Darum sehn Sie, Sie können mich nirgendwo hinschikken.«

Ich könnte natürlich einfach immer weiter und weiter fahren, hätte sie ihnen gern gesagt, als sie ihre erschrockenen, starren Gesichter sah. Ich könnte immer weiter weg fahren und Theodora meine Kleider dalassen; ich könnte auf Wanderschaft gehn, heimatlos umherirren, und würde immer wieder hierher zurückkehren. Mich gleich dableiben zu lassen, wäre doch einfacher, hätte sie ihnen gern gesagt, vernünftiger, erfreulicher.

»Ich möchte hierbleiben«, sagte sie ihnen.

»Ich habe schon mit der Schwester gesprochen«, sagte Mrs. Montague gewichtig. »Ich muß sagen, sie hat als erstes nach dem Wagen gefragt. Eine ordinäre Person; ich habe ihr gesagt, da sei nichts zu befürchten. Das war gar nicht richtig von dir, John, sie den Wagen ihrer Schwester stehlen und hierherkommen zu lassen.«

»Meine Beste«, begann Dr. Montague und hörte gleich wieder auf, hilflos die Hände ausbreitend.

»Jedenfalls wird sie erwartet. Die Schwester war sehr böse auf mich, weil sie vorhatten, heute in die Ferien zu fahren – aber warum sollte sie auf *mich* böse sein...« Mrs Montague bedachte Eleanor mit finsteren Blicken. »Ich meine doch, jemand sollte sie wohlbehalten bei ihrer Familie abliefern«, sagte sie.

Der Doktor schüttelte den Kopf. »Das wäre ein Fehler«, sagte er langsam. »Es wäre ein Fehler, einen von uns mitzuschicken. Sie muß alles, was mit diesem Haus zu tun hat, so bald wie möglich vergessen können; wir dürfen daher die Assoziation nicht verlängern. Wenn sie erst von hier fort ist, wird sie wieder sie selbst sein. Können Sie selbst den Weg nach Hause finden?« fragte er Eleanor, und Eleanor lachte.

»Ich geh und packe ihre Sachen«, sagte Theodora. »Luke, sehn Sie mal nach ihrem Wagen und bringen Sie ihn vors Haus; sie hat nur einen Koffer.«

»Lebendig eingemauert.« Eleanor mußte wieder lachen, als sie ihre versteinerten Gesichter sah. »Lebendig eingemauert«, sagte sie. »Ich möchte hierbleiben.«

3

Sie bildeten eine dichte Reihe vor den Stufen, als ob sie die Tür von Hill House verteidigten. Über ihren Köpfen konnte sie die Fenster herabblicken sehen, und auf der einen Seite stand der Turm, selbstbewußt abwartend. Sie hätte weinen mögen, wenn ihr nur etwas eingefallen wäre, womit sie ihnen erklären könnte, warum; statt dessen schickte sie ein fahriges Lächeln die Hauswand hinauf, sah nach ihrem eigenen Fenster, sah das amüsierte, selbstgewisse Gesicht des Hauses, das sie ruhig beobachtete. Das Haus wartet jetzt, dachte sie, und es wartet auf mich, mit niemand anderem wäre es zufrieden. »Das Haus will, daß ich bleibe«, sagte sie dem Doktor, und er starrte sie an. Er stand ganz steif und würdevoll da, als erwartete er, daß sie ihn dem Haus vorziehen würde, als dächte er, weil er sie hergeholt hatte, könnte er sie durch Rückspulen seiner Wegbeschreibung wieder heimbringen. Er hatte den Rücken massiv dem Haus zugewandt, und sie, ihn offen ansehend, sagte, »es tut mir leid, es tut mir furchtbar leid, wirklich!«

»Jetzt fahren Sie nach Hillsdale«, sagte er neutral; vielleicht befürchtete er, daß ein freundliches oder verständnisvolles Wort gegen ihn ausschlagen und ihre Abreise verhindern könnte. Die Sonne schien auf die Hügel, das Haus und den Garten, auf die Wiese, die Bäume und den Bach; Eleanor holte tief Luft und drehte sich herum, um es alles zu sehen. »In Hillsdale nehmen Sie die Route 5 nach Osten; bei Ashton kommen Sie auf die Route 39 und auf der nach Hause. Zu Ihrer eigenen Sicherheit«, fügte er mit einer Art Eindringlichkeit hinzu, »zu Ihrer eigenen Sicherheit, meine Liebe; glauben Sie mir, wenn ich das vorausgesehen hätte –«

»Es tut mir wirklich furchtbar leid«, sagte sie.

»Sehn Sie, wir können kein Risiko eingehen, *keines*. Ich begreife jetzt erst allmählich, was für ein furchtbares Risiko ich Ihnen allen zugemutet habe. Nun ja...« Er seufzte und schüttelte den Kopf. »Werden Sie dran denken?« fragte er. »Nach Hillsdale und dann die Route 5 –«

»Passen Sie auf!« Eleanor blieb einen Moment still; sie wollte ihnen allen genau sagen, wie es gewesen war. »Ich habe keine Angst gehabt«, sagte sie schließlich. »Ich habe wirklich keine Angst gehabt. Jetzt geht's mir gut. Ich war glücklich.« Sie blickte den Doktor ernst an. »*Glücklich*« sagte sie. »Ich weiß nicht, was ich sagen soll«, sagte sie wieder mit der Befürchtung, gleich weinen zu müssen »Ich will nicht fort von hier.«

»Es könnte sich wiederholen«, sagte der Doktor streng. »Begreifen Sie denn nicht, daß wir ein solches Risiko nicht eingehen *können*?«

Eleanor gab auf. »Jemand betet für mich«, sagte sie »Eine Frau, die ich vor langer Zeit getroffen habe.«

Die Stimme des Doktors blieb sanft, aber er klopft ungeduldig mit dem Fuß auf den Boden. »Sie werden dies alles sehr bald vergessen«, sagte er. »Sie müssen alles vergessen, was mit Hill House zu tun hat. Es war mein Fehler Sie hierherkommen zu lassen«, sagte er.

»Wie lange *sind* wir denn schon hier?« fragte Eleano plötzlich.

»Etwas über eine Woche. Warum?«

»Es ist das einzige Mal in meinem Leben, daß mir etwas geschehen ist. Es hat mir gefallen.«

»Das ist der Grund«, sagte der Doktor, »warum Sie jetzt schleunigst abfahren.«

Eleanor machte die Augen zu und seufzte, sie fühlte, hörte und roch das Haus. Ein blühender Busch hinter dem Küchenfenster verbreitete einen schweren Duft, und das Wasser des Baches strömte glitzernd über die Steine. In einiger Entfernung, im Obergeschoß, vielleicht im Kinderzimmer, fing sich der Wind in einem kleinen Wirbel, der Staub aufrührend durch den Flur fegte. In der Bibliothek schwankte die eiserne Treppe, und Licht schimmerte auf Hugh Crains marmornen Augen; Theodoras gelbe Bluse hing glatt und fleckenlos auf dem Bügel, Mrs. Dudley deckte den Tisch zu Mittag für fünf Personen. Hill House sah zu, arrogant und geduldig. »Ich will nicht fort«, sagte Eleanor zu den hohen Fenstern hinauf.

»Sie *müssen* fort«, sagte der Doktor, seine Ungeduld nun nicht mehr verbergend. »Und zwar gleich.«

Eleanor lachte, drehte sich um und streckte die Hand aus. »Luke«, sagte sie, und er trat stumm auf sie zu, »danke, daß Sie mich letzte Nacht da heruntergeholt haben«, sagte sie. »Es war falsch von mir. Ich weiß jetzt, daß es falsch war, und Sie waren sehr tapfer.«

»Das war ich tatsächlich«, sagte Luke. »Es hat viel mehr Mut erfordert als alles, was ich in *meinem* Leben je getan habe. Und ich bin froh, daß Sie abfahren, Nell, denn ich würde es mit Sicherheit nicht wieder tun.«

»Also, *mir* scheint«, sagte Mrs. Montague, »wenn man abreist, sollte man es hinter sich bringen. Ich habe nichts gegen einen Abschiedsgruß, obwohl ich persönlich das Gefühl habe, daß Sie alle ein übertriebenes Bild von diesem Ort haben, aber ich meine doch, wir haben Besseres zu tun, als hier herumzustehen und uns zu streiten, wenn uns doch allen klar ist, daß Sie fort *müssen*. Es wird seine Zeit dauern, bis Sie wieder in der Stadt sind, und Ihre Schwester wartet schon, damit sie in die Ferien fahren kann.«

Arthur nickte. »Tränenreicher Abschied«, sagte er. »Halt ich auch nichts von.«

In einiger Entfernung, in dem kleinen Klubzimmer, fiel die Asche im Kamin sachte in sich zusammen. »John«, sagte Mrs. Montague, »womöglich wäre es *doch* besser, wenn Arthur –«

»Nein«, sagte der Doktor mit Nachdruck. »Eleanor muß so zurückfahren, wie sie hergekommen ist.«

»Und wem darf ich für die schönen Tage danken?« fragte Eleanor.

Der Doktor nahm ihren Arm, führte sie, mit Luke auf der andern Seite neben ihr, zu ihrem Wagen und machte ihr die Tür auf. Der Karton stand noch auf dem Rücksitz, ihr Koffer stand auf dem Boden, ihr Mantel und ihre Handtasche lagen auf dem Sitz; Luke hatte den Motor laufen lassen. »Doktor«, sagte Eleanor und hielt sich an ihm fest, »Doktor!«

»Es tut mir leid«, sagte er. »Ade.«

»Fahren Sie vorsichtig«, sagte Luke höflich.

»Sie können mich nicht einfach fortjagen«, sagte sie heftig. »Sie haben mich *hergeholt*.«

»Und jetzt schicke ich Sie fort«, sagte der Doktor. »Wi

werden Sie nicht vergessen, Eleanor. Aber im Moment kommt es für Sie einzig darauf an, Hill House und uns alle zu vergessen. Ade.«

»Ade«, sagte Mrs. Montague energisch von der Treppe her, und Arthur sagte, »ade, gute Reise.«

Dann hielt Eleanor, die Hand schon auf der Tür des Wagens, noch einmal inne und drehte sich um. »Theo?« sagte sie zweifelnd, und Theodora rannte die Stufen herab zu ihr.

»Ich dachte, mir würdest du nicht ade sagen«, sagte sie. »O Nellie, meine Nell – werde glücklich, bitte werde glücklich. Vergiß mich nicht ganz; irgendwann wird alles wirklich wieder im Lot sein, und dann schreibst du mir Briefe, und ich schreibe dir Briefe, und wir besuchen uns und freuen uns, wenn wir über die verrückten Sachen reden können, die wir damals in Hill House getan und gehört und gesehen haben – o Nellie! Ich dachte, mir würdest du nicht ade sagen.«

»Ade«, sagte Eleanor zu ihr.

»Nellie«, sagte Theodora verlegen und streckte eine Hand aus, um Eleanor die Wange zu streicheln, »hör zu – vielleicht sehn wir uns eines Tages hier wieder? Und machen unser Picknick am Bach? Aus unserm Picknick ist nie etwas geworden«, sagte sie zu dem Doktor, und er schüttelte den Kopf und sah Eleanor an.

»Ade«, sagte Eleanor zu Mrs. Montague, »ade, Arthur. Ade, Doktor. Ich hoffe, Ihr Buch wird ein Riesenerfolg. Luke«, sagte sie, »ade. Und ade!«

»Nell«, sagte Theodora, »bitte sei vorsichtig!«

»Ade«, sagte Eleanor und setzte sich in den Wagen; er

kam ihr fremd und unhandlich vor; ich habe mich schon zu sehr an die Bequemlichkeiten von Hill House gewöhnt, dachte sie und vergaß nicht, mit einer Hand aus dem Wagenfenster zu winken. »Ade«, rief sie und wunderte sich, daß es einmal noch andere Wörter gegeben haben sollte, die sie aussprechen konnte, »ade, ade.« Ungeschickt tastend löste sie die Handbremse und fuhr langsam an.

Sie winkten zurück, wie es sich gehörte, standen still und beobachteten sie. Sie werden mir über die Auffahrt nachblicken, so weit sie können, dachte sie; es ist ja nur höflich, wenn sie mir nachblicken, bis ich außer Sicht bin; also los! Reisen enden stets in Paaren. Aber ich *will* nicht fort, dachte sie und lachte laut vor sich hin; mit Hill House ist es nicht so leicht, wie sie denken; bloß dadurch, daß sie mir sagen, ich soll abreisen, schaffen sie mich nicht fort, nicht wenn Hill House will, daß ich bleibe. »Fort mit dir, Eleanor«, rief sie laut, »fort mit dir, Eleanor! Wir wollen dich nicht mehr haben, nicht in *unserem* Hill House, fort mit dir, Eleanor, du kannst *hier* nicht bleiben; aber ich kann doch«, sang sie fast, »ich kann, *sie* haben hier nicht zu bestimmen. Sie können mich nicht rauswerfen, mich aussperren oder auslachen oder sich vor mir verstecken; ich will nicht fort, und Hill House gehört *mir*.«

Mit einem raschen, klugen Entschluß, wie es ihr erschien, stellte sie den Fuß schwer aufs Gaspedal; diesmal können sie nicht schnell genug rennen, um mich zu kriegen, dachte sie, aber inzwischen müssen sie anfangen zu begreifen; ich bin gespannt, wer es zuerst merkt. Luke höchstwahrscheinlich. Jetzt hör ich sie rufen, dachte sie und hörte das leise Getrappel der Füße, die zu rennen begannen, und den weichen Ton der sich näher herandrängenden Hügel. Ich tu's wirklich, dachte sie und drehte das Lenkrad so herum, daß der Wagen geradewegs auf den großen Baum in der Kurve der Auffahrt losfuhr, ich tu's wirklich, das tu ich ganz allein, jetzt, endlich; das bin jetzt ich, ich tu's wirklich, wirklich, wirklich ganz allein.

In der dröhnenden, nicht enden wollenden Sekunde, bevor der Wagen gegen den Baum krachte, dachte sie ganz klar: *Warum* tu ich das? Warum tu ich das? Warum halten sie mich nicht fest?

4

Mrs. Sanderson hörte mit großer Erleichterung, daß Dr. Montague und seine Gäste Hill House verlassen hatten; sie hätte sie hinausgesetzt, sagte sie dem Familienanwalt, wenn Dr. Montague das geringste Anzeichen für den Wunsch hätte erkennen lassen, bleiben zu wollen. Theodoras Freund, besänftigt und reumütig, war froh, Theodora so bald schon wiederzusehen; Luke machte sich auf nach Paris, wo er, wie seine Tante innig hoffte, eine Weile bleiben würde. Dr. Montague zog sich endgültig aus der Forschung zurück, nachdem sein vorbereitender Artikel, in dem er die psychischen Phänomene von Hill House analysierte, in der Fachwelt eine kühle, fast verächtliche Aufnahme gefunden hatte. Hill House selbst, das nicht normal war, stand für sich allein zwischen den Hügeln, und in ihm steckte etwas Dunkles. Das Haus stand schon seit achtzig Jahren und konnte gut noch einmal achtzig

Jahre so stehen. Drinnen hielten die Wände sich aufrecht, die Backsteine waren sauber verfugt, die Fußböden solide und die Türen ordentlich verschlossen; beharrliche Stille lagerte um die Holz- und Steinmauern, und was dort auch umgehen mochte, ging allein um.

# Shirley Jackson
# im Diogenes Verlag

## Wir haben schon immer im Schloß gelebt

Roman. Aus dem Amerikanischen von
Anna Leube und Anette Grube

Merricat ist ein seltsames Mädchen. Sie mag ihre Schwester Constance, Richard Plantagenet und Amanita phalloides, den grünen Knollenblätterpilz. Sonst nicht viel. Dafür sind ihre Feinde zahlreich.

»Das Buch geht unter die Haut. Die gespenstische Atmosphäre, in der die beiden Schwestern und der halbverrückte Onkel leben, ist so beklemmend geschildert, daß man von der Lektüre nicht mehr loskommt, bis man endlich die letzte Seite erreicht hat.«
*Frankfurter Rundschau*

## Der Gehängte

Roman. Deutsch von
Anna Leube und Anette Grube

Natalie wächst in der behüteten Atmosphäre eines exzentrischen Elternhauses auf. Ihr Vater ist Schriftsteller und sieht seine Tochter bereits als junge Berühmtheit. Um ihre künstlerische Persönlichkeit zu festigen, hat der Vater eine harte Bewährungsprobe für sie vorgesehen: den Eintritt ins College. Natalie, die es gewohnt war, ihren kapriziösen Tagträumen und Fluchtphantasien nachzuhängen, wird dort, in der pseudoliberalen dumpfen Atmosphäre pubertärer Mädchengrausamkeiten, vollkommen zur Außenseiterin. Da fällt ihr Tony auf, und die beiden entdecken ihre Seelenverwandtschaft: dieselbe leicht reizbare Psyche, die gleichen gefährlichen Fluchtphantasien.

»Shirley Jackson dringt weit hinter das Gewöhnliche vor, aber man zweifelt an keinem einzigen Wort, das sie schreibt.« *The New York Times*

## *Spuk in Hill House*

Roman. Deutsch von Wolfgang Krege

Ein kleines, aber kompetentes Forschungsteam hat sich in Hill House eingenistet, um seinem berüchtigten Spuk auf die Schliche zu kommen. Das Anwesen aber macht es ihnen nicht leicht. Es entwickelt ein sehr individuelles Verhältnis zu seinen Bewohnern, studiert und beobachtet sie seinerseits – und scheint sie ungern wieder fortzulassen.

»Wenn Sie diese herrliche Schauergeschichte vor dem Einschlafen in einem einsamen Haus lesen, werden Sie sich, sowie Sie das Licht ausgemacht haben, garantiert fragen, ob Sie auch wirklich allein in dem dunklen Raum sind.« *The New York Times*

## Barbara Vine
## im Diogenes Verlag

### Die im Dunkeln sieht man doch
Roman. Aus dem Englischen von
Renate Orth-Guttmann

Der Fall der Vera Hillyard, die kurz nach dem Krieg wegen Mordes zum Tod durch den Strang verurteilt und hingerichtet wurde, wird wieder aufgerollt. Briefe, Interviews, Erinnerungen, alte Photographien fügen sich zu einem Psychogramm, einer Familiensaga des Wahnsinns. Schicht um Schicht entblättert Barbara Vine die Scheinidylle eines englischen Dorfes, löst zähe Knoten familiärer Verflechtungen und entblößt schließlich ein Moralkorsett, dessen psychischer Druck nur noch mit Mord gesprengt werden konnte.

»Barbara Vine ist die beste Thriller-Autorin, die das an Krimi-Schriftstellern nicht eben arme England aufzuweisen hat. Ein Psycho-Thriller der Super-Klasse.« *Frankfurter Rundschau*

### Es scheint die Sonne noch so schön
Roman. Deutsch von Renate Orth-Guttmann

Ein langer, heißer Sommer im Jahr 1976. Eine Gruppe junger Leute sammelt sich um Adam, der ein altes Haus in Suffolk geerbt hat. Sorglos leben sie in den Tag hinein, lieben, stehlen, existieren. Zehn Jahre später werden auf dem bizarren Tierfriedhof des Ortes zwei Skelette gefunden – das einer jungen Frau und das eines Säuglings...

»Der Leser glaubt auf jeder zweiten Seite, den Schlüssel zur Lösung des scheinbar kriminellen Mysteriums in Händen zu halten, doch – der Schlüssel paßt nicht, sperrt nicht, klemmt... Keine Frage, dieser Roman ist ein geglückter Thriller, ein famos geglückter, wofür diese Autorin auch bürgt.« *Wiener Zeitung*

## Das Haus der Stufen
Roman. Deutsch von
Renate Orth-Guttmann

Eine der großen Lügnerinnen der Welt, nennt Elisabeth die junge Bell. Und trotzdem, oder vielleicht deswegen: noch nie zuvor war Elisabeth von einer Frau dermaßen fasziniert. Selbst als Bells kriminelle Vergangenheit offenkundig wird, kann sich Elisabeth nicht aus ihrer Liebe zu Bell lösen. Immer wieder findet sie Erklärungen und Entschuldigungen für das unglaubliche Verhalten dieser mysteriösen Frau.

»Barbara Vine alias Ruth Rendell ist in der englischsprachigen Welt längst zum Synonym für anspruchsvollste Kriminalliteratur geworden.«
*Österreichischer Rundfunk, Wien*

## Liebesbeweise
Roman. Deutsch von
Renate Orth-Guttmann

»*Liebesbeweise* ist Barbara Vines bisher eindringlichster Exkurs in die dunklen Geheimnisse der Obsessionen des Herzens. Dieser Roman betrachtet und prüft mancherlei Arten von Liebe: die romantische Liebe, die elterliche Liebe, die abgöttische Liebe, die besitzergreifende Liebe, die selbstlose Liebe, die erotische Liebe, die platonische Liebe und die kranke Liebe.«
*The New York Times Book Review*

»Wer die englische Autorin kennt, weiß, daß es in *Liebesbeweise* wieder um ein veritables Verbrechen geht, daß dieser Kriminalroman aber in Wirklichkeit wieder ein Reisebericht über eine zerklüftete Landschaft emotionaler Verstrickungen ist. Die Landschaften wechseln bei Barbara Vine, gleich bleibt die suggestive Verführungskraft, mit der sie ihre Leser in immer neue Abgründe zieht. Man wird süchtig…«
*profil, Wien*

### König Salomons Teppich
Roman. Deutsch von Renate Orth-Guttmann

Welcher fliegende Teppich trägt uns – wie ehedem Salomon – heute überallhin? Die Londoner U-Bahn! Von ihr aber gibt es Geschichten zu erzählen, die alles andere als märchenhaft sind. Hart und verwegen geht es zu in den Tunneln der Tube, wo die Gesetze der Unterwelt gelten. Eine Geschichte der U-Bahn schreibt der exzentrische Jarvis. Und gleichzeitig steht er einem Haus vor, in dem die unterschiedlichsten Außenseiter Unterschlupf finden, wenn sie nicht gerade in der U-Bahn unterwegs sind.

»Zum geheimnisvollen, bedrohlichen Labyrinth werden die Stationen, Tunnels, Lift- und Luftschächte der Londoner U-Bahn in *König Salomons Teppich*. Barbara Vine, die Superfrau der Crime- und Thrillerwelt, ist in absoluter Hochform. Ergebnis: hochkarätige, bei aller mordsmäßigen Spannung vergnügliche Literatur.« *Cosmopolitan, München*

### Astas Tagebuch
Roman. Deutsch von Renate Orth-Guttmann

Einsam im fremden England, vertraut Asta, eine junge Dänin, die Freuden und Nöte ihres Familienalltags einem Tagebuch an: Erziehung der Söhne, Probleme mit dem Mann, ihre Bemühungen um Eigenständigkeit in der anderen Umgebung, das Nahen des Ersten Weltkriegs... Kein leichtes Schicksal, wäre nicht Swanny, ihre Lieblingstochter, die der Mutter treu zur Seite steht. Doch ob Swanny überhaupt Astas Tochter ist? Und könnte es Verbindungen geben zu dem skandalösen Mordprozeß im Fall Roper? Barbara Vine kombiniert meisterhaft ein Familiendrama mit einer Kriminalgeschichte.

»Das bislang Beste aus der Feder von Barbara Vine alias Ruth Rendell.« *Literary Review, London*

## Keine Nacht dir zu lang
Roman. Deutsch von Renate Orth-Guttmann

Mehr als laue Gefühle kann Tim Cornish für Frauen nicht aufbringen, und auch die sind vergessen, als er in den Bannkreis des einige Jahre älteren Ivo Steadman gerät. Endlich wird seine Liebe erwidert, und alles könnte wunderbar sein – wenn nicht Tim ausgerechnet in Alaska einer Frau begegnen würde, die sein Innenleben abermals völlig umkrempelt und ihn bis ins Verbrechen treibt. Eine explosive Dreiecksgeschichte, trügerisch und tödlich.

»Barbara Vines Buch wirkt wie eine Droge: Hat man sich einmal darauf eingelassen, läßt es einen bis zum Schluß nicht mehr los.« *Berliner Zeitung*

»Dieser neue subtile Seelen-Krimi von Barbara Vine ist eine faszinierende Dreiecksgeschichte, in der Mord letzten Endes zwangsläufig ist.«
*Brigitte, Hamburg*

## Schwefelhochzeit
Roman. Deutsch von Renate Orth-Guttmann

Die alte Dame Stella vererbt ihrer jungen Pflegerin Jenny ein leeres Haus im Moor und ein dunkles Geheimnis. Doch auch Jenny verbirgt etwas, das keiner wissen darf. Das zutiefst beunruhigende Doppelporträt zweier faszinierender, höchst unterschiedlicher Frauen, für die das Paradies der Erinnerung auch eine Hölle ist.

»Barbara Vine versteht es meisterlich, einen schockartigen Höhepunkt zu setzen.«
*Ingeborg Sperl /Der Standard, Wien*

»Barbara Vine ist die Göttin des Kriminalromans. Jedes ihrer Bücher ist neu, intelligent, hervorragend.«
*Donna Leon*

## Der schwarze Falter
Roman. Deutsch von Renate Orth-Guttmann

Gerald Candless ist so, wie jeder Schriftsteller gern sein möchte: Er sieht gut aus, hat Erfolg, eine aufopferungsvolle Ehefrau, zwei ihn zärtlich liebende Töchter und ein schönes Haus mit Meerblick an der Küste von Devonshire.

Warum aber empfindet seine Frau Ursula bei Geralds Tod einzig ein überwältigendes Gefühl der Befreiung? Und warum entdeckt Sarah, als sie die Lebensgeschichte ihres Vaters schreiben möchte, bei jedem Schritt Hinweise darauf, daß ihr Vater nicht war, was er zu sein schien, ja daß er womöglich sogar unter falschem Namen gelebt hat? Und was hat all das mit jenem lang zurückliegenden Mord in Highbury zu tun? Lebensträume und gelebte Lügen: Barbara Vine zeichnet ein ebenso naheliegendes wie nuanciertes Bild von verbotener Liebe, falscher Nähe und ersehntem Glück.

»Das Buch ist so genial gebaut, Fiktion und Wahrheit sind derart gekonnt und überzeugend ineinander verwoben, daß die Lösung einen trotz ihrer Zwangsläufigkeit zusammenzucken läßt wie ein Blitzstrahl.«
*Sunday Times, London*

# Rosellen Brown
*Davor und danach*

(Vorm.: Mein lieber Sohn). Roman
Aus dem Amerikanischen von Monika Elwenspoek und Otto Bayer

Als Jacob in Verdacht gerät, den grausamen Tod seiner Klassenkameradin Martha verschuldet zu haben, beginnt für die Familie Reiser ein Alptraum, eine Zerreißprobe, die sie im Innersten verändert.
Ein Psychothriller, der bis zum bitteren Ende ohne heroische oder melodramatische Effekte auskommt.

»Ein wunderbares Buch, intensiv und fesselnd wie ein Kriminalroman und zugleich voll tiefer Leidenschaft und einer geradezu schockierenden Weisheit.«
*Louise Erdrich*

»Unerbittlich wird der Leser in Jacobs Drama hineingezogen, man hält beim Lesen buchstäblich den Atem an, bis man weiß, was sich zwischen ihm und Martha abgespielt hat. Das Buch ist fesselnd und schmerzlich zugleich geschrieben und läßt sich verschlingen wie ein Psychothriller.«  *The New York Times*

»Das Scheinwerferlicht der Erzählung springt zwischen den scharf angestrahlten Figuren des Vaters, der Mutter und der halbwüchsigen Tochter hin und her, von der das überaus gelungene Psychogramm eines heranwachsenden Mädchens entworfen wird. Eine lange Reihe von glaubwürdig gezeichneten Nebenpersonen vervollständigt das Bild eines durch tausend Fäden zusammengehaltenen Kosmos.«
*Egon Schwarz / Frankfurter Allgemeine Zeitung*

»Ein fesselnder Roman über das Zerbrechen einer Vorzeige-Familie.«  *stern, Hamburg*

Verfilmt von Barbet Schroeder mit Meryl Streep *(Jenseits von Afrika)* und Liam Neeson *(Schindlers Liste)* in den Hauptrollen. Drehbuch von Ted Tally *(Das Schweigen der Lämmer)*.

# *Celia Fremlin*
## *im Diogenes Verlag*

»Celia Fremlin ist neben Margaret Millar und Patricia Highsmith als wichtigste Vertreterin des modernen Psychothrillers hierzulande noch zu entdecken.«
*Frankfurter Rundschau*

*Klimax*
oder Außerordentliches Beispiel von Mutterliebe. Roman. Aus dem Englischen von Dietrich Stössel

*Wer hat Angst vorm schwarzen Mann?*
Roman. Deutsch von Otto Bayer

*Die Stunden vor Morgengrauen*
Roman. Deutsch von Isabella Nadolny

*Rendezvous mit Gestern*
Roman. Deutsch von Karin Polz

*Die Spinnen-Orchidee*
Roman. Deutsch von Isabella Nadolny

*Onkel Paul*
Roman. Deutsch von Isabella Nadolny

*Ein schöner Tag zum Sterben*
Erzählungen. Deutsch von Ursula Kösters-Roth

*Gibt's ein Baby, das nicht schreit?*
Roman. Deutsch von Isabella Nadolny

*Parasiten-Person*
Roman. Deutsch von Monika Elwenspoek

*Zwielicht*
Roman. Deutsch von Ursula Kösters-Roth

*Die Eifersüchtige*
Roman. Deutsch von Barbara Rojahn-Deyk

*Unruhestifter*
Roman. Deutsch von Monika Elwenspoek

*Der lange Schatten*
Roman. Deutsch von Peter Naujack

*Wetterumschwung*
Geschichten. Deutsch von Barbara Rojahn-Deyk, Ursula Kösters-Roth und Isabella Nadolny

*Gefährliche Gedanken*
Roman. Deutsch von Irene Holicki

*Sieben magere Jahre*
Roman. Deutsch von Monika Elwenspoek

*Das Tudorschloß*
Roman. Deutsch von Otto Bayer

*Vaters Stolz*
Roman. Deutsch von Thomas Stegers

## Fanny Morweiser
## im Diogenes Verlag

»Eine Nachfahrin des Edgar Allan Poe? Nein – viel mehr. Diese Autorin hat mehr Farben auf der Palette als Blut und Grauen, nämlich Satire, Ironie und tiefere Bedeutung.« *Welt am Sonntag, Hamburg*

»Spannende Erzählungen sind dies ganz sicher. Sie sind, bei allem Schrecken dahinter, unterhaltend und spielen sich in aller Stille, in schönen Landschaften, in alten Häusern, gelegentlich bei lieben älteren Damen ab – und dies soviel gefährlicher als bei Agatha Christie!« *Hannoversche Allgemeine*

*Lalu lalula, arme kleine Ophelia*
Eine unheimliche Liebesgeschichte

*La vie en rose*
Ein romantischer Roman

*Indianer-Leo*
und andere Geschichten aus dem Wilden Westdeutschland

*Ein Sommer in Davids Haus*
Roman

*Die Kürbisdame*
Eine Kleinstadt-Trilogie. Erzählungen

*O Rosa*
Ein melancholischer Roman

*Ein Winter ohne Schnee*
Roman

*Voodoo-Emmi*
Erzählungen

*Das Medium*
Roman

*Der Taxitänzer*
Erzählungen

*Schwarze Tulpe*
Roman